武骑初摘翰 文学正题鞭

北朝『北七姓』文学研究

吴健超 著

广陵书社

图书在版编目（ＣＩＰ）数据

武骑初摛翰，文学正题鞭：北朝"代北七姓"文学
研究 / 吴健超著. -- 扬州：广陵书社，2021.12
ISBN 978-7-5554-1811-5

Ⅰ. ①武… Ⅱ. ①吴… Ⅲ. ①中国文学－古典文学研
究－北朝时代 Ⅳ. ①I206.2

中国版本图书馆CIP数据核字(2021)第258859号

书　　名　武骑初摛翰，文学正题鞭——北朝"代北七姓"文学研究
著　　者　吴健超
责任编辑　邹镇明
封面设计　傅　翔

出版发行　广陵书社
　　　　　扬州市四望亭路 2-4 号　　　邮编　225001
　　　　　(0514)85228081(总编办)　　85228088(发行部)
　　　　　http://www.yzglpub.com　　E-mail:yzglss@163.com
印　　刷　无锡市海得印务有限公司
装　　订　无锡市西新印刷有限公司
开　　本　889 毫米 × 1194 毫米　1/32
印　　张　6.875
字　　数　172 千字
版　　次　2021 年 12 月第 1 版
印　　次　2021 年 12 月第 1 次印刷
标准书号　ISBN 978-7-5554-1811-5
定　　价　42.00 元

自 序

一

北朝,起始于北魏道武帝拓跋珪复建代国之 386 年,止于隋文帝灭陈之 589 年。时值南、北政权长期对峙之际,北朝在文学上,相较于南方的兴盛,似乎很是沉寂,但当时出现的一个被唐代柳芳称为"代北七姓"群体的文学却极具特色。

所谓"代北七姓"是对"代北虏姓"中七个主要姓氏集团的简称,其语出自柳芳《氏族论》(清编《全唐文》称《姓系论》)"代北则为虏姓,元、长孙、宇文、于、陆、源、窦首之"[1],他们是"魏孝文帝迁洛,有八氏十姓,三十六族九十二姓。八氏十姓,出于帝宗属,或诸国从魏者;三十六族九十二姓,世为部落大人。并号河南洛阳人"[2]。在唐人眼中,"代北虏姓"是与"过江侨姓""东南吴姓""山东郡姓""关中郡姓"等汉族大氏族并称的五大氏族。他们发源于"代北",即代州(今山西忻州市代县)及以北,于拓跋部所创之

---

[1]《新唐书》卷一百九十九《儒学传中·柳冲传》,〔宋〕欧阳修、〔宋〕宋祁:《新唐书》第 18 册,北京:中华书局,1975 年,第 5678 页。

[2]《新唐书》卷一百九十九《儒学传中·柳冲传》,第 5678 页。

北魏时聚集成族[①]。"代北虏姓"按姚微元《北朝胡姓考》共计一百九十六姓[②]，本书综合政治地位、地域特色、文学影响力等方面将研究对象定为柳芳所指的元、长孙、宇文、源、陆、于、窦七家，他们是北方鲜卑少数民族，是从北魏延续至唐的贵族集团；他们的文学极具特色，影响隋唐，并在中唐时达到顶点。

"代北七姓"有着鲜明、独特的个性，数次在"尚武"与"崇文"追索中调整文化策略，进行文化变迁。北魏孝文汉化前，"代北七姓"是在马背上讨生活的完全的游牧民族，经过改姓、迁都等措施汉化后，逐渐由游牧转为农耕，生活趋于安定，"武骑初摛翰，文学正题鞭"（于仲文《答谯王诗》），文化层次渐渐提升；特别是元魏后期与宇文北周时期，他们的诗文加速增量提质，在雅化一途上颇有创获，但因战乱频仍、国祚日短，南北尚未统一，"尚武"仍是该集团主流，"崇文"仅为风尚。隋"代北七姓"为代北勋贵、武川豪雄，"傅相继业，公侯踵武"（于知微《明堂令于大猷碑》），武功自是主流。大唐以降，"澄源濬海，文武经国，礼乐纬人，继代克明"（杨光煦《大唐故淮安郡桐柏县令元公墓志铭并序》），"代北七姓"尚武、崇文局面才为之一新，出现武德至景龙元年（618—707）尚武的集团化与文化的泛政治化，景龙初至天宝末（707—756）尚武

---

① 按，田余庆《拓跋史探》云："东汉以后，代郡、雁门的乌桓人，至少有一部分逐渐习于农耕，不再流动。西晋的雁门郡，其陉北五县地已割让给拓跋部，五县汉民徙于陉南，其地的乌桓应当未曾随同迁徙而是留下来了。猗卢'徙十万家以充之'，所徙除拓跋人以外，自然还有拓跋部落联盟中的乌桓、匈奴以及其他各种杂类。这里及其迤北一带，就是后来成为拓跋部中心区域而被习称的代北。"［田余庆：《拓跋史探》（修订本），北京：生活·读书·新知三联书店，2018 年，第 143 页］《辞海》"代北"条：一指汉代的云中、定襄、五原三郡以及后来的北地郡、朔方、代郡、雁门一带；二特指北魏。（《辞海》，上海：上海辞书出版社，1979 年，第 1132 页）

② 姚微元：《北朝胡姓考》，北京：中华书局，1962 年，目录 1—12 页。

异化与文化多元,至德至大和五年(756—831)尚武重构与文化高峰,大和五年至天祐末(831—907)尚武消解与崇文湮灭等特色突出、泾渭分明阶段。"代北七姓"在隋唐政治文化中表现亮眼。作为关陇集团的代表性集团,他们与李唐王朝关系紧密,凭荫资科举入仕,与皇室通婚者众多,政治地位显贵。终唐一代,拜相的有窦威、窦抗(高祖朝),长孙无忌(太、高宗朝),于志宁(高宗朝),窦德玄(高宗朝),窦怀贞(睿宗朝),宇文融、源乾曜(玄宗朝),窦参(德宗朝),于頔(宪宗朝),窦易直(穆、敬、文宗朝),于琮(懿宗朝);与李唐皇室联姻的有窦皇后、长孙皇后,窦氏尚公主者8人、女为王妃者6人,史称"唐世贵盛,莫与为比"①,于季友尚宪宗长女永昌公主,于琮尚宣宗女广德公主。集团成员中有文学才能和影响力的近118人,有追随高祖的于志宁,《全唐文》收文2卷;代、德宗大手笔于邵,"当时大诏令,皆出于邵"②;晚唐于濆、于邺,《全唐诗》分别存诗45、34首;盛唐散文家陆据,时称"殷、颜、柳、陆、萧、李、邵、赵";窦威雅好文史,著有文集10卷;窦德玄预修《芳林要览》;窦叔向诗文皆擅,以及其子常、牟、群、庠、巩等兄弟五人有《窦氏联珠集》传世;武则天时元希声预修《三教珠英》;元德秀(元结从兄)"门人相与谥为文行先生。士大夫高其行,不名,谓之元鲁山"③;元结聪悟宏达,倜傥不羁,有《文编》10卷(《新唐书·艺文志四》)。"代北七姓"文学之顶点,为与白居易并称的元稹,有《元氏长庆集》传世,现存诗830余首,诗赋、诏册、铭谏、论议等百

---

①《旧唐书》卷六十一《窦威传》,〔后晋〕刘昫等:《旧唐书》,北京:中华书局,1975年,2371页。

②《旧唐书》卷一百三十七《于邵传》,第3766页。

③《旧唐书》卷一百九十《元德秀传》,第5051页。

余卷。还有书学"三折肱"窦臮、窦蒙兄弟，宪宗、文宗时工书的宇文鼎，唐末画家宰相于兢等。"家无仆妾饥忘馔，自有琴书兴不阑"（元德秀《归隐》），然而后世成就的取得，源于"代北七姓"北朝时期的积累、延续与发展，源于他们独特的地域、民族、政治色彩，源于身体里、文化里流淌着的鲜卑草原的雄强基因。

为避免引起误解，有必要对"代北虏姓"之"胡虏"变称再进行申发。称北方诸少数民族为"胡"，与"戎""狄""夷"一样具有一定的民族偏见，唐时柳芳称"虏"而不称"胡"，可作为鲜卑少数民族汉化后，得到汉族士人承认的象征。北魏评定士族，达到"四姓"①标准为必要条件，代北胡人开始并无姓氏，不少姓氏都是由部落名而来。代北胡人虽能征服人却未让人臣服，在魏文帝时革新，迁都、改汉姓，"又诏代人诸胄，初无族姓，其穆、陆、奚、于，下吏部勿充猥官，得视'四姓'"②后，方才跻身贵族。"代北虏姓"是关陇集团的重要组成部分，王仲荦指出"这里所指的关陇统治集团，是指代表西魏北周关陇政权利益的一种政治性地主集团而言，它不仅包括了鲜卑贵族上层元、长孙、宇文、于、陆、源、窦、独孤诸族"③；他们亦共为中古社会重要士族，毛汉光指出"其次扶风窦氏，洛阳长孙氏、洛阳于氏、洛阳源氏……外加曾为宗室者洛阳元氏、河内温县司马氏、洛阳宇文氏、颍川陈氏等，此十家列位统治阶层凡五百年之久。再如……代郡陆氏……。以上六十家是中古

---

① 按，柳芳论北魏"四姓"云："'郡姓'者，以中国士人差第阀阅为之制，凡三世有三公者曰'膏粱'，有令、仆者曰'华腴'，尚书、领、护而上者为甲姓，九卿若方伯者为乙姓，散骑常侍、太中大夫者为丙姓，吏部正员郎为丁姓。凡得入者，谓之四姓。"（《新唐书》卷一百九十九《柳冲传》，第5678页）

②《新唐书》卷一百九十九《柳冲传》，第5678页。

③ 王仲荦：《魏晋南北朝史》，上海：上海人民出版社，2003年，第581页。

政治社会最重要的士族"①。可见"代北七姓"之元、长孙、陆、于等姓氏在北魏已具有超然的政治、社会地位,代北"胡姓"到"虏姓"之变,是民族成功融合、在当时已拥有较高政治社会地位的族群得到汉族认可的体现,并无歧视之意。

二

"代北七姓"起源于幽僻之北地,早期文化十分羸弱,可以说只有基本的口语交流,文字运用十分有限。客观地说,他们所处的时代,文学大环境本就不够充盈,"十六国北魏至隋代的文学研究一直是相对沉寂的领域,倒不是研究者有意冷落,而是它自身的成就,缺乏内在的生机与魅力,特别是前期的创作情况不容人们给予乐观的评价"②。即便如此,依然有诸多学者独具慧眼,在此领域深耕细作。特别是近三十年来,有了突飞猛进的拓展。

这里面,用力最勤、最深的非曹道衡先生莫属,他基本是在贫瘠而又荒芜地上垦荒。他在《试论北朝文学》《十六国文学家考略》《关于北朝乐府民歌》《东晋南北朝时代北方文化对南方文学的影响》③及《略论北朝辞赋及其与南朝辞赋的异同》④《论北魏诗歌的发展》⑤《论北齐诗歌的历史地位》⑥《再论北朝诗赋》⑦等文中,

---

① 毛汉光:《中国中古社会史论》,上海:上海书店出版社,2002年,第60页。

② 刘跃进:《中古北方文学史研究的艰辛拓展》,《文史知识》2020年第12期,第56页。

③ 以上4篇并见曹道衡:《中古文学史论文集》,北京:中华书局,2002年。

④ 曹道衡:《略论北朝辞赋及其与南朝辞赋的异同》,《文史哲》1991年第6期。

⑤ 曹道衡:《论北魏诗歌的发展》,《文史知识》1990年第3期。

⑥ 曹道衡:《论北齐诗歌的历史地位》,《社会科学战线》1992年第3期。

⑦ 曹道衡:《再论北朝诗赋》,《社会科学战线》1985年第1期。

对十六国以来文学的方方面面，有领域、视野、角度的开辟性的研究。特别是在 1991 年年底他与沈玉成编著出版的《南北朝文学史》中，大致框定了北朝文学研究的基本内容。这些文章与著作，扭转了学界根深蒂固的许多"偏见"，其中观点最具有启发性的有两条："文学作品几乎绝迹"的十六国文学并不是尽是荒凉；"到南北朝后期，北方作家在某些方面甚至超过了南方"。这些成果"代表着近三十年来魏晋南北朝文学研究的最高成就"①。

其他北朝文学，北朝民族文学，北魏、北周文学，鲜卑皇室贵族文学等方面的专题论文，中国知网著录 360 余篇，大致有综论、诗论、文论几种，关键词涵盖迁徙(流寓)、地域、民族、民歌、边塞、佛教、应用文、墓志文等，几乎涉及北朝文学的方方面面。现列举如下：

综论。于涌《北朝文学之形成与南北文学互动》②立足南北朝文学交流互动的特点进行探索，通过聘使往来、胡乐(北文)南传、北僧南下、南士入北等事实依据，凸显了北朝文学在南北文学互动中的影响力，更改了以南为主的固有观念；王允亮《南北朝文学交流研究》③指出北朝民歌的南入，对于南方文人的创作产生了影响；佟艳光《北朝文学思想研究》④认为北魏孝文帝"文质观"对于北朝文学的发展起到重要作用；雷炳锋《北朝文学思想史》⑤阐释了北朝文学实用性的思想渊源；高赟《北周文学研究》⑥将研究

---

① 刘跃进：《中古北方文学史研究的艰辛拓展》，第 60 页。
② 于涌：《北朝文学之形成与南北文学互动》，东北师范大学博士学位论文，2014 年。
③ 王允亮：《南北朝文学交流研究》，复旦大学博士学位论文，2007 年。
④ 佟艳光：《北朝文学思想研究》，辽宁大学博士学位论文，2009 年。
⑤ 雷炳锋：《北朝文学思想史》，南开大学博士论文，2012 年。
⑥ 高赟：《北周文学研究》，中国社会科学院研究生院博士论文，2020 年。

对象划定为公元 535 年西魏建立至公元 581 年隋文帝杨坚禅代北周这一时期内的文人及作品,对北周的政治环境、文学作品进行全面研究,还将长安、江陵两大文坛对比,并着重对宇文皇室、庾信、王褒的诗文进行梳理,凸显了北周南北文学融合的特色;刘涛《论北周鲜卑皇族的文学创作》① 通过对宇文泰、宇文毓、宇文邕、宇文护等人的诗、文进行分析,得出他们的文学由崇尚实用、以朴拙质直为本转向偏重藻饰、声律、对偶、用典等艺术技巧,最终融南、北于一体的结论,并认为北周鲜卑皇族的文学“在文学史上理应占有一席之地”② ;王晓燕《北朝隐逸思想与隐逸文学研究》③、张婷婷《北朝后期流寓文学研究——以邺城、长安为中心》④ 二文将视角放到隐逸、流寓上,认为北朝时期寡和多乱的现状,促使前期文人的隐逸与后期文人的“流寓”极具现实学理依据,亦具有艺术特色;蒋述卓《北朝文风的悲凉感与佛教》⑤ 则论述了北朝文学质朴、刚健文风及佛教造成文学作品中的悲凉感。

　　诗论。北朝幅员辽阔,得天独厚的边陲关塞为边塞诗提供了绝佳的生成环境,多民族融合的现状为文学提供了生动的演绎素材。因此,北朝民歌、乐府诗、边塞诗、鲜卑宗室诗、文人诗均成为研究的重要切入口,每个入口都反映着民族融合的背景。于海峰

　　① 刘涛:《论北周鲜卑皇族的文学创作》,《中国文学研究》2015 年第 1 期。
　　② 刘涛:《论北周鲜卑皇族的文学创作》,第 35 页。
　　③ 王晓燕:《北朝隐逸思想与隐逸文学研究》,辽宁师范大学硕士学位论文,2014 年。
　　④ 张婷婷:《北朝后期流寓文学研究——以邺城、长安为中心》,江南大学硕士学位论文,2015 年。
　　⑤ 蒋述卓:《北朝文风的悲凉感与佛教》,《广西师范大学学报(哲学社会科学版)》1988 年 2 期。

《南北朝边塞诗研究》①从南北朝边塞诗承上启下的作用谈起，指出边塞诗歌特征的形成与民族融合密不可分，北方诗歌是边塞诗的重要组成部分；杨晓彩《北魏、北齐对初唐文学的影响——从王绩、王勃诗歌创作谈起》②从个别作家的创作入手，以小见大，找到了初唐文学的北魏、北齐渊源，串联了北朝与初唐之间的诗歌风格纽带，这是在传统认为的南朝齐梁文风影响因素之外的新的创见；何靖《南北文风交融与北周郊庙燕射歌曲新变》③则通过南北朝文学的纽带——庾信，指出西魏至北周的雅乐曲辞、曲调风格在其影响下均有极大变化，还指出南北文风交融是变化的直接原因，北周礼乐制度方面兼有鲜卑与汉族传统是变化的根本原因；李清霖《民族融合视阈下的北魏诗歌》、张小侠《北朝诗人与北方少数民族文化关系研究》、唐星和高人雄《北朝鲜卑族政权乐府诗歌考述》等文章皆彰显一个事实——北朝的诗歌及鲜卑族诗人的创作具有特色，且融合是时代的明显特征。

文论。北朝应用文（公牍文）、散文极具特色，它的发展与北朝的政治情况息息相关，尤其在民族融合的过程中，北朝散文除了保持固有的实用、质朴外，也出现“南化”倾向。宋冰《北朝散文研究》④《北朝散文“笔”盛于“文”原因探析》⑤，徐中原《北朝散文

① 于海峰：《南北朝边塞诗研究》，山东大学硕士学位论文，2007 年。
② 杨晓彩：《北魏、北齐对初唐文学的影响——从王绩、王勃诗歌创作谈起》，《河北大学学报（哲学社会科学版）》2013 年第 2 期。
③ 何靖：《南北文风交融与北周郊庙燕射歌曲新变》，《文学遗产》2021 年第 2 期。
④ 宋冰：《北朝散文研究》，苏州大学博士学位论文，2006 年。
⑤ 宋冰：《北朝散文“笔”盛于“文”原因探析》，《江西师范大学学报（哲学社会科学版）》2007 年第 5 期。

之分期与演进初探》①《论北朝散文之特征》②,阮忠《北朝风习与北朝散文的南化》③等篇,对北朝散文的内容、发展、特色、影响等各方面进行了详细分析,较有创获;张鹏《北朝佛教造像记的文学意义》④指出北朝造像记吸收了佛经的内容及其抒情方式、心理描写等表达方式,冲击了北朝文学的实用观,改变了文学典雅平正的审美特点,为中古文学吸收外来文学提供了方法、思路;青子文《邢、魏之争与应用文在北朝的地位》⑤指出北朝相较于南朝更重视应用文体,并以邢邵与魏收应用文高下之争引出《隋书·文学传序》之北朝文学中应用文为核心之论。

另外,其他整体或分段文学史也必然牵涉北朝鲜卑文学。如袁行霈《中国文学史》,周建江《北朝文学史》,李开元、管芙蓉《北魏文学简史》,卢有泉《北朝诗歌研究》皆有章节论述北魏孝文帝之文化政策及文学创作。

以上已有的文章足以证明,北朝并非文学的沙漠,只要仔细探掘,必然会有诸多惊喜成果。本书的研究是在北朝框架内观照一个特殊的文学集团,是大统属下的小群体,其成员从鲜卑拓跋(元)、宇文氏扩展到七姓氏的范围。

然而,要对"代北七姓"文学有更全面、立体的了解,离不开历

---

① 徐中原:《北朝散文之分期与演进初探》,《江汉大学学报(人文科学版)》2008年第5期。

② 徐中原:《论北朝散文之特征》,《北京化工大学学报(社会科学版)》2008年第3期。

③ 阮忠:《北朝风习与北朝散文的南化》,《海南师范学院学报(社会科学版)》2003年第6期。

④ 张鹏:《北朝佛教造像记的文学意义》,《西南交通大学学报(社会科学版)》2007年第5期。

⑤ 青子文:《邢、魏之争与应用文在北朝的地位》,《文学评论》2018年第5期。

史、政治、文化等方面的支撑，现将学界相关研究成果再梳理一番。
目前，对"代北七姓"与北朝历史、政治、文化之关系的研究成果颇
丰。姚微元《北朝胡姓考》基本框定北朝胡姓的大致范围，按宗族、
勋臣、内人等分为十三类，对于他们的文化、起源、变迁做了详细考
证；逯耀东《从平城到洛阳——拓跋魏文化转变的历程》[①] 则对北
魏拓跋（元）氏发迹及北魏王朝前中期的发展做研究，其在政治、
文化等方面的分析论述，对后学有较大影响；王春红《北朝隋唐
代北虏姓士族研究》[②] 将研究对象定位为"穆、长孙、于、独孤、窦、
陆、源"，确立"士族"内核标准，对代北虏姓士族的形成、发展、政
治影响做了较全面的阐释；龙成松《中古胡姓家族研究——以族
源、地域、文化为中心》[③] 对胡姓文化发展及演变、家族世系等方面
有较全面的研究；林恩辰《勋臣八姓与北魏政局研究》[④]，彭超《论
北魏"勋臣八姓"由鲜卑勋贵向世家大族的演变》[⑤]《北魏勋臣八
姓家族文化演变考》[⑥]，从文化发展角度，揭示了孝文帝定八个代
人勋族，以政治手段确立之初到实际地位确立的全过程。另外，王
春红《从两件敦煌文书看代北虏姓士族的地方化》[⑦]、张葳《北朝

---

① 逯耀东：《从平城到洛阳——拓跋魏文化转变的历程》，北京：中华书局，2006 年。

② 王春红：《北朝隋唐代北虏姓士族研究》，浙江大学博士论文，2009 年。

③ 龙成松：《中古胡姓家族研究——以族源、地域、文化为中心》，武汉大学博士论文，2016 年。

④ 林恩辰：《勋臣八姓与北魏政局研究》，台湾中正大学硕士论文，2010 年。

⑤ 彭超：《论北魏"勋臣八姓"由鲜卑勋贵向世家大族的演变》，吉林大学博士论文，2016 年。

⑥ 彭超：《北魏勋臣八姓家族文化演变考》，《古籍整理研究学刊》2016 年第 5 期。

⑦ 王春红：《从两件敦煌文书看代北虏姓士族的地方化》，《湖州师范学院学报》2009 年第 6 期。

隋唐源氏受姓及郡望变化考》①、赵宗福《鲜卑源氏家族文化史考
述》②、长部悦弘《于氏研究》③、张卫东《北朝隋唐于氏家族研究》④
等均涉及代北、代北虏姓的历史、政治、文化方面内容，或整论，或
对源氏、于氏在北朝周隋唐的发展、家族特点做介绍。总之，近年
来学界在北朝文化及文学方面频有新创，大有成果，但即便有如此
丰富的研究积累，北朝"代北七姓"文学整体性研究成果长期缺位
仍是不争的事实。

三

在北朝文学大框架下的研究，南北、胡汉融合几乎是所有研究
的核心点，而鲜卑民族文学更是核心的核心。整个北朝一直处于
多民族融合的过程中，战乱频发，人口流动性极大，少数民族从边
陲定鼎中原，汉族士人从南到北、从东到西多次播迁。大融合的趋
势映射到文学上，便促成少数民族文学与汉文学交融的时代特征，
从而出现了北朝少数民族文学研究的热潮。除了上述研究成果关
涉北朝少数民族文学外，还有三部专著或专章涉及、或全篇论述。
高人雄于2011年出版《北朝民族文学叙论》，该书一经出版便引
起学界关注，其第五章北魏拓跋鲜卑文学除了对散文、诗赋创作介
绍外，还对鲜卑皇室碑志文进行了分析，对文学的民族性、融合性
特征做出了论证；其第六章北齐六镇鲜卑与北周宇文鲜卑文学，

① 张崴:《北朝隋唐源氏受姓及郡望变化考》,《中央民族大学学报(哲学社会科学
版)》2019年第3期。
② 赵宗福:《鲜卑源氏家族文化史考述》,《中原文化研究》2018年第6期。
③〔日〕长部悦弘:《于氏研究》,《日本东洋文化论集》第6号,2000年。
④ 张卫东:《北朝隋唐于氏家族研究》,《福建论坛(人文社会科学版)》2010年第
8期。

研究方法、内容基本与第五章相同,将研究重点放在了鲜卑宇文皇室散文、诗赋上。刘跃进在文章小引里指出:"该著是对中国北方这个时期的诸少数民族文学首次进行系统的收集、归纳和综述,叙中有论,夹叙夹议。书名叙论更为明朗确切。"①虽说仅为叙与论,却也有整合之功。曹道衡 1999 年出版《南朝文学与北朝文学研究》,全书七至十章集中对北朝少数民族文学创作背景以及孝文帝迁洛对文学的影响等方面进行研究,学界一致认为"本书为南北朝文学比较研究的权威作品,有极高的参考价值"②。2019 年,柏俊才出版《北魏士人迁徙与文学演进》一书,其第四章对北魏拓跋鲜卑皇室文学进行分期研究,全书对北魏迁徙文学特质的揭示非常精准、较成体系、有较多新见。

综上,北朝文学研究看少数民族文学,少数民族文学看鲜卑文学,鲜卑文学看拓跋(元)、宇文等氏,已成研究定论和范式。北朝少数民族文学即使在创作上稍显薄弱、稚嫩,模仿痕迹较重,但因其独特性,也成为研究的"香饽饽"。北朝汉族文人群体并不弱,北朝文学的研究重点为何会从汉族文人转到拓跋(元)、宇文氏等鲜卑文人身上呢? 诸如此种疑窦,正是本书拟揭示的问题,也是本书在看似繁多的北朝少数民族文学中,还进行"重复性"研究的原因。

一方面,众多的成果对拓跋(元)、宇文氏的文学有全面的介绍,但二氏作为王朝的政治"大脑",他们的运转又是以统治阶层、政治中枢"代北七姓"集团为依托,如果剥离了拓跋(元)、宇文氏

---

① 高人雄:《北朝民族文学叙论》,北京:中华书局,2011 年,第 2 页。
② 张小侠:《北朝少数民族文学研究综述》,《哈尔滨师范大学社会科学学报》2016 年第 1 期,第 105 页。

与"代北七姓"集团的整体性联系,不站在更大的平台上审视与比较,就会导致北朝少数民族文学最大的特征——政治文学特性不能呈现,同时,儒化文学、武文文学等北朝民族文学最大特质亦未能揭示。另一方面,北朝少数民族文学处处体现着政治文化对文学的全面影响,"代北七姓"集团除了拓跋(元)、宇文氏外,还有长孙、源、步六孤(陆)、勿忸于(于)、纥豆陵(窦)等氏,作为鲜卑后裔的他们,在文学上也颇有创作,在碑志、公牍、书牍上都有流传于世的作品。他们中的"赐改姓"群体[①]因为在汉文化积累较厚的基础上,又认可并融合了鲜卑文化,所以在文学创作上大有作为。他们既可作为一个体现民族文学融合现成的例证,也可作为与鲜卑胡汉正向融合相对的汉胡逆向融合的样本,进而进行正、逆向融合对照研究。当然,本书拟解决的最关键问题还是通过该群体的文学发展,揭示胡汉文学、南北文学融合的过程与结果以及它对后世文学演进的影响。若以上几点能得到全面、系统的梳理,笔者认为这样的"重复"或许也有"老树发新芽"的意义吧。

---

① 按,将赐宇文、于等姓的汉族文人纳入"代北七姓"群体,是借鉴陈寅恪先生"北朝胡汉之分,在文化而不在种族"之民族文化观。(《隋唐制度渊源略论稿》二《礼仪》)

目 录

第一章 "代北七姓"文学总论

在北朝204年的历程中,代北元(拓跋)、宇文、长孙(拓跋)、源、陆(步六孤)、于(勿忸于)、窦(纥豆陵)七姓一直具有极高的政治地位,他们或为北朝皇室,或为北朝贵族,在文化上拥有选择权、引导权、决定权。他们手中的权力是马背上得来,征伐、战斗为安身立命之本,虽然一开始他们的文学是贫瘠的、萧条的,但绝不是完全没有。以北魏元(拓跋)氏为代表,他们的文学站在"文学作品保存了拓跋鲜卑的纯真状态,稚嫩、朴拙、质朴、口语化是其特征"[①]的起点,经历了学习、融合、抉择、觉醒、引导,由初级到高级的发展过程。另外,影响他们文学发展的重要因素有对"尚武崇文"权衡与取舍、都城迁徙、人口流动、统治者喜好,以及从"汉族鲜卑化"到"鲜卑汉化"的文化政策。以上各种因素的叠加,让他们的文学既有时代性又充满异质感,虽不至于灿若星河、文采斐然,但也极具政治性、实用性、文艺性、儒学化、个人化等不同阶段性特色。

总体来说,北朝"代北七姓"文学的情况是纯文学作品相对较少,应用文较多;诗歌少于散文,散文中的性情之作又少于应用文。

---

① 柏俊才:《北魏士人迁徙与文学演进》,北京:中华书局,2019年,第128页。

这就导致他们的文学的感染力略显不足,但其政令重实用又辅以华美,书启中经常显出崇儒的厚重倾向,仅有的性情文字又藏真于拙,直率动人。这些特征的形成,可从政治对文学的强力作用角度进行挖掘。

一、文人群体

笔者检拾唐李延寿撰《北史》、北齐魏收撰《魏书》、唐令狐德棻等撰《周书》以及清严可均辑《全上古三代秦汉三国六朝文》①,今人韩理洲等辑校编年《全北魏东魏西魏文补遗》②《全北齐北周文补遗》③,逯钦立辑校《先秦汉魏晋南北朝诗》④,以及谭正璧编《中国文学家大辞典》、曾大兴著《中国历代文学家之地理分布》等史籍专典,以有文名载或有文章传世为原则,以卒年先后为主,辅以考察重要文学作品作年、文学事件发生年,按作者主要入仕年排序,爬梳整理得北朝时期"代北七姓"有文名者120人,其中北魏有89人、西魏北周有24人、东魏北齐有7人。他们所作文章多以诏、令、敕、书、议、表、奏、疏、启、策、状、对、册、铭、记、祭等常见公牍文体为主,兼有移文(不相统属间的公文)、上言、书草(拟意文稿)、封、誓、叙、檄等鲜见公牍文体。另外,有较能体现文学艺术性

---

① 〔清〕严可均辑:《全上古三代秦汉三国六朝文》,北京:中华书局,1958年。以下简称《严辑上古文》。

② 韩理洲等辑校编年:《全北魏东魏西魏文补遗》,西安:三秦出版社,2010年。以下简称《后魏文补》。

③ 韩理洲等辑校编年:《全北齐北周文补遗》,西安:三秦出版社,2008年。以下简称《北齐周文补》。

④ 逯钦立辑校:《先秦汉魏晋南北朝诗》,北京:中华书局1988年。以下简称《逯辑校诗》。

的碑志 7 篇,哀祭 6 篇,序跋、杂记各 3 篇,书牍 2 篇,文赋 1 篇,诗歌 17 首(句)传世。[①]通观之,"代北七姓"历时北魏、东西魏、北齐、北周等阶段,虽各有播迁,先后分布于平城、洛阳、长安、邺都等地,横跨南北、东西守望,但在与迁入文人、当地文士交流融合中形成自身特色,并以文化相承先后集合成几个较大的文学群体。

(一)皇室群体

"代北七姓"拓跋(元)、宇文氏先后执掌北魏、西魏、东魏、北周四朝大宝,加之政治上的文化倡导、文学上的共同喜好,自然而然形成了拓跋(元)氏皇室有文名者群体与宇文氏皇室有文名者群体。下面搜捡文学作品较多及影响较大者加以考证。

1. 拓跋(元)氏群体

该群体先称拓跋氏后改元氏,是"代北七姓"文学的中坚力量。其中,北魏共出现有文名者 66 名,西魏 2 名、东魏 2 名、北周 1 名。

(1)道武帝拓跋珪(371—409)。北魏代王,开国之君。昭成帝拓跋什翼犍之孙、献明帝拓跋寔之子。出生在今内蒙古和林格尔一带(时称云中盛乐)。其生而奇异,具极福、大慧之相,不仅天庭饱满、耳朵硕大、眼睛雪亮,而且比同龄人更早学会说话。登国

---

① 按,文体按照褚斌杰《中国古代文体概论》的论说、杂记、序跋、赠序、书牍、箴铭、哀祭、传状、碑志、公牍文等十类划分;颂赞(指歌颂和赞扬类文章),在褚书中不易归类,现按清姚鼐《古文辞类纂》自成一类。褚书十分法,或按照文章性质(公务、非公务性质)、作用(说理、送别、规劝等),或按印刻材质(石碑)分类,文章定会出现交叉,现按性质、作用、印刻材质顺次分类,凡公务性文章,均纳入公牍文类(特别是书、碑铭等需要仔细鉴别。凡陈言进词之"书"皆入公牍,亲友间私信入书牍;凡歌功颂德、应制而作之"碑铭"皆入公牍);褚书杂记文,指记事、记物之文,且将不易归属之文归入。现将"题"纳入杂记,实不易归类篇目,纳入其他。以下文章分类皆依此体。见褚斌杰:《中国古代文体概论》,北京:北京大学出版社,1990 年,第 335—461 页。

元年（386）春正月戊申即代王位，天赐六年（409）冬十月戊辰崩，时年三十九。泰常五年（420），改谥曰"道武"。其一生功勋卓著，创业于危难之时，屈伸于潜跃之际，带领鲜卑族从塞外灵武发迹，最终一举问鼎中原。治国理政举措精当，尤其尊儒重道，集众人编纂经籍典谟。事见《魏书·太祖纪第二》《北史·魏本纪第一》。《严辑上古文》收作品6篇，《定国号为魏诏》《天命诏》《与朗法师书》等篇为代表。

（2）明元帝拓跋嗣（392—423）。道武帝长子，北魏第二任皇帝，代郡平城人。天赐六年（409）壬申即皇帝位，泰常八年（423）崩，时年三十二，十有二月庚子，谥曰"明元皇帝"，庙号"太宗"，葬云中金陵。拓跋嗣聪敏宽厚，兼资文武，礼爱儒生，好览史传。为补刘向《说苑》《新序》之阙，他博采经史、取舍辩证而重撰，命曰《新集》。事见《魏书·太宗纪第三》《北史·魏本纪第一》。《严辑上古文》收文11篇，尤以《赈贫穷诏》《敕有司劝课》《铁浑仪铭》等篇具特色。

（3）太武帝拓跋焘（408—452）。太宗明元皇帝拓跋嗣长子。泰常七年（422）四月，封泰平王，五月为监国，因太宗有疾，"总摄百揆，聪明大度，意豁如也"。泰常八年（423）十一月壬申即帝位，神䴥三年（430）正月癸卯，行幸广宁，临温泉，作《温泉之歌》，惜今不传。正平二年（452）三月甲寅崩，时年四十五岁。他雄强果断，扫统万、平秦陇、翦辽海、荡河源，统属南夷北蠕于一体，威名远布，极具帝王风范。事见《魏书·世祖纪第四》《北史·魏本纪第二》。《严辑上古文》收文37篇，《颁下新字诏》《命崔浩综理史务诏》《禁私立学校诏》《赐崔浩书》《与臧质书》《与宋主书》《又与宋主书》等篇辞彩理透，最具特色。

（4）东平王拓跋翰（？—452）。太武帝第三子。出身高贵，早获勋爵，真君三年（442）封秦王，拜侍中、中军大将军，参典都曹事，后改封东平王。他具有儒士风范，以雅正姿态受百官拜服，镇枹罕以恩抚羌、戎百姓，信义恭仁，众人敬服，是拓跋氏族员中少有的儒士干吏。在政治斗争中，于正平二年（452）三月被中常侍宗爱诛杀，惜年不永。事见《魏书·列传第六》《北史·列传第四》。《严辑上古文》收《人日登寿张安仁山铭》。

（5）文成帝拓跋濬（440—465）。拓跋焘之孙，景穆帝拓跋晃长子。他年少便豁达聪慧，深得拓跋焘喜爱。正平二年（452）十月，宦官宗爱弑南安王拓跋余，尚书陆丽等人拥立拓跋濬，是为文成帝。和平六年（465）病逝。濬机悟深裕，矜济为心，养威布德，怀缉中外，致力于佛教重整，云冈石窟的开凿便始于他在位时。事见《魏书·高宗纪第五》《北史·魏本纪第二》。《严辑上古文》收文 20 篇，《修复佛法诏》《贵族不婚卑姓诏》《黄金合盘铭》等较能体现其政略与文才。

（6）安定王拓跋休（？—494）。拓跋晃子。贵胄之裔，少聪颖，擅文武，治断有称，是孝文帝元宏最为倚重的宗室弟子，皇兴二年（468）封安定王，孝文即位拜和龙镇大将，后以抚冥镇大将率部退蠕蠕，入迁太傅，把控着北魏重要的军事权力，位人臣之极。以大司马之职随孝文南伐，六军整肃有方，所统兵马具有很强的战斗力。孝文迁洛，休率文武从驾至邺，在漳水饯别，君臣戚惋，被皇帝托付政事，寄予稳固大后方平城的厚望。太和十八年（494）卒，长子安，次子燮。事见《魏书·列传第七下》《北史·列传第六》。《严辑上古文》收《请依成式公除表》等四表。

（7）安定王元燮（？—515）。拓跋晃孙、拓跋休次子。初除下大夫,袭封安定王;世宗初,迁太中大夫,出任征虏将军、华州刺史,后转为幽州刺史。延昌四年(515)薨,赠本将军、给事中、朔州刺史。子超,赠车骑大将军、仪同三司、岐州刺史。子孝景,武定中为通直郎。事见《魏书·列传第七下》《北史·列传第六》。《严辑上古文》收文 2 篇,其《造石窟像记》集石刻艺术、佛教传播、文学抒情于一体,极具艺术特色。

(8)献文帝拓跋弘(454—476)。拓跋浚长子。帝胄之贵,冲年受学,聪睿能断,惜才重儒。和平六年(465)即位后更清漠野,大启南服,取得极大的政治成就,后来却雅薄时务,常有遗世之心。皇兴五年(471),正值年壮便传位太子,自封太上皇帝,终导致后宫冯太后把持朝政多年。延兴六年(476)崩于永安殿,年二十三,上尊谥曰"献文皇帝",庙号"显祖",葬云中金陵。事见《魏书·显祖纪第六》《北史·魏本纪第二》。《严辑上古文》收文 36 篇,《除杂调诏》《宽宥诏》《下书纳义阳王昶》等可作代表。

(9)孝文帝元宏(467—499)。拓跋弘长子。北魏一代明君,"代北七姓"中最具文学影响力之人。皇兴三年(469)被立为皇太子,五年即位;太和十八年(494)迁都洛阳,二十年改拓跋为元,二十三年崩,时年三十三,谥曰"孝文皇帝",庙曰"高祖"。他少有膂力,擅长骑射;性俭素仁孝,爱奇好士,待纳朝贤,绰然有君人之表。一生政绩功勋卓著,将北魏文治武功推至顶点。同时他又雅好读书,手不释卷,史传百家,无不该涉;才藻富赡,诗赋铭颂,任兴而作,有大文笔,马上口授,不改一字,除诏册外,其他文章有百余篇,南宋郑樵《通志·艺文略第八》、明胡应麟《诗薮·杂编三》均载"后魏孝文帝集四十卷"。事见《魏书·高祖纪第七》《北史·魏本纪第三》。《严辑上古文》收文 247 篇,《劝农桑诏》《令官民各上书极谏诏》《讲武诏》《制定代人姓族诏》《敕王肃刘昶》《遗曹虎书》《祭恒岳文》《祭嵩高山文》《吊殷比干墓文》《祭岱岳文》《祭河文》《祭济文》等篇各具特色;《后魏文补》收《迁都洛阳大赦诏》《出师诏》等6篇诏文;《逯辑校诗》存《悬瓠方丈竹堂飨侍臣联句诗》《歌》。孝文帝诗文数量居"代北七姓"之最,以诏令等公牍文体为主,在文学艺术性上有较大突破。

（10）陈留长公主。生卒年不详,孝文帝六妹,当为467年以后生人。初封彭城公主,后改陈留长公主,三嫁刘承绪、王肃、张彝。事稍见《北史·列传后妃上》。王肃太和十七年（493）投奔北魏,妻谢氏来投,时肃复娶陈留长公主,谢氏便作诗:"本为箔上蚕,今作机上丝。得路逐胜去,颇忆缠绵时。"陈留长公主代肃复诗:"针是贯线物,目中恒任丝。得帛缝新去,何能衲故时?"《逯辑校诗》名之为《代答诗》。

（11）高阳王元雍（?—528）。字思穆,拓跋弘子,孝文帝弟。少而倜傥不恒,及长爱贤士、存信约,断政果决。太和九年（485）封颍川郡王,后改封高阳王。宣武时,迁司空公,议定律令。后除使持节、司州牧、侍中、太师、录尚书事如故,与元叉同决庶政,荣贵之盛。孝庄初,于河阴之变中遇害。事见《魏书·列传第九上》《北史·列传第七》。《严辑上古文》收《自陈六罪表》等文9篇。

（12）元钦（470—528）。字思若,河南洛阳人。景穆皇帝拓跋晃之孙,阳平王拓跋新成季子。年少好学,早有令誉,深得孝文帝元宏喜爱。历任散骑常侍、中书监、司州牧、尚书右仆射、骠骑大将军、仪同三司,加左光禄大夫,封钜平县公。位兼将相,总理朝政,平定陇右和荆蛮的叛乱。建义元年（528）,于河阴之变时遇害。事见《大魏元君之神铭》^①以及《魏书·列传第七上》《北史·列传第五》。《后魏文补》收其《元飏墓志》。该文对仗较为公整，辞采尚属华美。

（13）元洪略。生卒年不详，河南洛阳人。景穆帝拓跋晃曾孙，乐陵王元思誉子。历任恒农太守、中军将军、行东雍州刺史。事见《魏书·列传第七下》。《后魏文补》收其《元茂墓志》，属独抒性灵、感人肺腑之文，具可读性。

（14）元景文。生卒年不详，河南洛阳人。景穆皇帝拓跋晃玄孙，青州刺史元竫子。《后魏文补》收其《元举墓志》，志文可略见其人其事。

（15）宣武帝元恪（483—515）。孝文帝第二子。善风仪，美容貌，有大度；垂拱无为，边徼稽服，宽以摄下；家教严苛，雅爱经史，尤长释氏。太和二十三年（499）即位，延续孝文帝汉化思路，持续巩固成果，继续开辟疆土，奠定北魏中兴之基，国势盛极一时。初由"六辅"秉政，向南攻取益州，向北击败柔然，又扩建洛阳城，取消"子贵母死"制度，文化上更加符合儒家伦理。延昌四年（515）崩。事见《魏书·世宗纪第八》《北史·魏本纪第四》。《严辑上古文》收《诏答王肃》《建国学诏》《增减律令诏》《立学诏》《赐邢峦玺书》《与彭城王勰书》等文147篇。《后魏文补》收《诏赠元氏》等文2篇。

（16）清河王元怿（487—520）。字宣仁，孝文帝第四子，宣武帝异母弟。自幼机敏，容貌秀美。太和二十一年（497），封清河王。

---

① 按，墓志铭全称为《大魏故侍中特进骠骑大将军尚书左仆射司州牧司空公钜平县开国侯元君之神铭》，见赵超：《汉魏南北朝墓志汇编》，天津：天津古籍出版社，2008年，第236页。

宣武帝时为侍中、尚书仆射。延昌元年(512),晋司空,领司州牧。孝明帝继位后,历任司徒、太傅、太尉等职。事见《魏书·列传第十》及《元怿墓志》①。《严辑上古文》收《官人失序表》《奏定五时冠服》等文8篇。

(17)新兴公元丕(422—503)。烈帝拓跋翳槐曾孙、拓跋谓之孙。略有文韬,稍具武略,固守时局,消极儒化。太武时封兴平子,献文时累迁侍中,孝文时封东阳王,拜司徒公。其子隆、超因反对孝文帝南迁而举兵谋逆,伏诛。丕虽对南迁之事颇有微词,却未参与叛乱,且以先许不死诏而免死,被贬为百姓。景明四年(503)薨,年八十二。先因非太祖子孙乃异姓王,罢王爵,改封平阳郡公,后改封新兴公。事见《魏书·列传第二》。《严辑上古文》收《谏南征表》等文6篇。

(18)彭城王元勰(473—508)。字彦和,献文帝第六子,孝文帝弟。少而岐嶷,姿性不群。他敏而耽学,不舍昼夜,是北魏元氏宗室博综经史、雅好属文的又一突出代表。因相同的文化追求,他为孝文帝所信任,太和间拜征西大将军,迁中书令,封彭城王。孝文帝驾崩,他又奉命辅佐宣武帝元恪,励精辅政,倾尽心血。事见《魏书·列传第九下》《北史·列传第七》《彭城武宣王元勰墓志》②。《严辑上古文》收《上孝文帝谥议》等文2篇。《逯辑校诗》存《应制赋铜鞮山松》。诗文有可观之处。

(19)元苌(458—515)。字于巅,河南洛阳人。平文皇帝拓跋郁律六世孙、襄阳公拓跋乙斤孙。他志趣净洁,以诚学文,历奉五

---

① 按,墓志全称为《魏故使持节侍中假黄钺太师丞相大将军都督中外诸军事录尚书事太尉公清河文献王墓志铭》,现藏于洛阳古代艺术博物馆。

② 按,北京图书馆藏中国历代石刻拓本汇编《元勰墓志》,正书原刻。

帝，内任腹心，外蕃维杆。孝文迁洛，留守代郡，镇守怀朔镇。宣武帝即位，历任侍中、度支尚书，迁使持节、散骑常侍、都督雍州诸军事、安西将军、雍州刺史。延昌四年（515）卒。事见《魏书·列传第二》《北史·列传第三》《元苌墓志》①。《严辑上古文》收《振兴温泉颂》，是颂不仅文辞高蹈，亦为北魏著名碑刻②。

（20）任城王元澄（？—519）。字道镇，景穆帝拓跋晃之孙、任城王拓跋云长子。少而好学，事亲至孝，袭封任城王爵位。率军抵抗蠕蠕，治理梁州、徐州、雍州和定州等，颇有政声，官至中书令、骠骑大将军、司徒、侍中、尚书令。事见《魏书·列传第七中》《北史·列传第六》。《严辑上古文》收《讨梁表》《上表言革世事不宜案校》《上表谏加女侍中貂蝉》《畜力聚财表》《奏修都城府寺》《答张普惠书》等文 21 篇。

（21）元顺（？—528）。字子和，恭宗景穆帝曾孙、任城王澄子。于时四方无事，宗室、豪贵多朋游为乐，唯他下帷读书，笃志爱古。世宗时上《魏颂》，文多不载。初，城阳王元徽慕顺才名，偏相接纳。时广阳王元渊奸通徽妻于氏，徽、渊由是大生嫌隙，后徽疑顺为渊左右，与徐纥间顺于灵太后，顺疾徽等间之，遂为《蝇赋》。顺撰《帝录》二十卷，诗、赋、表、颂数十篇，今多亡佚。事见《魏书·列传第七中》《北史·列传第六》。《严辑上古文》收《蝇赋》《奏事》2 文。

（1）按，墓志全称《故魏侍中镇北大将军定州刺史松滋成公元君墓志铭》，志石高、宽各 79 厘米，2002 年于河南省济源市出土，现藏于河南省博物院。

② 按，《振兴温泉颂》碑高 154 厘米，宽 72 厘米，厚 19 厘米，碑额刻阳文篆书"魏使持节散骑常侍都督雍州诸军事安西将军雍州刺史松滋公河南元苌振兴温泉之颂"，故此颂又称《松滋公元苌温泉颂》。现存华清宫珍宝馆内。据《魏书》载：元苌，北魏宣武帝时为雍州刺史，故此碑当为宣武帝时或其后所立。《金石萃编》考为在孝庄帝时立，或非。

（22）中山王元熙（？—520）。元英子,娶领军将军于忠之女为妻。好学,俊爽有文才,然轻躁浮动。起家秘书郎,累迁兼将作大匠,拜太常少卿、给事黄门侍郎。时刘腾、元叉矫诏杀元怿,熙乃起兵,甫十日兵败被执,临刑为五言诗,复与知故书,时人怜之。事见《魏书·列传第七下》《北史·列传第六》。《严辑上古文》收《举兵上表讨元叉》《将死与知故书》2文。《逯辑校诗》存《绝命诗二首》。

（23）孝明帝元诩（510—528）。元恪次子。延昌元年（512）立为皇太子,四年即皇帝位,武泰元年（528）崩,谥曰"孝明皇帝"。孝明帝冲龄统业,灵后妇人专制,委用非人,赏罚乖舛。于是衅起四方,祸延畿甸。事见《魏书·肃宗纪》《北史·魏本纪第四》。《严辑上古文》收《行新政诏》《释奠诏》《封阿那瑰为蠕蠕王诏》等文62篇。《后魏文补》收《诏赠于纂》等文8篇。《逯辑校诗》存《幸华林园宴群臣于都亭曲水赋七言诗》（又见《太平御览》卷一四〇）。其诗文虽乖张局促,但亦有可观之处。

（24）孝庄帝元子攸（507—531）。彭城王勰第三子。幼侍肃宗书于禁内。及长,风神秀慧,姿貌甚美,拜中书侍郎、城门校尉,长直禁中。后进封长乐王。及武泰元年（528）春二月肃宗崩,为大都督尔朱荣立为帝,永安三年（530）十二月甲子为尔朱兆所弑,年二十四。太昌元年（532）谥曰"孝庄皇帝",庙号"敬宗"。事见《魏书·孝庄纪》《北史·魏本纪第五》。《严辑上古文》收《大赦改元诏》《诏答元子思》《喻旨尔朱荣》等文16篇。《后魏文补》收《诏赠元维》。《逯辑校诗》存《临终诗》。其文贴切,其诗凄切。

（25）节闵帝元恭（？—532）。字修业,广陵惠王元羽之子。少而孝悌,端谨好学。正始中袭爵,以元叉擅权,托称喑病,绝言一纪。尔朱世隆废长广王元晔，奉其即帝位，改元普泰。在位一年，高欢废帝而立平阳王修。元恭于太昌元年（532）五月丙申殂。事见《魏书·废出三帝纪》《北史·魏本纪第五》。《严辑上古文》收《答群臣劝进》《尔朱荣配享高祖庙庭诏》等文 8 篇。《后魏文补》《让帝位表》等文 3 篇。《逯辑校诗》存《诗》及《联句诗》。

（26）孝武帝元修（510—535）。字孝则，孝文帝孙。性格沉稳，寡语少言，好武事，历诸武职。始封汝阳县开国公，建义初迁平东将军，又为镇东将军，中兴二年（532）高欢逼元朗让位于元修，是为孝武帝。永熙三年（534）闰十二月癸巳，为宇文泰所害，时年二十五。事见《魏书·废出三帝纪》《北史·魏本纪第五》。《严辑上古文》收《租调诏》《报宇文泰诏》等文 18 篇。《后魏文补》收《诏赠元徽》等文 2 篇。其文十分讲究人情揣度，将政治权术巧融入文章词句，别有风味。

（27）济阴王元晖业（？—552）。字绍远，北魏景穆帝拓跋晃玄孙。幼不谐事，与寇盗交往，多有险薄言行，及长方明事晓理，性情大变，涉子史，颇属文，慷慨有志。位历司空、太尉，以"数寻伊、霍之传，不读曹、马之书"应答高澄；后以时运渐谢，志气消沉，寄情饮食，"一日一羊，三日一犊"。北齐时，撰魏藩王家世《辩宗录》四十卷。事见《魏书·列传第七上》《北史·列传第五》《北齐书·列传第二十》。《逯辑校诗》存《感遇诗》。

（28）文帝元宝炬（507—551）。字子明，孝文帝孙、京兆王元愉子。轻躁薄行，个性强果。初任直阁将军，永熙二年（533）进太保、尚书令、开府，后护送孝武帝西投有功，拜太宰。孝武遇害，经宇文泰上表劝进帝位，建立西魏，年号大统，军国政事悉由权臣宇文泰署理，大统十七年（551）崩。事见《北史·魏本纪第五》《魏书·列传第十》。《严辑上古文》收《进封寇洛诏》《报宇文泰》等文5篇。

（29）恭帝元廓（？—557）。文帝元宝炬第四子。初封齐王，废帝三年（554），在太师宇文泰拥立下即位，复拓跋本姓，恭帝三年（556），被宇文护废黜，次年害之。事见《北史·魏本纪第五》《周书·帝纪第二》。《严辑上古文》收《禅位诏》《禅位册书》等文4篇。

（30）孝静帝元善见（524—552）。好文学，美容仪，力能挟石狮翻墙，射无不中。嘉辰宴会，多命赋诗，从容沉雅，有孝文风。高欢推帝以奉肃宗之后，永熙三年（534）冬十月丙寅即位。武定八年（550）归其位于北齐，别封中山王，天保二年（551）十二月初十被高洋毒杀。事见《魏书·孝静纪》。《严辑上古文》收《迁邺诏》《普禁天下造寺诏》等文8篇。《后魏文补》收《霖雨大赦诏》等文8篇。

（31）元孝友（？—551）。太武帝拓跋焘玄孙、临淮王元彧之弟。东魏、北齐时大臣，少有时誉，袭爵。任沧州刺史、河南尹时，善事以法，温和亲民，颇有政绩。北齐时被降为临淮县公，天保二年（551）为高洋所杀。事见《魏书·列传第六》《北齐书·列传第二十》。《严辑上古文》收其《上孝静帝表》。

（32）元伟。北周时人，生卒年不详，字猷道。魏昭成帝后，曾祖元忠、父元顺。少好学，有文雅。北周世宗初，拜师氏中大夫，受诏于麟趾殿刊正经籍。事见《周书·列传三十》。所作《述行赋》虽佚，但据其名门出身、厚重受学以及多与文士交游推断，其文章或有较高艺术性。

2. 宇文氏群体

该群体北魏时期未有代表性人物，12名有文名者集中出现于西魏、北周时期。

（1）太祖宇文泰（507—556）。字黑獭（一作黑泰），代郡武川人，宇文肱子。北周文帝，庙号"太祖"。厚儒重学，北魏末随鲜于修礼起家，贺拔岳遇害后为首领，先后灭侯莫陈悦、曹泥，一统关陇。永熙三年（534）杀孝武帝，次年正月立元宝炬为帝，是为西魏，都长安，成为实际掌权者。设府兵，立八柱国，战东魏，食南梁，奠定关陇集团的政治地位，并延及隋唐。恭帝三年（556）去世，次年，西魏恭帝禅位于其子宇文觉，北周建立。武成元年（559），被追尊为文皇帝。事见《周书·帝纪第一、第二》。《严辑上古文》收《赐李远书》《与长孙俭书》《潼关誓》等文 11 篇。其文仿《大诰》体，古奥铿锵，颇值玩味。

（2）孝闵帝宇文觉（542—557）。字陁罗尼，太祖第三子。北周开国国君（时称天王），557 年即位，后为宇文护毒害，享国不久。事见《周书·帝纪第三》。《严辑上古文》收《祠圆丘诏》《举贤良诏》等文 8 篇。

（3）明帝宇文毓（534—560）。小名统万突，宇文泰长子。557 年，在宇文护拥立下即天王位，武成二年（560）为宇文护所害，为"宇文三才子"之一。他幼而好学，博览群书，善属文，宽明仁厚，治有美政。曾集文士八十余人于麟趾殿刊校经史，又博采伏羲、神农以来至魏末众典，著成《世谱》五百卷，所著诗文共十卷。事见《北史·周本纪上第九》《周书·帝纪第四》。《严辑上古文》收《放免元氏家口诏》《造周历诏》《大渐诏》等文 14 篇。《北齐周文补》《改元大赦诏》等文 3 篇。《逯辑校诗》存诗《过旧宫诗》《贻韦居士诗》《和王褒咏摘花》。其诗文多染南朝风气，词彩温丽，华美氤氲，又真挚动人，具有多重文学艺术特色。

（4）武帝宇文邕（543—578）。字祢罗突，太祖第四子。幼而孝悌,聪敏有器质。十二岁时被封为西魏辅城郡公,后拜大将军。武成二年(560)四月,被宇文护拥立为帝。建德元年(572),诛杀权相宇文护,独掌朝政。建德五年十月,复领兵攻齐。建德六年正月,率军围邺灭北齐。后行灭佛事。宣政元年(578)六月,疾甚而崩。事见《周书·帝纪第五、第六》。《严辑上古文》收《颁六官诏》《胄子入学诏》《伐齐诏》《致梁沈重书》《叙废立义》《二教钟铭》等文64篇。《北齐周文补》收《赠叱罗协诏》等文6篇。

(5)宣帝宇文赟(559—580)。字乾伯,宇文邕长子。建德元年(572)立为皇太子,宣政元年(578)即位。滥施刑罚,杀齐王宇文宪致宗室力量急速衰落,外戚势力抬头。大成元年(579),禅位于宇文衍,自称天元皇帝,广充后宫,纵欲酒色,嬉游无度。大象二年(580)卒。事见《周书·帝纪第七》。《严辑上古文》收《洛州迁户听还诏》《安置沙门敕》等文22篇。《逯辑校诗》存诗《歌》。

(6)晋公宇文护(515—572)。字萨保,文帝之侄。永熙末以迎孝武功,封水池县伯。大统初,进车骑大将军、仪同三司,加骠骑大将军、开府仪同三司,进封中山公,迁大将军。周孝闵帝践祚,拜大司马,封晋国公,拜大冢宰,寻行弑立事。明帝时拜太师,复行弑立事。武帝时为都督内外诸军事,天和七年(572)伏诛。事见《周书·列传第三》。《严辑上古文》收《举县延与周弘正对论表》《与赵公招书》《报母阎姬书》等文5篇。其文或浅白直截,或撼人心扉,具有多重风格。

(7)代王宇文达(?—581)。字度斤突,宇文泰第十一子。性果决,善骑射。历大将军、右宫伯,拜左宗卫。大象二年(580)冬杨坚专权,诛杀宇文氏贵族,宇文达与其子宇文执、执弟蕃国公宇文转以及弟宇文逌等人被杀害。事见《周书·列传第五》。《严辑上古文》收其《造释迦像记》。

（8）宇文招（？—581）。字豆卢突，宇文泰第七子，孝闵帝宇文觉、明帝宇文毓、武帝宇文邕异母弟，封赵王，周静帝大象二年（580）冬被杨坚杀害，为"宇文三才子"之一。幼聪颖，博涉群书，好属文。学庾信体，词多轻艳。与王褒、庾信等北来文人过从甚密，互相唱和，友谊深厚，是为布衣之交。宇文招曾著文集十卷（《隋书·经籍志》作八卷），全佚。事见《周书·列传第五》。《逯辑校诗》存诗《从军行》（又见《文苑英华》卷一九九）。其诗多边塞之写实，颇有气韵。

（9）宇文逌（？—581）。字尔固突，宇文泰第十三子，封滕王，为"宇文三才子"之一。文行当时，武功著世。少好经史、聪慧敏锐，有才思、解属文，所著文章盛行于当世。他敬重文士，不论贵贱均与之交往，特别和庾信等人友情深笃，曾作《庾信集序》称扬庾信的文学成就。武成初，封滕国公；天和末，拜大将军；建德初，进位柱国。周静帝大象二年（580）冬，与宇文招一起被杨坚所杀。事见《周书·列传第五》。《严辑上古文》收《庾信集序》《道教实花序》。《逯辑校诗》存《至渭源诗》。其文章篇幅甚巨，内容大气磅礴，辞清意远，理论精深，大开北周宇文氏文学理论研究之先；其诗亦有可观之处。

（二）贵族群体

长孙氏、陆氏、于氏、源氏、窦氏家族一直是元魏、宇文周集团的重要辅助，这些家族的重要成员多进公封爵，拜柱国、将军。他们在文化上对元氏、宇文氏皇室亦步亦趋，有文名者甚夥，达27人。

（1）长孙嵩（358—437）。本姓拔拔，道武帝赐名，代（今山西大同)人,南部大人长孙仁子。宽雅有器度,累著军功,以此擢功名,略有文才。北魏初,即为朝廷肱股大臣,后与奚斤等人位列"八公"。拓跋焘即位,进嵩太尉,后加柱国大将军。太延三年(437)薨。孝文帝时配祭宗庙。事见《魏书·列传第十三》《北史·列传第十》。《严辑上古文》收其《议答吐谷浑慕瑰》。

(2)长孙稚(? —535)。字承业,原名冀归。上党王长孙道生曾孙、长孙观子。魏孝文帝赐名为稚。历前将军、抚军大将军等。随孝武帝元修入关,受封太师,录尚书事,复封上党王。大统元年(535)去世。事见《魏书·列传第十三》《北史·列传第十》。《严辑上古文》收《奉表自明》《复收盐池税表》等文3篇。

(3)长孙澄。生卒年不详。字士亮,长孙稚第四子。容貌魁岸,风仪温雅,武功传家,有父风。魏孝武帝时除征东将军,随宇文泰援玉璧、战邙山,进位骠骑大将军,北周拜大将军、义门公。卒于任上。追赠柱国大将军、同州刺史,谥号为简。事见《魏书·列传第十三》《北史·列传第十》《周书·列传第十八》。《后魏文补》收其《宋灵妃墓志》。

(4)长孙庆。生卒年不,河南洛阳人。历骠骑将军、给事黄门侍郎等,封桑乾公。疑为长孙肥之后,父征虏将军、安州刺史长孙季,长兄益州刺史寿,次兄雍州刺史盛。《后魏文补》收其《魏故安州刺史长孙使君墓志铭》。

(5)陆恭之(? —537)。字季顺,陆凯子。有操尚,位东荆州刺史,赠吏部尚书。陆氏一门文学高尚,有陆馛子陆琇,雅好读书、位至高官;琇弟凯谨重好学,年十五为中书学生,家族意识强烈;陆凯子、恭之兄昕拟《急就篇》为《悟蒙章》,有《七诱》《十醉》,章表数十篇;恭之所著文章诗赋也有千余篇。事见《魏书·列传第二十八》《北史·列传第十六》。

（6）陆丽（？—465）。字伊利,代郡人,东平王陆俟之子。历太武、文成、献文三朝,始终谦卑不贪功。太武崩,南安王余立,既而为中常侍宗爱等所杀,百僚忧惶,莫知所立。丽与长孙渴侯、源贺、刘尼奉立拓跋浚于苑中,确保了拓跋（元）氏社稷的稳固。他因拥立之功而受心膂之任,在朝者无出其右,达到陆氏在北魏时期政治地位的顶峰。又好学爱士,所待皆笃行之流,常以讲习为业,士多称之。事见《魏书·列传第二十八》《北史·列传第十六》。《严辑上古文》收其《让封平原王启》。

（7）陆叡（？—497）。字思弼,陆丽次子。沉雅好学,折节下士。太和年间与元琛持节为东、西二道大使,褒善罚恶,闻名于京师。出为镇北大将军,出击蠕蠕,大破敌军,迁散骑常侍、定州刺史。因参与恒州刺史穆泰谋逆,于太和二十一年（497）被魏孝文帝赐死。事见《魏书·列传第二十八》《北史·列传第十六》。《严辑上古文》收其《请班师表》。

（8）于烈（437—501）。代郡人,镇南将军于栗䃅孙、尚书令于洛拔长子。擅长骑射,沉默寡言,初任羽林中郎将;太和初年,署理秦、雍二州刺史,迁司卫监,转左卫将军、殿中尚书,封聊国县开国子。深受魏孝文帝器重,享"有罪不死"特权。景明二年（501）八月病逝,时年六十五。事见《魏书·列传第十九》《北史·列传第十一》。《严辑上古文》收其《乞黜落子登表》《因子忠奏事》。

（9）于忠（462—518）。字思贤,于栗䃅曾孙、于烈子。受宣武帝宠信与重用,官至琥骑侍郎,赐名登。孝明帝继位,加仪同三司、尚书令,掌握朝廷诏命和生杀大权。胡太后临朝摄政后,封为灵寿县公,不久遭到贬黜。神龟元年（518）卒,赠司空公、侍中,谥"武敬"。事见《魏书·列传第十九》《北史·列传第十一》。《严辑上古文》收其《疾病上胡太后表》《矫诏诛裴植》）。

（10）源贺（407—479）。原名秃发破羌，字贺豆跋，西平郡乐都县人，南凉景王秃发傉檀子。太武帝视其为直勤宗室，赐姓源。太延五年（439），大破北凉有功，封为西平郡公，迁征西将军、殿中尚书，赐名源贺。正平二年（452），太武帝拓跋焘为宗爱所弑后，源贺积极参与诛杀宗爱和迎立皇孙拓跋濬的行动，后迁征北将军、给事中，封为西平郡王。天安元年（466）拜太尉。曾与陆馛持节拥立元宏即位。太和三年（479），因病薨，年七十三。事见《魏书·列传第二十九》。《严辑上古文》收《对诏问攻古之计》《遗令敕诸子》等文5篇。

（11）源怀（444—506）。原名思礼，源贺子。谦恭宽雅，颇有大度，清俭有惠政，以军功显威名。随魏孝文帝南征，历司、夏、雍州刺史。魏宣武时出据北蕃，兴兵讨伐蠕蠕，迁骠骑大将军。正始三年（506）去世。事见《魏书·列传第二十九》。《严辑上古文》收《奏请乘衅伐齐》等文6篇。

（12）源子雍（邕）（488—527）。字灵和，源贺孙、源怀子。少好文雅，笃志于学。推诚待士，诸人拥戴。数立战功，兵败而卒。事见《魏书·列传第二十九》。《严辑上古文》收《讨葛荣上书》等文2篇。

（13）源子恭（？—538）。字灵顺，源贺孙、源怀子、源子雍弟。聪慧好学。北魏到东魏时期大臣，初辟司空参军事。魏孝明帝正光年间，带兵平定氐族叛乱，镇压六镇起义和各地民变，累迁散骑常侍、豫州刺史。武泰初年，擒将杀敌，击退梁国夏侯亶进攻。其后定乱平寇，屡有战功，得授都督三州诸军事、假车骑大将军、行台仆射,封临汝县开国子。孝武帝永熙年间,入为吏部尚书,加骠骑大将军。孝静帝天平初年,除中书监。天平三年(536),拜魏尹、齐献武王高欢军司。东魏元象元年(538)去世,追赠骠骑大将军、尚书左仆射、司空公、兖州刺史,谥"文献"。事见《魏书·列传第二十九》。《严辑上古文》收《奏访梁亡人许周》等文2篇。

(14)长孙虑。生卒年不详,仕履不多见。孝悌矜感,深明大义。年十五,母饮酒,其父误以杖击其母致死被囚执,判重坐。长孙虑乞以身代老父命,高祖特诏恕其父死罪,以从远流。事见《魏书·列传第七十四》《北史·列传第七十二》。《严辑上古文》收其《列辞尚书》。

(15)长孙绍远。生卒年不详,北魏末至北周时人,字师,少名仁,长孙稚之子。性宽容,有大度,容止堂堂,望之俨然,朋侪莫敢褒狎。雅好坟籍,聪慧过人,年甫十三,读《月令》一遍便诵之若流,其博闻强记大抵如此。孝武初,迁司徒右长史,绍远与稚随帝西迁,又累迁殿中尚书、录尚书事,后拜大司乐。孝闵践祚,封上党公。事见《魏书·列传第十三》《北史·列传第十》《周书·列传第十八》。《严辑上古文》收《遗表》《启明帝定乐》等文4篇。

(16)于谨(493—568)。字思敬,小名巨弥,于栗磾六世孙、陇西镇将于提子。性沉深,有识量,略窥经史,尤好孙子兵书。北魏、西魏、北周名将,八柱国之一。正光四年(523),随广阳王元深北伐,破贼主斛律野谷禄,又先后设伏大破六韩拔陵、柔然,讨伐河北鲜于修礼、邢杲等。太昌元年(532),从尔朱天光战高欢于韩陵山,败,奔宇文泰。大统三年(537),战沙苑,伐南梁,克江陵,杀梁元帝。宇文觉即位后,进封燕国公,任职太傅、大宗伯,立为三老,参议朝政,官至雍州牧。天和三年(568)去世,年七十六,谥号"文"。

事见《周书·列传第七》《北史·列传第十一》。《严辑上古文》收文《射江陵城内书》《传梁檄》。其作文遣词造句尚实务用,能将实用性与艺术性较好地结合。

(17)陆卬(约508—555)。字云驹,代人。祖希道(或云祖昕之,昕之尚北魏献文帝女常山公主,无子,乃以从兄希道第四子子彰为后,今改回祖希道),父子彰,中书监。约生于魏宣武帝永平时,卒于北齐文宣帝天保中,年四十八岁。少机悟,美风神。起家员外散骑侍郎,武定中,迁中书舍人。齐文宣帝时,授给事黄门侍郎,迁吏部郎中。在朝笃慎周密,言论清远。好学不倦,博览群书,五经多通大义。善属文,赋诗以敏速见美,齐之郊庙诸歌,多其所制。卬著有文章十四卷行于世,今佚。事见《魏书·列传第二十八》《北史·列传第十六》。

(18)陆士佩。生卒年不详,大约生活在东魏武定年间。字季伟,北魏陆希道之子、陆士廉之弟。武定中,为定东将军、司州从事。其世系为陆俟→陆丽→陆睿→陆希道→陆士佩,先祖多为朝廷勋贵,自陆丽后地位略有衰落。事见《魏书·列传第二十八》。《严辑上古文》收其《遗阳斐书》。

(三)赐姓、改姓群体

西魏、北周统治者为拉拢人才,给那些军功卓著之人赐以国姓。获赐姓之族原本已具备较高文化基础,又以文化认同累世相传,形成一个特殊的文人群体。

(1)李昶(约516—565)。顿丘临黄人,小名那,赐姓宇文。祖彪、父游。昶性峻急,不杂交游,家风绵长谨严。幼年因善作文章蜚声洛下,十数岁为《明堂赋》,已略可观。初谒太祖宇文泰,神情清悟,应对明辨,太祖每称叹之。后为绥德公陆通司马,公私之事,咸取决焉。又兼二千石郎中，典仪注。累迁都官郎中、相州大中正、丞相府东阁祭酒、中军将军、银青光禄大夫。与宇文氏、入北南士多有交游。事见《周书·列传第三十》《北史·列传第二十八》。《严辑上古文》收其《答徐陵书》。《逯辑校诗》存《陪驾幸终南山诗》《奉和重适阳关》。

（2）唐瑾。生卒年不详，字附璘，赐姓宇文，后更赐姓万纽于。父永。性温恭方重，有器量风格，军书羽檄，瑾多掌之。魏时从军，破沙苑，战河桥，进位骠骑大将军。时于谨愿与之结为同姓，西魏文帝遂更赐瑾姓万纽于氏。随军南伐江陵，载书以归。撰《新仪》十篇，所著赋、颂、碑、诔二十余万言。瑾有军事才能，又具吏干，作为汉人得到鲜卑勋贵的真心认可与接纳，两赐异姓便是明证。事见《周书·列传第二十四》。《严辑上古文》收其《华岳颂（并序）》。

（3）申徽（？—571）。字世仪，魏郡人，赐姓宇文。曾祖宋雍州刺史爽；父明仁，郡功曹，早卒。徽少与母居，尽心孝养。及长，好经史。性审慎，不妄交游。遭母忧，丧毕，乃归于魏。不以贵贱交友，不畏权贵，卓然有君子之风。时东徐州刺史元邃引徽为主簿，元邃坐事被押送洛阳，故吏宾客唯徽一人相送，其古雅高行略可观之。寻除太尉府行参军。周天和六年（571）卒。事见《周书·列传第二十四》。《严辑上古文》收《为周文帝上魏孝武帝四表》《为周文帝传檄方镇》等文6篇。

（4）王悦（？—561）。字众喜，京兆蓝田人，赐姓宇文。少有气干，为州里所称。性俭约，不营生业。先随尔朱天光西讨，再随宇文泰征伐。孝闵践祚，寻拜使持节、骠骑大将军、开府仪同三司、大都督、司水中大夫，晋爵蓝田县侯，迁司宪中大夫。周保定元年（561）卒于位。事见《周书·列传第二十五》。《严辑上古文》收《言于安定公》等文 3 篇。

（5）韦叔裕（509—580）。字孝宽，京兆杜陵人。少以字行。世原为三辅著姓，赐姓宇文。祖直善，魏时为冯翊、扶风二郡守。父旭，武威郡守。孝宽沉敏和正，涉猎经史。事见《周书·列传第二十三》。《严辑上古文》收其《上武帝疏陈平齐三策》《手题募格书背》。其文逻辑严密，宽严实用。

（6）柳庆（517—567）。字更兴，解（今山西永济）人，赐姓宇文。父僧习，齐奉朝请。庆博涉群书，好饮酒，娴于占对。天性抗直，无所回避，为当时少有的直臣。魏大统十三年（547），封为清河县男爵，兼计部尚书右丞。大统十六年，任大行台右丞、抚军将军。西魏废帝初年，又为民部尚书。北周孝闵时，赐姓宇文氏，晋爵为平齐县公。天和元年（566）十二月卒，时年五十。事见《周书·列传第十四》。《严辑上古文》收其《为父具答权贵书草》《作匿名书多榜官门》。

二、文学特性

因为特殊时代背景，北朝"代北七姓"文学在"永嘉之后，天下分崩，戎狄交驰，文章殄灭"[①]的境况下，于历次迁徙中融合，于融合中又向前进发，北魏初期受到了朔方文学"其能潜思于战争之间，挥翰于锋镝之下"[②]创作背景的影响，并延续着朔方文学"章

---

① 《魏书》卷八十五《文苑传序》，〔北齐〕魏收：《魏书》，北京：中华书局，1974 年，第 1869 页。

② 《周书》卷四十一《王褒、庾信传》，〔唐〕令狐德棻：《周书》，北京：中华书局，1971 年，第 743 页。

奏符檄，则粲然可观；体物缘情，则寂寥于世"①的文学特性。同时，"代北七姓"表奏颂铭等公牍又具有声实俱茂，词义典正之永嘉遗风。到了孝文帝"锐情文学，盖以颉颃汉彻，掩踔曹丕，气韵高艳，才藻独构"②，以身作则实践文学的"气韵""才藻"；孝明帝至东、西魏期间，烟霏雾集，"文雅大盛，学者如牛毛，成者如麟角"③，"代北七姓"文学在儒学宗经中艰难进阶。北周以后，"纂遗文于既丧，聘奇士如弗及。是以苏亮、苏绰、卢柔、唐瑾、元伟、李昶之徒，咸奋鳞翼，自致青紫"④，元伟、唐瑾、李昶为"代北七姓"元魏宗室、改姓文人，他们的文学经"务存质朴"转而"革车电迈，渚宫云撤"⑤，将江左清绮、河朔贞刚合成新风。终北朝一代可见，"代北七姓"将五种文学特色杂蕴一体。

（一）政治性文学

"北方人对政治盛衰的关心则远远超过南方"⑥，北朝"代北七姓"的文学，体例上以公牍文为主，公文当然包含着很多诏册政令，宣扬的多是统治者意志。严格意义上来说，很多诏书、令、表由统治者口述，由馆臣起草润色"再创作"而成，一来二去，不仅文学的独创性会受到质疑，甚至于著作权归属也会成为争议问题，即使以较宽泛原则认定口述者为成文作者，也难免失掉了很多原汁原味。再加上口语化表述经书面调和，虽引经据典，更典雅厚重，规矩对仗，但终如端起架子训斥人，不够灵动、酣畅、直接、率真，给人

---

① 《周书》卷四十一《王褒、庾信传》，第743页。

② 《魏书》卷八十五《文苑传序》，第1869页。

③ 《魏书》卷八十五《文苑传序》，第1869页。

④ 《周书》卷四十一《王褒、庾信传》，第744页。

⑤ 《周书》卷四十一《王褒、庾信传》，第744页。

⑥ 曹道衡、沈玉成：《南北朝文学史》，北京：人民文学出版社，1991年，第522页。

一种隔阂。然而,"代北七姓"因为较高的政治地位,偏偏拥有他人草拟、代笔的客观条件,再加上这个马背上取得天下的集团本身文化水准不高,文人润色、代笔故而成为一种客观需要,北朝初期的他们自然而然地利用了这个便利。附加于文学太多的政治意味,真实"意"与润笔"力"之间造成的不对称差异,或许是这个"代北七姓"集团文学一开始不够引人入胜的原因。

"代北七姓"之北魏开元皇帝道武帝拓跋珪,史载其人天生具有"弱而能言,目有光曜,广颡大耳"①的异象,天兴三年(400)他颁下《天命诏》《官号诏》。在之前的天兴元年,他曾颁《定国号为魏诏》②,此诏虽不盈百字,但融政令于四言,具有典诰之厚重与文辞之雅正,政治文学的叙事内容,政治文章的风格已于"代北七姓"文学中初见端倪。诏以"朕"之第一人称口吻,历数建功立业的艰辛历程,语气尚且平和中肯,最后却陡转成强硬语气,正告臣民以国号,给人以释意未尽、析理未穷之生硬突兀。

道武帝拓跋珪一直注重拉拢汉族士大夫,不仅取汉人张衮、许谦为谋士,在灭燕后又礼待名士崔宏。他悉心学习汉文化,下令搜罗书籍运往平城,供他诵习,崔宏为之解《汉书》,从而知晓明君贤臣、王朝废兴之事。他前半生文治武功,居功至伟,后半生却盲目自大、刚愎自用,常常担心皇权旁落,性格变得猜忌多疑。文章为政治服务,为统治者服务,此一点,较为明显地体现在拓跋珪于天兴三年(400)连下的两道诏书中,且凸显了政治文学叙事的强制性特点。《天命诏》宣扬天命神授,要百姓遵守"五纬上聚,天人俱

---

① 《魏书》卷二《太祖纪第二》,第19页。
② 《全上古三代秦汉三国六朝文》,第3511页。

协，明革命之主，大运所钟，不可以非望求也"①。这一超三百字的诏书，随着文字数量明显增加，文辞也不再局限于四言，而变为更加灵活的杂言。诏书立足于天命说，欲正、反比对，以理服人，鼓吹"诚能推废兴之有期，审天命之不易，察征应之潜授，杜竞逐之邪言，绝奸雄之潜肆，思多福于止足，则几于神智矣"②的愚民之论，不得不说这是与历史背道而驰的。《官号诏》配合《天命诏》进行政治宣传，诏书要臣民明白"是故道义治之本，名爵治之末"③，从而将"天命"和"道义"作为统治手段、精神鸦片，妄图麻痹自己、愚弄大众而获得安宁。其文章立论在谁做君王自有天命这个逻辑起点，并要求群臣讲道义，不贪名争位，实质还是告诫大家不要觊觎他的皇帝宝座。此二诏与道武帝之前的诏书相比虽情绪更为激烈，情感较为充沛，较多引经据典，且将政治思想更加巧妙地表达了出来，具有一定的说服力、迷惑性，但今天看来完全是在开历史倒车，稍加鉴别便可看出其中"严以律人、宽以待己"的强制性、诡谬处，以及与儒家王道思想的冲突。表达政治主张的文学若拿捏不当就容易陷入开门见急、语言压迫的泥潭，从而导致自说自话、难以圆融的窘境。

政治性表现得更加明显的当属北魏、西魏交接之际。当时的公牍文从文种选择、遣词造句、文意把握等各个方面来看，种种蛛丝马迹显示其时的公文无不暗含着政治意味。北魏孝武帝《报宇文泰诏》与西魏文帝元宝炬《报宇文泰》两篇文章就很具代表性。一直以来，公牍应用文章有明显的文种规范与限制，对下可用诏、

---

① 《全上古三代秦汉三国六朝文》，第3511页。
② 《全上古三代秦汉三国六朝文》，第3511页。
③ 《全上古三代秦汉三国六朝文》，第3511页。

令、敕、誓等，对上用上言、奏、疏、表、启、议等，平行或不隶属的用书、移文、铭、颂等。北魏分崩，西魏元宝炬在关中完全是靠着宇文泰拥立起来的，在当时，表面上双方君、臣界限分明，但军事实力、政治影响力所及界限又十分混乱，因为从一开始宇文泰与元宝炬就分别处于代表军权、皇权的"大丞相府、大行台两个权力中心"[①]。文帝元宝炬的《报宇文泰》本应该是帝王给臣属之下行文的诏、令、敕等，但实际上唐令狐德棻等史家、清严可均辑文时均命名为"报"，以具有向上意味的文体行之。在此之前，北魏孝武帝永熙三年(534)的《报宇文泰诏》，虽是同出《周书·文帝纪》，针对同一对象的文字，但一"诏"字之差，背后已经暗含着诸多的行文关节与原则，体现着深刻的政治考量。特别是从文本内容、遣词造句上来看，更是处处体现了政治性文学的特点。孝武帝所处北魏末世，六镇起义，兵戈正酣，时宇文泰在贺拔岳麾下，羽翼尚未丰，《报宇文泰诏》便是在贺拔岳遇害后令其接替统帅一职时所下。诏书语气强硬，不容置喙，云"今亦征侯莫陈悦士马入京。若其不来，朕当亲自致罚。宜体此意，不过淹留"[②]，字面上王顾左右而言他，假以奖掖、惩处他人之言，却暗含着杀鸡儆猴、敲山震虎之意。另外从行文上来看，该诏语言简练，叙事精准，很有章法。到文帝元宝炬时，或是忌惮宇文泰此时柱国大将军威势，统领兵力的威力，又或者为了汲取孝武帝永熙三年被宇文泰所弑的教训，即使"轻躁薄行，个性强果"的元宝炬，也不得不故作谦卑姿态，采取怀柔之策，因此《报宇文泰》行文语气从命令转商量，还将失利

---

① 薛海波：《六官与西魏北周政治新论》，《史林》2016 年第 4 期，第 57 页。
②《全上古三代秦汉三国六朝文》，第 3577 页。

之责揽于自身，颇有罪己之意，其背后实质是在文字上玩味权术。据《周书·文帝纪》载："太祖以邙山之战，诸将失律，上表请自贬。魏帝报曰……"[①]一来失职在宇文泰，二来宇文泰拥兵自重，滥杀元魏宗亲，于情于理于事实文帝都该恨之入骨，可他作文章却称"公膺期作宰，义高匡合，仗钺专征，举无遗算。朕所以垂拱九载，实资元辅之力；俾九服宁谧，诚赖翊赞之功"[②]，极尽夸赞之辞。宇文泰因兵败请自贬尚可理解，实际是欲以退为进，元宝炬赞他功隐其过，真真假假、虚虚实实，确是极难分辨的。诏书又云："今大寇未殄，而以诸将失律，便欲自贬，深亏体国之诚。宜抑此谦光，恤予一人。"[③]此句偷换概念，避重就轻，完全彰显出高明的帝王话术。通篇下来，文章只可见其字面意思，早于成文前已确立的文章内涵真意，需要审时势方可分析辩证得出，其背后决定性因素完全取决于作文者与行文对象的政治军事实力。

其实，"北魏初中期、西魏以及隋初是北朝散文表现政治性、实用性最为突出的时期，占据了北朝历史的一大半的时间"[④]。"代北七姓"或为帝王，或为军事豪帅、王公贵族，公牍文章为他们日常行政所作、所用、所需，数量庞大，约942篇。此时，无论是传达公事的诏、令、启、疏、表，公务处理的状、判、檄，还是日常交流的书信、碑铭、记等，几乎篇篇具有"字为政先、言必时势、意在言外"的政治性文学艺术特点。在文体选择、行文原则上，皆因时势、儒家

---

① 《周书》卷二《文帝纪》，第 28 页。

② 《全上古三代秦汉三国六朝文》，第 3579 页。

③ 《全上古三代秦汉三国六朝文》，第 3579 页。

④ 徐中原：《论北朝散文之特征》，《北京化工大学学报（社会科学版）》2008 年第 3 期，69 页。

道统所囿,毫无自我新创空间;遣词造句上,一般需骈偶对仗、厚重典雅、简洁连贯,但也时而口语化,这一点主要取决于作文者好尚。即便如此,北朝"代北七姓"的文章并非通篇一色,而是在政治性方面表现出较大张力,由多种特色交织一起增强文章的艺术厚度、创作维度,隋唐时期的族裔对此多有传承。

(二)武文互生性文学

《魏书》云:"文武之道,自古并行,威福之施,必也相藉。故三、五至仁,尚有征伐之事;夏殷明睿,未舍兵甲之行。"① 整个中古历史,兴衰皆不离"文""武"二字。特别是古代北方游牧民族一直有"尚武"传统,后来,在游牧文化向农耕文化转变中,部分部落又将"尚文"作为族风沿袭。尚武崇文在北朝"代北七姓"群体上表现得尤其明显,出现重功业、积极事功的处世态度。

然而,北魏初至北周,依武立家是"代北七姓"一贯的生存之道,因文而弃武断是没有生存土壤,辅文强武、文武并举成为他们理性统治路下的最终归宿。以北魏元氏为例,即使像孝文帝元宏这样积极汉化的帝王,也认为"然则天下虽平,忘战者殆;不教民战,可谓弃之⋯⋯国家虽崇文以怀九服,修武以宁八荒,然于习武之方,犹为未尽"②。同样的,即使延续孝文帝的汉化改革的北周,依然有对文化、文学持有鄙夷之情,出现重武而轻文的情况,如宇文泰身边的近臣李昶曾发"文章之事,不足流于后世"③ 之叹,皇室成员宇文庆授业东观时,仍轻经史为"腐儒之业"。然而,当时亦有更主流、完全相反的观念出现,如从小便聪明好学的于仲文,九

---

① 《魏书》卷七下《高祖纪第七下》,第170页。
② 《魏书》卷七下《高祖纪第七下》,第170页。
③ 《周书》卷三十八《李昶传》,第686页。

岁对答宇文泰"书有何事"之问时，曰"资父事君，忠孝而已"①云云，以仲文如此年纪便对儒家忠孝推崇备至，并自然融入日常应答中，或为当时社会流风之映射。可见，当时人们文、武观念颇为复杂，有一个从不同到统一的过程。"代北七姓"在经历尚武鄙文、偃武修文再到武文并进的流变，他们辩证地接纳武、文精神内核，且以此影响着文学创作。文学作品中出现武、文互生现象，武为核、文为用，文为气、武润质，尚武则"词义贞刚，重乎气质"②，崇文则据儒学立文章，开始引经据典、雅正复古、重理务实。

　　武文博"杂"，武功成为文章的重要主题。太武帝《征卢玄崔绰等诏》③（神䴥四年九月）云："今二寇摧殄，士马无为，方将偃武修文，遵太平之化。"下诏彰明朝廷四处寻访贤俊辅师，并有欲召范阳卢玄、博陵崔绰、赵郡李灵、河间邢颖、渤海高允、广平游雅、太原张伟等人成羽仪之用意。诏书以武、文为孪生体，将"文"的一端划归成文士，从而进入武取天下、文治天下的传统命题。能更明显体现武旨杀伐的，另有太武帝的《西征凉州与太子晃诏》。此太延五年（439）八月之诏书，全文安排征伐战事，事无巨细，文辞流畅。太武帝又作《与宋主书》《又与宋主书》，欲以文字建构的千军万马，挑衅并激怒南朝宋君主北伐，如"取彼亦须我兵刃？此有能祝婆罗门，使鬼缚彼送来也"之句，咄咄逼人，语气颇为傲慢轻侮，"彼年已五十，未尝出户，虽自力而来，如三岁婴儿，复何知我鲜卑常马背中领上生活。更无余物可以相与，今送猎白鹿马十

────────────────

①《隋书》卷六十《于仲文传》，〔唐〕魏征等：《隋书》，北京：中华书局，1973年，第1450—1457页。

②《隋书》卷七十六《文学传》，第1730页。

③《全上古三代秦汉三国六朝文》，第3513页。

二匹并毯药等物,彼来马力不足,可乘之"①,虽略显口语化,却也俏皮生动,成为严酷战事之外的别样调剂。太武帝的诏书,已具有"以文载武"的特征。其他篇什,如北魏献文帝《誓众诏诸将》(皇兴四年)、孝文帝《讲武诏》《退师诏》《停教武诏》、孝明帝《出师诏》、孝庄帝《喻旨尔朱荣》、孝武帝《南征诏》、新兴公元丕《谏南征表》、元继《讨高车表》、乐平王元丕《上疏谏讨高丽》、元澄《讨梁表》、元嵩《请举沔南表》、元英《乞乘虚取沔南表》、元熙《举兵上表讨元叉》、元禧《教武表》、源子雍《讨葛荣上书》,北周宇文泰《潼关誓》、武帝《伐齐诏》《又伐齐诏》、于谨《射江陵城内书》《传梁檄》等,皆为北朝"代北七姓"建功立业、南征北伐的见证,正是这些"以文载武"、以用武为主要内容的文章,才衬托出一个风云变幻、文武博杂的时代。

尚武贵"用",以文字罗织武文内涵。时人颜之推云:"朝廷宪章,军旅誓诰,敷显仁义,发明功德,牧民建国,施用多途。"②可见,"用"是一切文章的目的。其又云:"士君子处世,贵能有益于物耳,不徒高谈虚论,左琴右书,以费人君禄位也。"③"代北七姓"处世及作文章原则与此高度契合,他们将文化建设、招贤纳士变成武与文互生结合的重要措施,将满是用武内容文章的文学精神推向"用"之一途。崇文,文字是首要解决的问题,"代北七姓"何时以何种文字书写暂不可考。据太武帝拓跋焘北魏始光二年(425)《颁下新字诏》"在昔帝轩,创制造物,乃命仓颉因鸟兽之迹以立

---

① 《全上古三代秦汉三国六朝文》,第 3517 页。
② 〔北齐〕颜之推著,王利器集解:《颜氏家训集解》,上海:上海古籍出版社,1980年,第 221 页。
③ 《颜氏家训集解》,第 290 页。

文字"①，可见他们应用的为仓颉所造之鸟兽文，但因随时改作、传习失真导致文体错谬，需要进行正名，并予以规范，即"今制定文字，世所用者，颁下远近，永为楷式"，便有《魏书·太武纪》所载初造新字千余。太武帝此举可谓对后世影响深远，从此也打下了"代北七姓"崇文的文化基础。北魏宣武帝《建国学诏》《立学诏》《报郦道元请立鲁阳学诏》，北魏元澄《请修立宗室四门学表》，北周孝闵帝《举贤良诏》、北周明帝《造周历诏》、北周宣帝《追封孔子诏》，皆是在"代北七姓"武功建勋之后促进文化发展的具体措施，武功似已隐遁，却幻化成文章"用"的维度和对象，绝未因噎废食、偏废一端。

　　崇文重"理"，厘定以文载武章法。"代北七姓"十分重视文章的理路，常常从"理"的角度对文章作出限定与评价。北魏孝文帝"务令辞无烦华，理从简实"②，又云："朕躬览《尚书》之文，称'肆类上帝，禋于六宗'，文相连属，理似一事。"③北魏宣武帝"辞理恳至，邈然难夺"④，北魏献文帝"高丽奏请频烦，辞理俱诣"⑤。作文章对理的重视，是"代北七姓"以儒学为宗，是北人气质、务实精神所决定。"颇有干用，而无行业"的元世㒞，和其父元嵩一样，皆有武功，其《与梁请和移文》采用移文文体该恰得当，文章内容体现以民为本、尚儒治国的诸多思想，这是尚武崇文的一次很好结合。此时元世㒞位侍中大骠骑同尚书令，以此身份与南朝梁朝廷交涉，

---

①《全上古三代秦汉三国六朝文》，第 3513 页。
②《魏书》卷七《高祖纪下》，第 154 页。
③《魏书》卷一百十八《礼志》，第 2744 页。
④《魏书》卷二十一《献文六王列传》，第 538 页。
⑤《魏书》卷一百《勿吉列传》，第 2219 页。

"一彼一此,或利或钝。亡载得舆,所获盖寡。争鸡失牛,所损更大。空使干戈未戢,戎马生郊。髓脑涂于原野,骸骨暴于草泽。二国不和,百姓何罪?静言思之,良所未悟"[①],直指常年的争斗既不利于百姓的生产生活,亦造成许多人间惨剧,战争是完完全全的零和博弈,对双方皆不利。移文行云流水,对仗十分工整,得失比对,具象明晰,揭露战争的危害百姓的本质,引起南北朝廷的思索。全文以"方欲寝榆关之高烽,罢轮台之远戍,铸敛戟为农器,纳苍生于仁寿"[②]之句最为出彩,展示北方政权处世思想和止戈去杀之心,可谓软硬兼施、刚柔并济,用心用情在理。《颜氏家训·文章》云"辞与理竞,辞胜而理伏"[③],移文从个人、南北朝廷、百姓和则两利、战则两伤的利害关系阐释,辞隽永且精深,理精炼又简明,文虽不长,但可作北魏、东魏之际"代北七姓"的公牍佳作。另外,长孙嵩之《议答吐谷浑慕璝》以理宣教、阐义生发,君王可据实采纳;于谨之《射江陵城内书》《传梁檄》,喻理显君威,屈人不用兵刃。可见,此时"代北七姓"已能很好地辩证拿捏着武、文之度,以文尚武、倚武崇文。直到唐元结所处的"安史之乱"前后,武文互生性文学的诸般特色仍有体现。

(三)儒化文学

"儒学在北朝一直兴盛不衰,帝王们大多好尚儒学,士人们也多治经。"[④]作为北朝帝王的"代北七姓"正居此列,帝王们以儒治

---

① 《全上古三代秦汉三国六朝文》,第3600页。
② 《全上古三代秦汉三国六朝文》,第3600页。
③ 《颜氏家训集解》,第249页。
④ 徐中原:《论北朝散文之特征》,《北京化工大学学报(社会科学版)》2008年第3期,第69页。

国、取士,贵族们以儒为学、以儒为风尚。他们向河西之域东迁、南朝北上的儒士取经,"北朝偏安窃据之国,亦知以经学为重。在上者既以此取士,士亦争务于此,以应上之求。故北朝经学较南朝稍胜,实上之人有以作兴之也"①。儒学的提倡,不仅行儒学主张,推崇孝道、行仁政、忠君报国,还积极进行文士交聘、招隐士,以儒士的要求自觉规范行为,针砭时弊,仗义进言,鲜卑文 "士" 赋诗明志,宇文泰行西周之政,令苏绰以《大诰》定文体,推行具有儒学特征的文化复古。

"代北七姓" 重视史典编撰、开门纳谏、推行仁义,以儒家 "圣王" 道义匡弼时政。北魏太武帝拓跋焘《命崔浩综理史务诏》便是一例。至太平真君元年(440),北魏已立国近60载,在军事上 "秦陇克定,徐兖无尘,平逋寇于龙川,讨孽竖于凉域",在文化上厘正刑典,史注集前功,成一代之典。诏书不仅充斥着儒家仁德、顺义尊君之命题,还具有儒家立身、立命、立言的强烈意识,"而史阙其职,篇籍不著,每惧斯事之坠焉。公德冠朝列,言为世范,小大之任,望君存之。命公留台,综理史务,述成此书,务从实录焉"②。其后不久的太平真君五年正月庚戌,太武帝又颁《禁私立学校诏》以整顿教育,欲齐风俗示轨则于天下也。在战事间隙,太武帝对文化的重视具有示范作用,带动拓跋(元)氏后裔革故鼎新。对不符合儒家正统的图谶学,北魏孝文帝则颁《焚图谶诏》(太和九年正月),阐述焚毁缘由为 "既非经国之典,徒为妖邪所凭"③,十分明晰,其所依凭的理论正是儒家正统。孝文帝推崇儒学,本身亦积极学习

---

① 〔清〕赵翼:《廿二史札记》,北京:中华书局,1963 年,第 285 页。
② 《全上古三代秦汉三国六朝文》,第 3515 页。
③ 《全上古三代秦汉三国六朝文》,第 3525 页。

汉文化,极具儒家帝王的风范。他曾在太和年间南巡经比干墓时作吊文。殷商王室的重臣比干,幼聪慧,好学,忠君爱民,直言劝谏,被奉为"亘古忠臣",孝文帝对他的祭奠在政治上具有象征意义。此后,汉臣刘芳为孝文帝的吊文作注,孝文帝下《报刘芳吊比干文诏》予以肯定,事发于迁都前后之太和十八年,"览卿注殊为富博,但文非屈宋,理惭张贾。既有雅致,便可付之集书"①。此诏答,极具文采,且有对儒学文化再提倡、再肯定之意。儒家讲究名正则言顺,在族人地位的确立上,太和十九年孝文帝依传统《制定代人姓族诏》,以行政命令确定姓族,各个领域均千方百计往符合儒家治理传统的路上靠拢。到了正光元年(520)正月孝明帝的《释奠诏》,将儒家文化的主张体现得更加彻底,如建国纬民、立教为本、尊师崇道等,推行儒学的方法措施有豫缮国学、图饰圣贤、置官简牲、择吉备礼等明确体系。

圣君者,往往善于听取意见,开门纳谏是日常必修课。孝文帝《求言诏》《求直言极谏诏》两道诏书,广开言路、真诚纳谏,"自今已后,群官卿士,下及吏民,各听上书,直言极谏,勿有所隐。诸有便宜,益治利民,可以正风俗者,有司以闻。朕将亲览,与三事大夫论其可否,裁而用之"②。在以上率下的带动下,在利国为民的感召下,"代北七姓"族员首先进言献策,有元晖《上书论政要》等。圣王者,往往以苍生为念。有孝文帝《忧旱诏》(太和四年二月)"膏雨不降,岁一不登,百姓饥乏,朕甚惧焉"③,以明君严格自律,忧心忡忡,忧国爱民;亦有北周明帝《放免元氏家口诏》《放还远配诏》

①《全上古三代秦汉三国六朝文》,第3541页。
②《全上古三代秦汉三国六朝文》,第3525页。
③《全上古三代秦汉三国六朝文》,第3526页。

《放免抄掠诏》,宽以待民,厚爱亲民,体现仁爱之举。

《隋书·儒林传序》:"暨夫太和之后,盛修文教,搢绅硕学,济济盈朝,缝掖巨儒,往往杰出,其雅诰奥义,宋及齐、梁不能尚也。"[①] 此便是孝文帝儒化之路,到宇文泰时推行公文大诰体的总结。北周宇文泰《与唐永书》《与王思政书》,赐姓宇文的申徽《为周文帝上魏孝武帝表》皆依《大诰》行文。另外,长孙虑《列辞尚书》,为其父发声,尊老爱幼,言之凿凿,用情切切;元熙作《将死与知故书》,作绝命诗《赠友人》饯别,虽即将身首异处,仍以诗明志;孝庄帝元子攸临崩前曾作《无题诗》,既悲愤又哀伤;元景被诛前作《临刑自作墓志铭》,泰然达观。这类舍生取义、大义凛然的行为,自北魏到北周久未断绝,因此引发时人的极大同情,成为"代北七姓"儒化渐深的象征。

(四)实用文学

文学的实用性根植于"代北七姓"的世界观,他们面对险恶环境只能化繁就简,灵活应变,同时还受北朝尚实务用、随时而歌的整体崇实之风影响。周建江指出:"贯穿北朝始终的关于对文章的看法是偏向于文章的实用性,即以表现儒家思想、研究儒家典籍的文章和军国文翰为文章之首。"[②] 文种与文风具有关联,在北朝主要表现为以笔札、军翰等文体向文风实用性的倾斜。黄金明指出:"北朝文以笔札之文为主,文士创作重视经史之文及军国实用文

---

① 《隋书》卷七十五《儒林传序》,第 1705 页。
② 周建江:《北朝文学史》,北京:中国社会科学出版社,1997 年,第 37 页。

体。"①高人雄指出："北人关心世事,重实际的文风较为显著。"②实
用文体与文风相辅相成,多重交融而相互成就。

"代北七姓"文章内容上倾向国计民生、思想教化,以公翰处
理具体事务、做出判断,贴近生活。北魏太武帝《宽徭赋诏》、孝
文帝《劝农桑诏》均与百姓生存发展息息相关;元志《上言狱成
不许家人陈述》、元澄《畜力聚财表》《奏利国济民所宜振举者十
条》,具有实际的可操作性;北周武帝《赐杨素竹策》"朕方欲大
相驱策,故用此物赐卿",被钱锺书认为"风人体"修辞方法,此"竹
策",策马之鞭,双关为周武帝欲"驱策"天下③,着眼的亦是现实
与将来问题。

佛教、道教崇实,是"代北七姓"入世的另类关照。许杭生论
及南北朝佛教文化差异时云："北方佛教重行业修行求取福田,如
大规模的建寺造像和开凿佛教石窟等等;南方则较多地受玄谈
的影响,侧重于探求佛教的玄理。"④"然朝廷上下之奉佛,仍首在
建功德求福田饶益。故造像立寺,穷土木之功,为北朝佛法之特
征"⑤,此为北朝佛教重实用的表现。南北道家也有诸多差异,南
方道教"和治国平天下的儒家学说似很少直接联系",而北朝"寇

---

① 黄金明:《汉魏晋南北朝诔碑文研究》,北京:人民文学出版社,2005年,第
362页。
② 高人雄:《北朝民族文学叙论》,北京:中华书局,2011年,第356页。
③ 钱锺书:《毛诗正义六○则之四十五泽陂——风人体》,钱锺书:《管锥编》,北
京:生活·读书·新知三联书店,2001年,第248—250页。
④ 许杭生:《魏晋玄学史》,西安:陕西师范大学出版社,1989年,第486页。
⑤ 汤用彤:《汉魏晋南北朝佛教史》,上海:上海书店出版社,1991年,第507—
508页。

谦之则要辅佐'太平真君'，'兼修儒教'，两者显然不同"①。在这种南北差异下，"代北七姓"为了统治的需要、社会的发展，对佛教、佛寺、僧人采取的政策也随时变化，更趋向于实际，北魏道武帝《修建佛寺诏》、太武帝《灭佛法诏》、文成帝《修复佛法诏》，不同时候的诏书就可以看出其中的实时性。北周明帝宇文毓为让隐士韦夐出仕作《赠韦居士诗》，这位"韦居士"多次谢绝征召，明帝以诗相邀，终于"夐答帝诗，愿时朝谒"②。此亦体现出文学的实际公用。

边塞诗写实，"代北七姓"以眼前之景作抒发情感的着力点。他们仅有的几首边塞的诗歌以情感抒发为辅，以实景为主，与南朝诗人在想象中状摹边关形成鲜明对比。高人雄指出："北方经常发生战争，因此不少北魏文人曾随军一起到过边塞，他们写的这类诗歌就更贴近现实。"③ 因此，才有宇文招《从军行》一诗，颇有代北苍劲、悲凉意味；有宇文逌的《至渭源诗》，渭水源远流长，放眼而见荡荡之景，耳边之满涧清音，如身临其境，十分契合关外的风物实情。

（五）抒情文学

除了大部分的公牍文外，"代北七姓"亦有不少随性之作。此类文字由文学政治性向文学艺术性演化，发乎内心，止于人情，更具个人化色彩，文学的艺术性大幅度增强。文学独抒性灵，多体现在书、碑志、序文、铭、记、颂，以及诗、赋等文体，自北魏孝文帝时

---

① 曹道衡：《南朝文学与北朝文学研究》，南京：江苏古籍出版社，1999 年，第233 页。

②《周书》卷三十一《韦夐传》，第 545 页。

③《北朝民族文学叙论》，第 356 页。

期始为"代北七姓"所重视,至北魏末进而发展,北周时又达新高度,其成因一方面是由"代北七姓"的本性,一方面是融合了南北文风。

家书,将千言万语揉进一页纸。北魏宣武帝元恪《与彭城王勰书》《修家人书与彭城王勰》两封家书虽短而言辞恳切。元恪,孝文帝第二子,幼有大度,喜怒不形于色,雅性俭素,雅爱经史,尤长释氏之义。元勰,孝文帝元宏之弟,少而岐嶷,姿性不群,敏而耽学,不舍昼夜,博综经史,雅好属文,深得孝文帝信任,后辅佐宣武帝元恪。因此,元恪、元勰二人既是君臣又是叔侄。元恪在太和二十三年(499)夏四月丁巳于鲁阳即位,《与彭城王勰书》作于太和二十三年十一月,在他即位不久。元恪虽贵为帝王,但此书信毫无帝王的架子,从措辞、用语、语气、感情上都体现出向长辈家人般地倾诉。其时,元勰成为宣武帝倚仗的亲人,信中第一人称口吻称为叔父,既有哀叹,又有尊仰,"恪奉辞暨今,悲恋呜咽。岁月易远,便迫暮冬。每思闻道,奉承风教"① 数句,把一位帝王的柔软面展露无遗。同样的,"父既辞荣闲外,无容顿违至德。出蕃累朔,荒驰实深。今遣主书刘道斌奉宣悲恋,愿父来望,必当届京。展泄哀穷,指不云远"② 寥寥数句,亦颇多真挚软语,虽不见元勰回应,但以元勰后期的用心辅助,可见该书起到的作用。而《修家人书与彭城王勰》从文题上就已显示是家人间的书信。宣武帝以晚辈自我反省警醒,"奉还告承,犹执冲逊。恪实暗寡,政术多秕。匡弼之寄,仰属亲尊"。再对叔父元勰提出要求,"父德望兼重,师训所归,岂

---

① 《全上古三代秦汉三国六朝文》,第 3565 页。
② 《全上古三代秦汉三国六朝文》,第 3565 页。

得近遗家国，远崇清尚也。便望纡降，时副倾注之心"①。真实且直言不讳，用心之诚、用语之真，远超一般君臣的关系。柳庆的《为父具答权贵书草》，家人间的草稿拟作，因偶然流传而成佳话。庆天性抗直，无所回避，为当时少有的直臣，北周孝闵时，赐姓宇文氏，晋爵为平齐县公。其父僧习为颖川郡守，将选乡官，贵族、权势之家竞相请托。选用未定，庆乃代父作答书。在朝廷典章严肃性面前，柳庆此行为可称之为任性。"下官受委大邦，选吏之日，有能者进，不肖者退，此乃朝廷恒典。"②柳庆生于孝明熙平元年（516），据《北史·柳蚪传》其父为颖川太守当在孝明时（516—528），故作此文时庆或仅十岁余，如此年纪便有此学识，有此为父解忧而作的文字，虽不是严格意义上的书信，却以别样的形式向其父和天下士人展现了他的正直和聪慧。柳庆这位赐姓的汉胡融合士人，其《作匿名书多榜官门》，巧妙破案，尽获贼党，亦是其伶俐又任性之举。以上，足以彰显柳庆善于文字运用的能力。宇文护的《与赵公招书》有咄咄逼人之感，而其《报母阎姬书》将天底下最真的母子亲情，刻画得十分感人，是篇为学界所关注并加以分析已久。母子分离三十五年之后，"宇文护写给母亲的家书，虽然言语朴素并无太多修饰，但胜在感情真挚，字里行间流露出对母亲的牵挂，每每以往事的叙述与今日的感怀相对照以抒写殷切思念，一片挚情流于纸上"③，"可谓字字啼血，句句显情"④。

---

① 《全上古三代秦汉三国六朝文》，第 3566 页。
② 《全上古三代秦汉三国六朝文》，第 3909 页。
③ 《北朝民族文学叙论》，第 229 页。
④ 刘涛：《论北周鲜卑皇族的文学创作》，《中国文学研究》2015 年第 1 期，第 38 页。

友信,公事之外深情交流。元洪业《复行台杨津书》、宇文邕《致梁沈重书》、宇文宪《与高谐书》、李昶《答徐陵书》、陆士佩《遗阳斐书》等都是朋友之间的往来信件。其中,宇文邕的《致梁沈重书》"体现出对儒学的重视,……与北周初相比,该时期文章崇尚雕章琢句,审美性明显增强"①。《答徐陵书》则是李昶"由赏慕徐陵之文进而心摹手追,这无疑在一定程度上提高了自身的创作水平"②。《复行台杨津书》《与高谐书》以及《遗阳斐书》皆是军政类书信,融入对友人的关切。宇文毓作"代书诗"《赠韦居士诗》③,以诗歌唤隐士,在"代北七姓"中当属首次,诗中针对特定的言说对象"隐士"而选用特别词汇,让这位"隐士"倍感亲切,如遇同道。宇文逌《庾信集序》④全面结合庾信生平事迹,将其吏干与文学才干整合,夹叙夹议,以时间为线条叙及,且多从人物整体行为分析。宇文泰第十三子宇文逌与庾信、王褒交游较多,序文对庾信的个人经历着墨颇多,真正对其文章评论不多。虽名为文学集子的序,实际更像是庾信的人物传记,这一特殊的角度展示出作者与书写对象亲密的一面。

墓志,家族内部的深切怀念。"墓志铭是放在墓室之中刻有墓主生平事迹的石刻,它具有多重属性,最为突出者是其家族因素。墓志铭的家族因素从文本、文字、文体中表现出来。"⑤北魏元氏宗族内部书写的墓志,既是家族文学的传播,又是表达家族亲情的最

---

① 《论北周鲜卑皇族的文学创作》,第 39 页。
② 《论北周鲜卑皇族的文学创作》,第 37 页。
③ 《先秦汉魏晋南北朝诗》,第 2323 页。
④ 《全上古三代秦汉三国六朝文》,第 3901—3903 页。
⑤ 胡可先:《墓志铭与中国文学的家族传统》,《江海学刊》2017 年第 4 期,第 181 页。

好载体,往往是用情叙述的呕心之作。

元钦的《元飏墓志》是一篇代表作。元飏于《魏书》无传,该墓志为其生平记载的唯一可靠史料。据载,元飏字遗兴,世宗景穆皇帝拓跋晃之孙,生于皇兴四年(470),卒于延昌三年(514)。初拜奉车都尉,曾随孝文帝南征北巡。作墓志者元钦,字思若,自称为墓主元飏之季弟。

元钦此文骈偶对仗,十分工整。兄弟二人感情甚笃,元钦融情与文,深思巧构墓志行文,字斟句酌,十足用心。他按常规简述完元飏的生平世系后,就迫不及待指出 "君抽妙绪于庆云,挺英踪于昆岳,生而恢岸,幼则奇伟" [1], "俊士游于高门,英彦翔于云馆" [2],隆重推扬其兄元飏。不过,因当时的元氏贵为皇家,此类描述亦尚属于生活之日常,较稀松而平常。让元钦费笔墨最多的是对其兄另类行为的描述,字词间满是自豪之情。其文采足可摘显:

> 君高枕华轩之下,安情琴书之室。命贤友,赋篇章。引渌酒,奏清弦。追嵇、阮以为俦,望异代而同侣。古由今也,何以别诸。迁左中郎将,加显武将军。虽首冠缨冕,不以机要为荣;腰佩龟组,未以宠渥为贵。故常求闲任,安第养素。喜怒之色,弗形于听;毁誉之端,未见于枢机。穷达晏如,臧否若一。志散丘园,心游濠水。 [3]

此段文字,元钦称叹元飏幼有才华,出身豪门望族,仕途屡有

---

① 《全北魏东魏西魏文补遗》,第 28 页。
② 《全北魏东魏西魏文补遗》,第 28 页。
③ 《全北魏东魏西魏文补遗》,第 28—29 页。

升迁,却不以为意,尤其折服于他虽居高职,却不以宠渥为荣,反而追嵇康、阮元诗酒风流的行为。对于这样一种主流之外的别样人格风采,元钦是精心谋篇、大胆运笔,在褒扬之外,尽显对族人的偏爱,流露出虽不能至、心向往之的欣羡。然而,最为走心的当属元钦表哀痛之言:"季弟散骑常侍、度支尚书、大宗正卿思若,哀玉山之半摧,痛良昆之中折。悲逾绝听,慕深九泉。敬饰玄石,以述清徽。"将倾慕、追怀、悲痛、自豪等情愫,如江海汇集于一狭窄处,似呈立马决堤崩塌之状。

元氏族人间拥有很强的家族意识,情感维系得亲近紧密,故族人之间作的墓志往往情真意切,有文采保驾护航更是如虎添翼。这样的家族内部作的墓志还不少,作者与墓主关系均颇为亲密。元洪略为兄元茂作《元茂墓志》:"然弟洪略悲荼蓼之频降,痛同怀之去就,以名镌石,方与地富。"元景文为兄元举作《元举墓志》:"小弟景文,怨瑶璧之无响,痛同气之永隔;故金石以镌声,图风轮以刊德。"长孙澄为妻子宋灵妃作《宋灵妃墓志》:"夫亮悲琴瑟之乖好,痛伉俪之不终,既结怨于天道,乃镂石于泉宫。"长孙庆为父长孙季作《长孙季墓志》:"鸟鸟之志未从,风树之悲奄及。……谨追录遗徽,少敷哀苦。长穷余恨,昊天何追。"元昭业为兄元钻远作《元钻远墓志》:"先秋落实,当夏摧兰,高陇气寂,长夜深寒。松槚将合,风露已酸,遽如流水,一去不还。"非日夜相伴,相互提携成长起来的族人(亲人)之间,是难有如此动情追述。墓志文作者及墓主或为兄弟,或为父子,或为夫妻,都因为有一层亲情杂糅其间,文字更显得亲切、贴切、悲切。

第二章 北魏汉化与"代北七姓" 文学起步及融合

　　鲜卑拓跋氏建立的北魏政权，从 386 至 534 年延续近 150 年。这个"幽都之北，广漠之野，畜牧迁徙，射猎为业"[①]，转而定居事农耕的政权，依靠强权武力维系着社会稳定。但亚稳态的社会潜藏着崩塌的危险，随着胡、汉矛盾升级，太和十八年（494），北魏孝文帝迁都、改姓、定族姓开启汉化革新，并以"改胡姓、弃胡服、重农桑、讲孝悌、尊孔庙"为行政准则，以"儒家经典、历史经验和现实状况的有机结合"[②]为思想来源，有效促进了胡汉融合，"暂时缓和了这个危机"[③]。随着改革，"代北七姓"社会地位稳固提升，民族认可度明显改善，文化加速融合，文学开始由原先的劳作时的歌谣、勒石纪功的只言片语、口语化的政令向政治性文学起步，在与入北士人、洛阳文人的进一步学习交流中，又向艺术性文学融合发展。

---

　　①《魏书》卷一《序纪》，第 1 页。

　　② 张金龙：《儒家经典：北魏孝文帝思想的理论源泉》，《东岳论丛》2011 年第 32 卷 1 期，第 11 页。

　　③ 范文澜：《中国通史简编》（第二编），北京：人民出版社，1949 年，第 464 页。

一、迁都、改姓、定族姓与文武并举观定型

"代北七姓"之文化相对落后、根底浅,若是单靠自然而然慢慢壮大是远远不够的。"北魏的固定人口是很少的,90%以上的百姓都是流动人口"[1],好在北魏一朝历经前、中、后三次大规模人口流动,有力地促进文化融合。最有意味的是几次主动的迁徙,均具有"代北七姓"拓跋(元)氏在地理与文化上的"双重"战略考量,因此在文化上收到了极为有益的效果。从嘎仙洞游牧而出,到盛乐和之后的平城时期,"代北七姓"一步步向儒化改观,以其中拓跋氏为统治基础的"北魏初期历代国君十分重视学习儒家文化"[2],但他们内部一直存在慕汉与惧汉、习儒及黩武的矛盾的心理。这种摇摆直到孝文帝迁洛之后,才确定下来,一方面代表"代北七姓"利益的朝廷以政治促汉化,改进文化基因,消弭胡、汉隔阂;另一方以综合手段拉拢汉族士人,在交融中加速汉化进程。

(一)迁洛促成"蛮夷转正统"文化地理意义及"胡汉"文化基因扭变

古代都城对政权的重要意义是不言而喻的,而思维定式下使安土重迁成为现状。要打破安土重迁的惯性思维而迁都,必须经深入的政治考量,非拥有非常的政治智慧和勇气不可。然而在保守方与支持迁都集团尚未达成一致情况下,太和十八年(494)十一月,北魏孝文帝却带领朝臣及百姓浩浩荡荡向洛阳匆忙进发。孝文帝之所以如此仓促,学界分析原因是多方面的,但不可否认有

---

[1]《北魏士人迁徙与文学演进》,第1页。
[2]《北魏士人迁徙与文学演进》,第234页。

以迁都达到改变文化地理位置，改变代北文化基因的目的，因为在孝文帝看来"迁都洛阳乃北魏汉化政策中一大关键"[①]。

若从缘何迁都和迁往洛阳两个层面来看，或可以找到这个关键的些许端倪。迁都可以"加强与汉族世家大族合作，以便稳定地统治中原；减少鲜卑贵族对改革的阻力"[②]，体现了北魏元氏统治集团为改革提供保障，以扫平内部矛盾促胡汉融合的积极努力；"孝文帝最初只是希望利用平城现有的基础，改建为一座典型的中原文化的都城，并没有积极迁都的企图"[③]，也就是说"孝文帝迁都并不是北魏历史发展的必然结果，而是孝文帝在改革受到鲜卑旧贵族的反对而陷入僵局时不得已而采取的行动"[④]。周建江却认为"摆脱冯太后后党集团的阴影，特别是除去冯太后的影响，还孝文帝以清静的心理，是孝文帝匆忙迁都的首选考虑"[⑤]。然而对于成熟的政治家，决策首要需关注稳固统治权，次要才为心理需求，这个原因或许并不成立。"孝文之为人，盖全出文明太后所卵育，其能令行于下，亦太后专政时威令夙行，有以致之"[⑥]，孝文帝在冯太后去世后不久尚可利用其政治影响稳固政权、把控朝廷，待冯太后余威消散，北魏政权中以穆泰、陆睿、元丕为代表的鲜卑贵族，权倾朝野，仗势公然反对改革挑战皇权，如果不迁都，孝文帝的政治

---

① 陈寅恪：《隋唐制度渊源略论稿》，北京：生活·读书·新知三联书店，1954年，第40页。

② 何德章：《论北魏孝文帝迁都事件》，武汉大学魏晋南北朝唐史研究室编：《魏晋南北朝隋唐史资料》第十五辑，武汉：武汉大学出版社，1997年，第75—86页。

③《从平城到洛阳》，第134页。

④《论北魏孝文帝迁都事件》，第75—86页。

⑤ 周建江：《太和十五年：北魏政治文化变革研究》，广州：广东人民出版社，2001年，第100页。

⑥ 吕思勉：《两晋南北朝史》（中），武汉：华中科技大学出版社，2017年，第415页。

地位有被取代的危险。孝文帝通过迁都,有效规避了改革的阻力,团结并整合了支持者,算得上一次有计划的"逃跑"。平城环境恶劣,"阴山常晦雪,荒松无罢风"①,"纥干山头冻杀雀,何不飞往生乐处"②,"土气寒凝,风砂恒起,六月雨雪"③,冬天寒冷,风沙侵袭,七月不到就开始飘雪,实在不适合农业生产。而洛阳在地理、气候方面更具优势,迁洛阳可以有效规避以上问题。更重要的是,"洛阳为东汉、魏晋故都,北方汉人有认庙不认神的观念,谁能定鼎嵩洛,谁便是文化正统的所在"④。虽迁都洛阳,不能立马让拓跋政权所拥有的文化成为正统,因为文化的融入是需要一个长期的过程,但至少在地理上到达了正统文化的高地。

　　魏孝文帝力争文化正统地位的愿望早已非同一般,他力争改变"胡风国俗,杂相揉乱"⑤的落后局面,改汉姓、习汉俗,对汉文化的全面向往,深深影响了"代北七姓"。迁都洛阳对"代北七姓"具有文化地理意义,可以让他们近距离接触学习汉族文化,将草原游牧与中原儒家文化相结合为家族的文化基因。"代北七姓"拓跋(元)氏的主动去胡行为,逐渐得到洛阳当地氏族的认可,越来越多的汉族士人加入元氏朝廷的阵营,相互通婚的行为也开始出现,胡汉杂糅成为社会主流。胡文化、汉文化交织,至于"迁都洛阳加速了士人迁徙的步伐,促使民族大融合,北魏皇室文学出现前

---

① 王肃:《悲平城诗》,《魏书》卷八十二《祖莹传》,第 1799 页。

② 王仲镛:《唐诗纪事校笺》卷二,成都:巴蜀书社,1989 年,第 53 页。

③《南齐书》卷五十七《魏虏传》,〔南齐〕萧子显:《南齐书》,北京:中华书局,1972 年,第 986 页。

④ 万绳楠:《陈寅恪魏晋南北朝史讲演录》,合肥:黄山书社,1987 年。

⑤《南齐书》卷五十七《魏虏传》,第 986 页。

所未有的繁荣"①，却是意料之外的收获。

（二）迁洛中"代北七姓"的思想冲突与最终共识及随迁家族地位渐稳固

北魏孝文帝为了逃避改革阻力而南下，虽然鲜卑旧族"人情恋本，多有异议"，但"代北七姓"绝大多数族员跟随南迁，仅有少量族员选择留守。从平城到洛阳，由落后往富庶，对未来美好想象本应成为巨大动力，但安土重迁以及被迫跟随因素作祟，在面对徙往未知需勇气、前瞻性、组织力、经济力作后盾，在强力推动改革除元氏外其他各族自由选择空间不大的情况下，迁都前后"代北七姓"表现便不尽相同。

于氏在迁都中既不积极支持，也不明确反对，成为随大流的"骑墙派"。如于烈，虽恋本但对迁都无异议，孝文帝认为其"宜且还旧都，以镇代邑"，"敕留台庶政，一相参委"②，仕途并未受大影响。陆氏则出现激烈的"反对派"，如陆叡对孝文帝迁都改革"软抵抗"，并在太和二十年（496）"遂与（穆）泰等同谋构逆，赐死狱中"③，此事直接导致陆叡支系急速衰落。另外，对于那些未南迁的诸胡，随着平城的衰落又回到游牧，渐消隐于文化主流。

然"代北七姓"确是迁徙核心，这可从一块碑中记载的文字得到论证。太和十八年（494）十一月孝文帝"经比干之墓，伤其忠而获戾，亲为吊文，树碑而刊之"④，碑上列有拓跋宗室、代北功勋、四裔酋帅、中原士族等八十一官名，逯耀东先生云"这八十一人可以

① 《北魏士人迁徙与文学演进》，第 123 页。
② 《魏书》卷三十一《于栗䃅传附烈传》，第 738 页。
③ 《魏书》卷四十《陆俟传附叡传》，第 911 页。
④ 《魏书》卷七下《高祖纪孝文帝宏》，第 187 页。

说是孝文帝迁都集团的核心份子"[①]。官名中有"代北七姓"二十人("帝裔十姓"元禧、元羽、元勰、元澄、元征、元详、元景、元綦、元翰、元尉、元尉、元洛平、长孙臻;"勋臣八姓"于劲、于矜、于吐拔、于澄、陆昕之、陆希道;"内入诸姓"宇文福),占近四分之一,可以说"代北七姓"之元、长孙、宇文、陆、于氏是迁都核心集团的"核心"。迁都过程实际上是与北方保守势力角力、妥协的过程,"代北七姓"高瞻远瞩,除了少数留守者,迁徙后他们地位更加稳固,达到了预计的目的。

同时,"古代的中国,由于文化传媒的不发达,文化的传播是通过人口的迁徙而实现的。人,几乎是文化传播的唯一载体"[②],迁徙对文化传播、融合的作用亦体现到"代北七姓"身上。理智的孝文帝是很好的文化投资者,作为这一历史事件的主导者和策划者,成本收益定会是他考虑的最重要方面。经过对迁徙的质疑、接受和参与,"代北七姓"之间凝聚了共识、统一了思想;由"远观"变"近学","代北七姓"生活习性大为改观,并其利用显赫地位、拉拢中原士人、占据文化资源,在与中原士人面对面的交流学习中,受他们的文化熏陶,促进双边文化深入融合。

(三)改姓、定姓族确立"代北七姓"汉化符号

迁都拉近了代北贵族与中原士族的地理距离,改姓拉近与中原士族的文化距离。当时的北方少数民族多采用二、三字复姓,而中原汉人多用单姓,因为姓的形式不统一,免不了出现"异"的文化隔阂和疑虑。虽今日复姓因其文化特质受推崇,但古时中原文

[①]《从平城到洛阳》,第112—122页。
[②] 曾大兴:《中国历代文学家之地理分布》,北京:商务印书馆,2013年,第182—183页。

化一直位居正统,外来文化只能沦为非"蛮"即"夷"。北魏孝文帝时,虽取得了统治权,但也不得不顺应文化大势,改"胡姓"为"汉姓",做出接纳中原文化的低姿态,从而拉近与中原士人的心理距离,以便在文化上互相交流。

代北七姓改姓表[①]			
类 别	序号	原 姓	改 姓
帝室十姓	1	拓跋氏	元氏
	2	拓跋氏	长孙氏
内人诸姓	3	步六孤氏	陆氏
	4	勿忸于氏	于氏
四方诸姓	5	宇文氏	
	6	纥豆陵氏	窦氏
东胡诸姓	7	源氏	

在北魏孝文帝的主持下,胡改汉姓的有一百一十五姓[②]。拓跋氏改元、长孙氏,步六孤氏改陆氏,勿忸于氏改于氏,纥豆陵氏改窦氏,宇文、源氏未改。在代表个人渊源,名字这个文化形式上向汉族儒家文化靠拢,进一步拉近了与中原士族距离。至此,"代北七姓"擦掉了大部分印在名字上的游牧部落文化符号,胡汉之间的形式差异进一步缩小,汉化姓氏并最终被沿用了下来。

为确立胡姓统治集团的政治地位,北魏孝文帝"用帝王的力量,制定了胡人姓族的高下"[③],这种"以朝廷的威权和采取法律的形式来制定门阀序列"[④]方式,实非上上之选,属无奈之举。魏晋尚门阀,但"代人诸胄,先无姓族,虽功贤之胤,混然未分。故官达

---

① 据《魏书·官氏志》整理(《魏书》卷一一一十三《官氏志》,第2971—3025页),并参《北朝胡姓考》(姚薇元:《北朝胡姓考》,目录第1—12页)。

② 据姚薇元《北朝胡姓考》,第1—401页。

③ 周一良:《魏晋南北朝史论集》,北京:北京大学出版社,1997年,第121页。

④ 唐长孺:《魏晋南北朝史论拾遗》,北京:中华书局,1983年,第91页。

者位极公卿,其功衰之亲,仍居猥任"①,无门阀彰显其地位。要完全融入汉文化,就不得不遵循氏族排位规则,孝文帝在太和十九年(495),以政治手段定族姓,"其穆、陆、贺、楼、于、嵇、尉八姓,皆太祖已降,勋著当世,位尽王公,灼然可知者,且下司州、吏部、勿充猥官,一同四姓"②,将鲜卑八姓与汉人四姓接轨,并设置"且宜甄擢,随时渐铨"③的规则,根据累世任官高低设置入选姓、族量化标准,最终将各姓族分为帝室十姓、勋臣八姓、姓、族四等。"代北七姓"中元、长孙氏居帝室十姓,陆、于居勋臣八姓,源、窦、宇文划入姓族,定"代北七姓"族姓,贵胄之名正而言顺矣,现实政治地位与社会舆论地位得以统一。至此,他们与中原士族文化交融的门阀屏障被彻底打破,汉化大背景下促使他们更加积极学习汉文化,招引名士、供养宾客等,慢慢开始得到社会的普遍认可。

(四)从"崇武鄙文""偃武修文"到"文武并举"

"士族文武性质之转变,北朝胡姓比较明显。"④北魏拓跋珪时"始都平城、犹逐水草、无城郭"⑤,拓跋焘时"徙其居民,大筑郭邑"⑥,又"刻石写《五经》及其国记"⑦,从游牧到定居,筑宫城,再习汉文化,习惯一步步改变,中原农耕思想逐渐萌发。在北魏孝文帝一系列汉化改革措施后,面对新的社会环境、物质条件,"鲜卑族一改以前那种'崇武鄙文'的风尚,在文化上与汉族士族互相学

①《魏书》卷一百一十三《官氏志》,第 3014 页。
②《魏书》卷一百一十三《官氏志》,第 3014 页。
③《魏书》卷一百一十三《官氏志》,第 3014 页。
④《中国中古社会史论》,第 94—95 页。
⑤《南齐书》卷五十七《魏虏传》,第 986 页。
⑥《南齐书》卷五十七《魏虏传》,第 986 页。
⑦《南齐书》卷五十七《魏虏传》,第 986 页。

习,结为师友"①,元魏皇室、勋贵思想观念又经大转变,但摈弃只重武功的观念,要真正对文化重视起来是长期过程,前后经历了太武帝拓跋焘的偃武修文、孝文帝元宏的文武并举阶段。总而言之,观念的改变为鲜卑与汉族在文化上结合创造了优越环境。

北魏太武帝拓跋焘时期,灭胡夏、征北凉、伐山胡、胜鄯善、攻刘宋,改变了北方长期以来割据分裂状态,让政权处于较为和平时期。为进一步稳固政权,便用崔浩、高允等汉臣,偃武而修文,拓跋焘宣文教、齐风俗、崇礼义、尚儒学,定文字楷式②,推动北魏在政治意义上儒化。

孝文帝不拘一格降人才,"有文武之才、积劳应进者同庶族列,听之"③,可见广泛发掘文武才士用力极大,文化业已成为士人"必修"。孝文帝自身"雅好读书,手不释卷。《五经》之义,览之便讲,学不师受,探其精奥。史传百家,无不该涉。善谈《庄》《老》,尤精释义"④,他的博览群书、手不释卷"文化人"形象亦十分丰满,以上率下,对社会起到很好的示范作用,毛汉光论曰:"至孝文帝时,由于孝文积极推展,以及北魏积百年来风气已成,所以州都乡里都弥散着一片学术气氛,赵翼《廿二史札记》卷十五'北朝经学'条,北方经学比南方尤盛云,当指孝文以后,在这种潮流之中,使许多胡姓亦倾向于学术。"⑤孝文帝又在朝堂上、战争中、宴会里吟诗作赋,以上率下进行文学实践。如《南齐书》有载,建武二年(495)

---

① 高升记:《试论北魏孝文帝定姓族》,《山西大学学报(哲学社会科学版)》1995年第1期,第73页。

②《魏书》卷四下《世祖纪太武帝焘》,第69—93页。

③《魏书》卷七下《高祖纪孝文帝宏》,第173页。

④《魏书》卷七下《高祖纪孝文帝宏》,第187页。

⑤《中国中古社会史论》,第94—95页。

春，北魏孝文帝帅军三十万至寿阳，"并不攻城，登八公山赋诗而去"①，其附庸风雅、登高赋诗的文人形象已呼之欲出。

代北七姓"文武观变"与环境、统治者有极大关系，与北魏政权推行的观念基本一致。平城时期的"代北七姓"皆以军功发迹，徙洛后，游牧条件和社会背景都不复存在，到了由武取转文治时期，他们也只能顺应潮流。"代北七姓"从494年迁都以来，文化经过了两三代（一代约20余年）持续转型，到了北魏末年、西魏时才基本定型。此时，"代北七姓"所处的社会处于亚稳态，北魏政权提供给了各家族稳定的环境，但与蠕蠕、柔然等部落战事并未中断，武功与文治都能在北魏政权里找到土壤，只是当时最为显赫的道路不再完全从武功里面取得。

毛汉光《中国中古社会史论》云："从北魏胡姓士族而论，他们虽然吸收汉文化，而日趋于文质，由于种族关系，他们并没有立刻抛弃其武质，因为军权乃是胡人政权的基石。"②作为北魏胡姓士族核心的"代北七姓"文化积淀厚度不够，或许经过几代人奋力追赶，仍难企及中原世族大家高度，加之"他们既是政权的核心，地位获得较易，并不太渴望于在文学方面入仕"③，故积极转文，传统武功不落，两条腿走路，成为最稳妥办法。该办法也让"代北七姓"具有双重特性，体现了他们对社会现实的诸多考虑，是结合实际的明智之举。他们开辟文武互用领域，宗室中涌现出元延明、元熙、元彧等文士；涌现出文学知名、屡有军功的窦瑾、窦遵父子④，雅好

①《南齐书》卷五十七《魏虏传》，第994页。

②《中国中古社会史论》，第94—95页。

③《中国中古社会史论》，第95页。

④ 见《魏书》卷四十六《窦瑾附子遵传》，第1035页。

坟籍、兼具文武的长孙绍远、长孙澄兄弟① 等。特别是陆氏由武转文较快，陆俟、陆馛、陆丽、陆琇、陆凯、陆恭之、陆叡、陆希道等人皆以文闻名。② 如陆琇，雅好读书；琇弟凯，好学，年十五为中书学生；陆丽，好学爱士，至孝过礼，士多称之；陆恭之，著诗赋千余篇；陆希道，历览经史，颇有文致。

二、多元文化基础开启文学起步及发展

"代北七姓"的文学起步是建立在文化积累较厚基础之上，他们是先有文化的发展再带动文学的发展。"代北七姓"抓紧机会儒化，著书立说，扩大家族的影响力，并围绕北魏权力核心，出谋划策取得皇权高度信任。孝文帝时，社会弥漫着浓厚的学术氛围，促进了"代北七姓"儒学素质的提升，形成多元文化倾向，并最终将文化的艺术性推进至文学。另外，拓跋（元）氏的政治影响也不容忽视，"从中国文学的发展实际来看，皇室的推动，特别是帝王的文学创作，是文学发展的实际助推力，北魏亦当如是观"③。"代北七姓"文人④，据统计北魏时期共有88人。其中，从家族分布来看，拓跋（元）氏66人、陆氏（步六孤）10人、长孙氏5人、源氏4人、于氏2人、窦氏（纥豆陵）1人，从时间先后来划分，太和十八年（494）迁都前仅16人，迁都后有72人。

（一）元氏热衷儒学、释道活动，现多元文化表征

随着"代北七姓"文化活动的增多，文化道路并不限一域。除

① 见《周书》卷二十六《长孙绍远传附澄》，第429—431页。
② 见《魏书》卷四十《陆俟附馛琇凯丽传》，第904—907页。
③《北魏士人迁徙与文学演进》，第123页。
④ "代北七姓"文人入选标准：有文章流传或典籍载有文名。

了整理图籍、释经注典等外,文化信仰上还奉儒家为正统,成员中一些个体尚道崇佛,远离政事,出现与魏晋士人相承的行为。特别是迁都后,元魏统治者释奠孔子等儒化活动、文化言说增多,并出现了诗赋唱和的文学记录。具体而言,"代北七姓"多元文化有以下表征:

1. 召儒士,向儒学,鸠集图籍

"代北七姓"族员以儒学为宗,一心向学,有以下代表:

元晖[①](?—519),昭成帝拓跋什翼犍玄孙,少沉敏,颇涉文史记。爱文学,招集儒士崔鸿等撰录百家要事,名为《科录》。

元延明[②](?—530),高宗文成帝拓跋浚之孙,博极群书,兼有文藻,著《谊府》《三礼宗略》《五经宗略》,鸠集图籍万卷有余。

陆晖[③],陆凯子,拟《急就篇》为《悟蒙章》,有《七诱》《十醉》及章表数十篇。

元勰[④](?—508),献文帝拓跋弘第六子,敏而耽学,不舍昼夜,博综经史,雅好属文。

元昌[⑤](?—515),字法显,太武帝四子拓跋谭之孙,好文学,居父母丧,哀号孺慕,悲感行人。

元韶[⑥],魏孝庄之侄,为避尔朱之难,匿于嵩山。美容仪,性好学,尤好儒学。

① 见《魏书》卷十五《常山王遵附晖传》,第 378 页。

② 见《魏书》卷二十《安丰王猛附延明传》,第 530 页。

③ 见《魏书》卷四十《陆俟附晖传》,第 906 页。

④ 见《魏书》卷二十一下《彭城王勰传》,第 571—587 页。

⑤ 事见《魏书》卷十八《临淮王谭附昌传》,第 418 页。

⑥《北齐书》卷二十八《元韶传》,〔唐〕李百药:《北齐书》,北京:中华书局,1972 年,第 268 页。

陆希道①，陆叡子，有风貌，美姿髯，历览经史，雅有文致。初拜中散，迁通直郎，徙辽西，以军功赐爵淮阳男，累迁前将军泾州刺史。陆希道善于驭边，甚有威略。

陆凯②，陆馛子。谨重好学，年十五，为中书学生，孝悌感人。

2. 文化风雅

人们利用文学手段表达感悟，需要具有一定文化水准，而当典籍热衷于记载这些人的文学事迹时，又体现了社会浓厚的文化氛围。"代北七姓"面对日常生活甚至危机时，依然从容作诗文，彰显极致的风雅，而且带动了由个人到社会整体的风雅。

孝文帝元宏文化水平较高，他率铁骑深入蠕蠕敌后，并不作战，只刻下诗歌，彰显了元宏个性的诗意性，又据宋李昉《太平御览》载："《后魏略》曰：孝文帝南巡至新野，临潭水而见菖蒲花，乃歌曰：'两菖蒲，新野乐。'遂建两菖蒲寺美之。"③孝文帝随景而歌，进而建寺美之的行为，已经和当时社会典型的文人行为别无二致。

中山王元熙④行刑前作绝命诗。元熙，恭宗景穆帝子，俊爽有文才，与文士多交游。出镇邺城，于河梁与袁翻、李琰、裴敬宪等六人赋诗饯别。刘腾、元叉忤逆杀害元怿，他深明大义起兵反抗，兵败，临刑前作书告寮吏、告知己，述其秉承大义起兵，到理想幻灭之经过，发出不能再"广召名胜，赋诗洛滨"⑤之感慨，不仅彰显其对文学的热情，亦引起当时人们的极大怜悯与悲愤之情。这样典型

---

① 见《魏书》卷四十《陆俟附希道传》，第 911 页。

② 见《魏书》卷四十《陆俟附馛琇凯丽传》，第 904—907 页。

③《太平御览》卷一百六十八《州郡部十四》，〔宋〕李昉：《太平御览》，四部丛刊三编景宋本。

④ 见《魏书》卷十九《南安王桢附熙传》，第 503—505 页。

⑤《魏书》卷十九《南安王桢附熙传》，第 504 页。

的文学表达行为,更具有一种悲壮的历史象征意义。他虽贵为王公,却好结文士,多唱和交游。元熙与友别时以诗相送,身首异处前以文明志,其大义凛然的行为得到时人的同情,其诗文事迹亦得以流传至今。这样一位才思敏捷的文人出现,正是汉化的结果。

孝庄帝元子攸^①临崩前曾作《无题诗》。元子攸,彭城王元勰第三子,明帝崩,尔朱荣立之为帝。永安三年,为尔朱兆所弑。年二十四。据《洛阳伽蓝记》载:尔朱兆执元子攸还晋阳,缢于三级寺,元子攸临终前曾作《无题诗》一首。北魏后期皇权多次更迭,孝庄帝至孝武帝,短短四年多的时间就历经五代帝王,他们多者掌国二年,短者仅月余而已。太和十八年(494)迁都至此时尚不足四十年,"代北七姓"一些成员已循着汉化道路,用汉化成果、用代表文学高度的诗歌发出了时代哀鸣。

昭成帝拓跋什翼犍玄孙元景,孝文帝元宏之后,少聪慧好学,"宣武初为徐州刺史,坐罪伪死,遇赦乃出,后为王显所谮诛"。在临刑前作《临刑自作墓志铭》云:"洛阳男子,姓元名景,有道无时,其年不永。"^②他对人生结局早有预判。在唐前自撰墓志铭见于记载的很少,抛却文字分析,元景的行为已颇具文人特色。

3.人物品评

汉末魏晋以来的人物品评,给品评对象以巨大政治晋升空间,品评的精练的语言也在一定程度上体现了文学水平,南朝宋刘义庆的《世说新语》就是集品评与文学大成者。北魏南迁后,"代北七姓"诸成员因好学博雅、聪慧才学得到品评,而在历史典籍中流

---

① 见《魏书》卷十《敬宗孝庄帝纪》,第255—270页。
②《全上古三代秦汉三国六朝文》,第3588页。

传开来。

元顺①，恭宗景穆帝曾孙，任城王澄子，世宗时上《魏颂》，为《蝇赋》，撰《帝录》二十卷，诗赋表颂数十篇，今多亡佚。元顺幼而好学，年九岁师事乐安陈丰，昼夜诵书，旬有五日一皆通，《初学记》评曰"此比江夏黄童，不得无双也"，以"蒋氏翁，任氏童"夸其幼而多慧。② 黄童特指江夏安陆人黄香，年十二博览群书；任氏童为任嘏，乐安博昌人，幼时聪慧，年通三经。

元彧③，世祖太武帝曾孙，少有才学，雅有容则，侍中崔光见其亦谓人曰："黑头三公，当此人也。""黑头公"指人年少有为，典故出自《世说新语·识鉴》，为丞相王导对诸葛道明的称呼。

陆昕、陆恭之二人为陆凯子，《古今事文类聚后集·双璧》载："陆昕与弟恭之并有时誉，洛阳令见之曰：'仆以年老，更睹双璧。'"④

陆晔、陆宽兄弟，皆为恭之子，三人并有才品，《北史·陆俟传》里评他们为"三虎"⑤。"三虎"源自《后汉书·党锢传》，原指贾彪三兄弟，为三雄杰。

以上仅为人们对"代北七姓"较为著名者的品评，历史典籍中的描述式评论不胜枚举，特别于魏孝文帝迁都后的记载较多。迁都后社会文化的水平进一步发展，文化传播增强，在各种文化品评中，体现了"代北七姓"与中原士人交流的广泛性及体认的深

---

① 见《魏书》卷十九中《任城王云传附顺传》，第481—486页。

②《初学记》卷十七《聪敏第七》，〔唐〕徐坚等辑：《初学记》，北京：京华出版社，2000年，第69页。

③ 见《魏书》卷十八《临淮王谭传附彧传》，第419—422页。

④《魏书》卷四十《陆俟传附凯、昕传》，第906页。

⑤《北史》卷二十八《陆俟传》附《陆恭之传》，第1011页。

人性。

4.尚道、崇佛、不仕

从"代北七姓"成员行为表现来看,儒化并非全部,有些成员却在儒化主流背景下出现文化多元化倾向,入释、道,归隐的行为在这一群体中亦颇有表现。元弼[①],字邕明,济阴康王元郁子。他性刚正有文名,位至中散大夫,因本应由他世袭的王爵被夺,绝弃人事,托疾还私第,多次辞让宣武征诏,入嵩山以穴为室,布衣蔬食,不再入仕。陆旭[②],陆俟曾孙,性雅淡,好《易》、纬候之学,太和中拜中书博士、散骑常侍。他预知天下将乱,遂隐于太行山。陆子彰,陆昕之后人(过继堂兄陆希道第四子),崇尚道教,仁厚宽孝,教育后人,很有法度。在学儒热潮中,有少数"代北七姓"成员反而出现"弃儒"倾向,尊崇魏晋延续下来的道、佛,选择回归山林,素衣蔬食,体现出受前代社会风气的影响和对魏晋风度的吸收与传承。文化水平提升与文化多样化选择相辅相成,是鲜卑人尚实务用、灵活多变特质在文化上的又一次体现。

(二)迁都后文学起步与北魏末文学再发展

今可见到"拓跋鲜卑文学最早的雏形是'诘汾皇帝无妇家,力微皇帝无舅家'的歌谣"[③],据柏俊才先生考证,此歌谣流传于东汉中平五年(188)。在此之后,至拓跋迁洛之前,绝大多数只是政令、诰册、书启等文章,虽具有一定政治、实用文学特色,但文学的艺术性普遍不高,他人代拟的亦不在少数,故算不得文学真正起步。以迁都前后为界限,其中以北魏末为文学的大发展阶段,此时"代北

---

① 见《魏书》卷十九上《济阴王小新成传附弼传》,第447页。
② 见《北史》卷二十八《陆俟传附陆恭之传》,第1011页。
③《北魏士人迁徙与文学演进》,第2页。

七姓"文学作品增多,诗歌艺术性增强,文章范畴超越公牍之域而作诗、墓志文,已到了以情境抒胸臆,毫无违和展才情时期。

1. 文人辈出,作品量倍增

迁都前,仅太武帝拓跋焘、窦瑾等 18 人为文见载,文章仅有 127 篇,有《温泉之歌》诗一首。迁都后,有孝文帝元宏、元勰、元子攸、陆恭之等 70 人为文之记载,有文章 643 篇、诗歌(句)11 首,作品在量上大幅提升。如孝文帝元宏"自余文章,百有余篇"①,《严辑上古文》存文 246 篇,《后魏文补》补文 6 篇,《逯辑校诗》存诗 2 首。元澄少而好学,《严辑上古文》存文 21 篇。中山王元熙俊爽有文才,《严辑上古文》存文 2 篇,《逯辑校诗》存诗 2 首。孝明帝元诩虽英年早逝,也作有不少诗文,《严辑上古文》存文 62 篇,《后魏文补》补文 8 篇,《逯辑校诗》存诗 1 首。陆恭之更是大量创作,"所著文章诗赋凡千余篇"②。

2. 诗艺提升,从习作到多感

诗歌是最能体现文学水准的体裁,"代北七姓"不满足于以公牍发政令。他们还以饮宴形式,仿南人唱和、作联句,在面对生死时,往往真情流露、发自肺腑以诗歌之。由拙劣的模仿到自如书写,从偏重文德夸饰到关乎生命的亘古主题,"代北七姓"诗歌在艺术上有长足进步。

宴会联句、唱和有习作的痕迹,艺术性并不高。每人一联的联唱,大多在北魏统治者主动引导下进行。因郑道昭从征沔北,孝文飨臣,酒酣与彭城王元勰、郑懿、郑道昭、邢峦、宋弁等宗室、臣工联

---

① 《魏书》卷七下《高祖纪孝文帝宏》,第 187 页。
② 《魏书》卷四十《陆俟传附恭之传》,第 906 页。

唱,作《悬瓠方丈竹堂飨侍臣联句诗》①。诗云：

> 白日光天兮无不曜,江左一隅独未照。（孝文帝）
>
> 愿从圣明兮登衡会,万国驰诚混内外。（彭城王勰）
>
> 云雷大振兮天门辟,率土来宾一正历。（郑懿）
>
> 舜舞干戚兮天下归,文德远被莫不思。（郑道昭）
>
> 皇风一鼓兮九地匝,戴日依天清六合。（刑峦）
>
> 遵彼汝坟兮昔化贞,未若今日道风明。（孝文帝）
>
> 文王政教兮晖江沼,宁如大化光四表。（宋弁）

君臣间唱和成为迁都、改姓后北魏宫廷风尚。孝文帝元宏与臣工联句唱和,主题不离文德政事。"舜舞干戚兮天下归,文德远被莫不思……文王政教兮晖江沼,宁如大化光四表"②,郑道昭、宋弁此两联表达了对天下归一、文德远被的向往,是对改革后的寰宇清明、四海归一的颂扬。孝文帝改革的文化成就,在君臣一体唱和中有鲜明体现。

该联句诗歌,主旨是对文帝的颂扬,为骚体诗,充分展现了北魏习诗之初作法。因总体上还没有韵脚要求,有的前后押韵,有的不押,臣子极尽夸赞,君王亦不自谦,众人你一联、我一句,思路翩跹,脱口而出,但逻辑显得比较凌乱,内容贯通性不够,略有不伦不类之感,诗歌艺术性不高。在对自身统治期内"德政"褒扬方面,孝文帝毫不避讳,用"白日光天兮无不曜,江左一隅独未照"总起,用"遵彼汝坟兮昔化贞,未若今日道风明"引领,大肆夸饰；其他

---

①《先秦汉魏晋南北朝诗》,第 2200 页。

②《先秦汉魏晋南北朝诗》,第 2200 页。

宗室、大臣也不甘示弱在此主旨上继续扩展，但诗句总体平平、无甚特别。

然而联唱之风已然形成，孝文帝之后还有多次宴会联唱，君臣宴歌的习惯被延续了下来。孝明帝元诩[①]与群臣曲水流觞饮而歌，有《幸华林园宴群臣于都亭曲水赋七言诗》[②]。曲水流觞本是汉族文人雅士的癖好，今也流入北魏宫廷，大肆风靡。联唱今仅存两句，已无从得知当时饮宴之盛况。垂帘听政的胡太后以"化光造物含气贞"打头，孝明帝"恭己无为赖兹英"承接，[③]太后的强势、皇帝的顺从可见端倪。

节闵帝元恭[④]，与薛孝通、元翙、元翌等君臣间有《联句诗》[⑤]，其诗云：

> 既逢尧舜君，愿上万年寿。（薛孝通）
>
> 平生好玄默，惭为万国首。（节闵帝）
>
> 圣主临万机，享世永无穷。（元翙）
>
> 岂唯被丰草，方亦及昆虫。（薛孝通）
>
> 朝贤既济济，野苗又芃芃。（元翌）
>
> 君臣体鱼水，书轨一华戎。（节闵帝）
>
> 微臣信庆渥，何以答华嵩。（薛孝通）

这也是一首酒酣饮宴联句诗，原本要表达上下一体、其乐融

---

① 见《魏书》卷九《肃宗孝明帝纪》，第221—249页。
②《先秦汉魏晋南北朝诗》，第2209页。
③《先秦汉魏晋南北朝诗》，第2209页。
④ 见《魏书》卷十一《前废帝纪》，第273—278页。
⑤《先秦汉魏晋南北朝诗》，第2211页。

融的宫廷祥和景象,此联句却更像是众人以酒为韵的自嘲。联句一改帝王出首联的惯例,由"颇有文学"[①]的薛孝通首出,并引领着全诗走向。虽仍为褒君、文德旧旨,但已有元翌"朝贤既济济,野苗又芃芃"出彩之句,将朝廷人才济济,与野草嫩芽勃勃生机类比,非常生动有新意。北魏后期政权更迭频繁,诗歌艺术性已大有精进。

"代北七姓"即兴的应制、生活场景的对话、临终的绝笔,经生活历练而作,发自肺腑,集中体现了高超的文字运用能力,诗歌艺术性较高。又据《魏书·元丕传》载:"及高祖还代,丕请作歌,诏许之。"[②]元丕,烈帝拓跋翳槐玄孙,孝文帝元宏回到代北之时,应允其即兴作歌提议。又据《北史》曰:"勰从孝文帝幸代都,次于上党之铜鞮山,路傍有大松树十数株。帝赋诗示勰曰:'吾作诗虽不七步,亦不言远,汝可作之,比至吾间令就也。'勰时去帝十步,且行且作,未至帝所而就。"[③]元勰因此作诗《应制赋铜鞮山松》。通过孝文帝与宗室元丕、元勰的交流应答,可见他们常用诗赋即兴抒发、乘兴而起、应制而作的"随堂测试"属常见现象,亦见孝文帝对诗艺已很有自信,大有与前贤比肩的气魄。元勰《应制赋铜鞮山松》是元勰与孝文帝间戏作,其诗曰:"问松林:松林经几冬?山川何如昔?风云与古同?"[④]元勰临场吟诗,将人事代谢、往来古今的历史沧桑感渲染而出,其人即兴应变,其诗主题隽永,皆属难得。

陈留长公主作《代答诗》对爱情的积极争取。陈留长公主是

① 《魏书》卷四十二《薛辩传》,第 945 页。
② 《魏书》卷十四《东阳王丕传》,第 359 页。
③ 《先秦汉魏晋南北朝诗》,2205 页。
④ 《先秦汉魏晋南北朝诗》,2205 页。

孝文帝六妹，先后嫁刘承绪、王肃、张彝。王肃于太和十七年（493）奔北魏，尚陈留长公主，其妻谢氏来奔作诗："本为箔上蚕，今作机上丝。得络逐胜去，颇忆缠绵时？"陈留长公主以女性的视角、以王肃的口吻代答："针是贯线物，目中常纴丝。得帛缝新去，何能衲故时？"① 既契合谢氏诗歌主旨，将日常的针线作为意象入诗，又针锋相对，表意决绝。

最能体现元魏诗歌独特艺术气质的，还是对生命无奈与悲叹的绝笔之歌，又因作者身份之贵，更添加诗歌的悲，悲从何而来？从政治斗争的寒光中来，从乱而无道的时代袭来。中山王元熙临刑有《绝命诗二首》示寮吏、别知友。元熙是一位儒雅的元魏宗室子弟，他行事讲忠孝，为文颇洒脱，身边聚集了大量的文士。元熙将临刑前的悲愤化为对下属、朋友的殷殷嘱托，情感真挚感人。"义实动君子，主辱死忠臣。何以明是节，将解七尺身"②，对于寮吏多从儒家忠孝着手，多作忧愤感叹。"平生方寸心，殷勤属知己。从今一销化，悲伤无极已"③，对朋友从情感、离别的角度抒发，多悲伤之情。二者间既有差别，又有共同情愫，多重心绪相互夹杂，元魏以死忠君的儒家情怀和对友情的留恋，层层烘托，颇有艺术性，以致感人肺腑。为尔朱荣所害的孝庄帝元子攸也作有《临终诗》④。如单看"怀恨出国门，含悲入鬼乡"道出的帝王之悲与痛，并不亚于后世南唐李后主的"愁"。该诗对即将离世的悲恸以"权去""隧门闭"为具象指代，一路渲染吟至"思鸟吟青松，哀风吹白

---

① 《先秦汉魏晋南北朝诗》，第 2227 页。
② 《先秦汉魏晋南北朝诗》，第 2223 页。
③ 《先秦汉魏晋南北朝诗》，第 2224 页。
④ 《先秦汉魏晋南北朝诗》，第 2210 页。

杨"时,达到最甚。另外,节闵帝元恭"颠覆立可待,一年三易换"[1],济阴王元晖业"今逢世路阻,狐兔郁纵横"[2],皆是在时运渐谢、动荡不安的社会里,艰难找寻能够安身的力量,抒发人生不复图全的感慨。

3. 文章颇具艺术性

孝文帝汉化后,"代北七姓",特别是元氏一族,文章作得较多,除了诏、令、表、启等公牍文章外,也有抒发个人情志的颂、赋、墓志文章,多具有一定的文学艺术性。

元苌作《振兴温泉颂》[3],四、六行文,超六百字的文辞具有雄浑风格,已兼具南朝文人的绮靡灵动,文意结合温汤救民命之效表达"悠悠君子,我将安泊"的高洁旨趣。元苌此颂作于孝文帝迁洛后,他虽留守代郡,镇守怀朔镇和抚冥镇,但依然受到汉文化洗礼。

然而,最有艺术特色的还当属于元顺作的《蝇赋》[4]。元顺,任城王澄子,笃志爱古。宣武帝元恪时上《魏颂》,文多不载。正光五年(524)前后,元徽与徐纥间顺于灵太后,出顺为护军将军,顺疾徽等间之,遂为《蝇赋》。赋文以小见大,针砭时弊。赋文以物喻人,意有所指,情绪饱满,酣畅淋漓。写作时逐层递进,层层叠叠,从对小苍蝇"点缁成素,变白为黑。寡爱兰芳,偏贪秽食",上升到朝廷"妖姬进,邪士来,圣贤拥,忠孝摧"的治理高度,嗤鼻于苍蝇之无用,憎恶于小人之构乱。元顺以赋之体讽刺当世,乃代北第一人也。

---

① 《先秦汉魏晋南北朝诗》,第 2211 页。
② 《先秦汉魏晋南北朝诗》,第 2223 页。
③ 《全上古三代秦汉三国六朝文》,第 3585 页。
④ 《全上古三代秦汉三国六朝文》,第 3600 页。

第三章　东西魏、北齐周文化自觉
与"代北七姓"文学分化重整

在北魏孝文帝强力推动下汉化，得以顺利推行较长时间，但终在强力消逝后的不久，因北魏一分为二而出现路径分化，在政权分裂与尚武集团反噬崇文集团的同时，文士也随之东西分离。"北魏的分裂使得北朝文学分为东西两支，并行发展。"[①] 然而，汉化之路并未停滞，"代北七姓"循着北魏老路，文化向尚"儒武"转型。家族政治亦出现"二次分化"，在东西魏、北齐周涌现出一批政治地位尊荣、儒化较深的文化型宗室勋贵，他们所作诗文皆有可观，从而迈入文学突飞猛进历程。西魏、北周"代北七姓"共有文人 25 名、文章 167 篇、诗歌 8 首（其中赐姓 6 人、文章 10 篇、诗歌 2 首）；东魏、北齐共有 7 人、文章 19 篇。从数据上来看，分布于东魏、北齐的族员鲜有创获，文学主流与集群当在西魏、北周。北魏元氏、北周宇文氏贵为皇族，两个家族在政治、文化上有突出贡献，在元氏开启"代北七姓"文学起步的基础上，北周宇文氏面对南方文士的涌入，导引文化交融，文学热情高涨，文学实践积极，将"代北七姓"文学推至小高峰。从峰顶远眺，有多样的文化在蓄势生长，有

---

① 刘涛：《论北周鲜卑皇族的文学创作》，《中国文学研究》2015 年第 1 期，第 36 页。

较高艺术性的诗文以及成群的文士星罗棋布。

一、河阴变、武噬文

北朝"代北七姓"汉化与反汉化势力一直处于对垒状态,两派势力此消彼长,终于在公元 528 年尔朱荣发动"河阴之变"之后,汉化势力衰微。鲜卑化的尔朱荣与汉化鲜卑贵族、汉士族代表利益相左,因此对汉化改革心存芥蒂,在费穆煽动下发动政变。同年四月十三日,他在陶渚(今河南孟津)杀害二千余南迁鲜卑贵族和出仕汉族,不仅"王公卿士皆敛手就戮"①,明帝亦卒崩,时谓之尔朱荣入洛,衣冠歼尽。可以这样说,"河阴之变"是北魏孝文帝汉化以来,反汉化力量发起的最强攻讦。"代北七姓",特别是北魏元氏皇室,在此次事件中遭受最沉重打击,"经河阴之役,诸元歼尽,王侯第宅,多题为寺"②。以此为标志,北魏元氏汉化跌落谷底,反汉化逆流勃兴。

除元氏外,"代北七姓"其他各氏亦惨遭重创。"勋臣八姓"陆氏,"士宗、士述,建义初,并于河阴遇害……希悦,尚书外兵郎中,骠骑谘议参军,通直散骑常侍、平南将军、光禄大夫。遇害于河阴"③;源氏,"纂,字灵秀。员外散骑侍郎……建义初,遇害河阴,年三十七"④;宇文氏,"庆安,历给事中、尚书殿中郎中。后加平北将军、武卫将军。河阴遇害"⑤。众多族员遇害,导致"代北七姓"

①《魏书》卷七十四《尔朱荣传》,第 1648 页。
②〔北魏〕杨衒之:《洛阳伽蓝记》卷四"城西·法云寺条",上海:上海古籍出版社,1993 年,第 41 页。
③《魏书》卷四十《陆俟传》,第 915 页。
④《魏书》卷四十一《源贺传》,第 937 页。
⑤《魏书》卷四十四《宇文福传附庆安传》,第 1002 页。

成员人数骤减，集团成员在朝廷任官青黄不接，以致衰颓之势萌生，急需新的功勋、新的路径填充和重塑。

对更大范畴的七姓士族来说，在似"河阴之变"的魏末政变、起义中，政权开始瓦解，由此北魏一贯推崇的文化发展趋势受到冲击，出现了尚武反噬、新旧嬗替局面。西魏、北周自我革新，有些如复姓、赐姓、改官制、擢用武人等政策措施，反以胡化行重塑目的，从而对北魏孝文以来的汉化趋势和旧有门阀产生冲击，新贵则大多靠武功或外戚身份起家，形成了新的尚武精神及其凝结下的军功贵族集团；东魏、北齐的统治政策是在胡汉交融的矛盾状态下推行的，虽承袭有北魏汉化、士族化精神，"尚武"反噬"崇文"势头因取得政权更被加强，但由于地处汉族士人包围下的客观原因，七姓士族依然充满文质色彩，走上以文入仕的道路。这便是"代北七姓"所面对的现状。

总之，在北魏后期开启、由北周延续下来的儒化路径，虽然在战乱中受到反噬，但作用时间比较短暂，儒化的趋势并未改变。进入隋唐又出现很多新变化，代北勋贵在隋灭宇文周后，全部失掉了皇权及统治力，转而演变成散落各地的豪强，渐渐出现了不同的行为选择，各自选择着尚武崇文的折中路径。随着隋朝的建立，"代北七姓"积累起来的文化消磨殆尽，族人的锐减，地位的骤降，文学根基已不复存在，发展的势头与进度也因此而迟缓下来，但也因此出现新的转机，促使不同姓族向不同文化状态分化。

二、"尚儒尚武"与文化本位

东魏、西魏国祚日短，分别被北齐、北周取代，朝代不断更迭，但统治阶层依然沿用北魏"老班底"，儒化的国策仍在延续。"代北七姓"主流迁洛阳浸染中原文化后,又徙关中向文化本位主义转型,终在拿来主义后开启了文化的自我觉醒。"代北七姓"多数成员改变了单一以武取功名思维定式,能文能武成为其成员"标配",而文之内核重于儒,宇文泰着眼长远,主导定下了关中本位之策,这才按下从关陇进入中原的文化开关。

(一)尚儒尚武,学儒践儒

"代北七姓"以儒学入世、武功进仕,整合二者"积极事功"的内核,并以儒学为文化根基向文学进发。"代北七姓"的雄强、事功是他们选择尚儒的基因,忠君、孝悌乃尚儒的关键。北周太祖宇文泰曾问年仅九岁的于仲文:"闻儿好读书,书有何事?"当他得到"资父事君,忠孝为本"①答案后"甚嗟叹之",可见忠孝等儒家伦理在统治者心目中的崇高地位。

自上而下的尚儒,让"儒"的内涵和层次愈加丰富、愈发深入。"代北七姓"为儒学正名,行为世范,为人所称。东魏宇文忠"猎涉文史,颇有笔札,释褐太学博士"②;北周明帝宇文毓"率由恭俭,崇尚文儒,亹亹焉其有君人之德者矣"③;北周长孙绍远"雅好坟籍,聪慧过人"④;北周元伟"自幼好学,风度文雅"⑤:他们好学经典、天赋过人、绵密家风、容止倜傥、正义凛然,较高的儒学修为让他们成为当世楷模。又如,北周窦炽"性严明,有谋略……少从范阳祁忻受毛诗、左氏春秋,略通大义。善骑射,膂力过人"⑥;北周

---

① 《隋书》卷六十《于仲文传》,第 1450 页。
② 《魏书》卷八十一《宇文忠之传》,第 1795—1797 页。
③ 《周书》卷四《明帝纪》,第 61 页。
④ 《周书》卷二十六《长孙绍远传》,第 429 页。
⑤ 《周书》卷三十八《元伟传》,第 688 页。
⑥ 《周书》卷三十《窦炽传》,第 517 页。

宇文神举"伟风仪，善辞令，博涉经史，性爱篇章，尤工骑射。临戎对寇，勇而有谋"①；北周陆腾"志气懔然，雅仗名节"②：他们以儒为核，重名节、凛然志气，又沙场驰骋，武功卓著，可谓是文武兼修、尚儒尚功之典范。

随着儒化的深入，"代北七姓"已由"学儒、读儒"到"研儒、用儒"，并自觉以儒的至高要求匡正得失，此一点陆氏表现得最为明显。陆氏不仅保留了代北少数游牧民族果敢、勇猛、刚烈的遗风，又受仁义、尊君、孝悌的儒道约束，从而合二为一形成舍生取义、维护正统的道德伦理。如陆丽"受心膂之任，在朝者无出其右"③，历北魏太武、文成、献文三朝的他好学爱士，已颇有儒家孝悌之风。其从孙陆操更是具备代北的雄强、儒道的忠烈，陆操很小的时候就以学业知名，受到家族先辈的影响，拥有志气高简风格，他在北齐廷尉卿任上，面对齐文襄帝高澄欲霸占薛真妻元氏的不法行为，面对强权和"命刀环筑之，更令科罪"的生死时刻，"终不挠，仍口责之"④，刚强勇毅，他早将生死置之度外，故而义正词严、舍生取义。陆彦师、陆卬兄弟为陆丽之后，面对袭爵能够互相辞让，在死后兄弟合墓，负土成坟，被时人誉为"友悌孝义萃于门"⑤。陆彦师"好学能文"，陆卬"博览群书，善属文"⑥，兄弟二人的文化修养已经达到较高的水平，儒家经典早已成家学基础，良好家风促使二人在儒化大路上行稳致远，并从严遵守儒道，做到了生前身后言行一致，

①《周书》卷四十《宇文神举传》，第 713 页。
②《周书》卷二十八《陆腾传》，第 469 页。
③《魏书》卷四十《陆俟传附丽传》，第 907 页。
④《北史》卷二十八《陆俟传附陆操传》，第 1022 页。
⑤《北史》卷二十八《陆俟传》，第 1019 页。
⑥《北史》卷二十八《陆俟传》，第 1017、1019 页。

已属克己复礼的较深层次。

（二）洛阳正统到关中本位

"代北七姓"在孝文帝儒化的政策下，一直奉中原文化为正统，以学习中原文化为要，遵循着全盘的拿来主义，反而对自身的草原、代北文化基因关注不够，甚至抛弃得多。然野蛮与文明、文化的落后与先进并没有完全的界限，如果一味强调学习外来文化，对自身文化不假思索地抛却，在文化上终将成为无根的浮萍，难以茁壮和持久。此一点，最先为宇文泰所识见，他率胡人、胡化汉人于关陇偏僻之地，在财富、兵力皆不及山东高氏、江左萧氏的情况下，以治下最强大的几股力量为基础——鲜卑六镇及其他胡汉土著，推动精神文化融合，"匪独物质上应处同一利害之环境，即精神上亦必具同出一渊源之信仰，同受一文化之熏习，始能内安反侧，外御强邻"[1]。

宇文泰的思虑是源于客观之关陇现状。在洛阳，施行全盘拿来主义儒化是当时最有效的策略，而觉醒后的以我为主，在西魏初也已经具备了相当的思想基础与客观需要。西魏之初到北周，武功立家一直是"代北七姓"基本生存之道，对文化、文学抱有怀疑态度和功利性，难免在内心深处存在着轻视文化的风气。如李昶曾云"文章之事，不足流于后世，经邦致治，庶及古人"[2]，作为宇文泰身边的近臣，略有文采的李昶尚且持有如此观点，其他人的轻视态度大可想见。作为统治者的宇文泰肩负着革故鼎新、寻找出路的重任，面对关中内臣、关外士人的轻视，宇文泰选择了从自身做

---

① 陈寅恪：《隋唐制度渊源略论稿·唐代政治史述论稿》，北京：生活·读书·新知三联书店，2015 年，第 197—199 页。

② 《周书》卷三十八《李昶传》，第 686 页。

起,以提升关中本土势力的文化自信为依托,也就是将眼光由关外转移到关中、他位转化为本位,走出与前代不一样的路径。陈寅恪云:"此新途径即就其割据之土依附古昔,称为汉化发源之地,不复以山东江左为汉化之中心也……此宇文泰之新途径今姑假名之为'关中本位政策',即凡属于兵制之府兵制及属于官制之周官皆是其事。"① 文化本位政策,乃是此大方面的一小项。实乃以政治之手段,统合源于胡汉土著为一个整体,胡以 "代北七姓" 鲜卑六镇民族为主要,在文化上受到同一的熏习,从而形成共同的文化追求。在政治文化制度上,宇文泰 "托周礼、行六官",推行关陇儒化政策,令苏绰等人作《大诰》对公翰文章进行规范,试图引导并更正个人文学创作之绮靡繁复的南朝风气。虽然假借的乃儒家文化的正统,实则达到了内化内转,树立起了 "代北七姓" 文化自信。

在文学方面,西魏宇文泰用苏绰、卢辩进行文化革新,规范文化典式,以《大诰》定公翰创作样式。虽然此举最终被证明对文学的真正影响并不大,但是却体现了政治对文化的引导作用,更体现了宇文泰等统治者为了发展主动进行的文章变革。从被动融入到主动改变,无论效果如何,已经彰显了 "代北七姓" 的长远眼光与先驱意识。特别是元氏、宇文氏统治者对文学热爱,以政治上的便利条件,积极开展各类文学活动。如东魏孝静帝元善见 "好文学,美容仪。……嘉辰宴会,多命群臣赋诗,从容沉雅,有孝文风"② 。北周宇文氏正式成为统治者后,又积极倡导、参与文化活动,再次主动引导本土、南来的文士行为,又通过财物控制(提供必要的生

---

① 《隋唐制度渊源略论稿·唐代政治史述论稿》,第 197—199 页。
② 《魏书》卷十二《孝静帝纪》,第 313 页。

产生活资料），频繁举办游宴等系列活动，最终紧紧将他们笼络在一起。北周明帝宇文毓设置麟趾殿学士、周武帝宇文邕设置露门学士，更是将宴集唱和推向了规模化、常态化、经常性，南北文士同台竞技加速了文学的交融。正是关中文化本位政策承续下来的自信，也是"本位"向主动性、自主性的多年延续，才会出现之后北周文学对南朝文学的反哺。

三、分化后的文学重整

北魏孝文帝太和十八年（494）至北魏分裂，共四十载，东、西魏分治（534）至隋代北周（581），亦不过四十七载，时段长度相差无几，但"代北七姓"文人作品数量、各姓氏占比却出现差异化，出现分化现象。

"代北七姓"前后占比变化表

姓氏	北魏作家（人）	占比（%）	东西魏、北齐周作家（人）	占比（%）
元	65	73.9	7	21.9
长孙	5	5.7	1	3.1
宇文			20（赐姓6）	62.5
于	2	2.3	1	3.1
陆	11	12.5	3	9.4
源	4	4.5		
窦	1	1.1		
总计	88	100	32	100

据统计表，北魏一分为二后，"代北七姓"中较有文名者共有32人，其中宇文氏20人（赐姓6名），元氏7人，陆氏3人，长孙、于氏各有1人，源、窦氏未见。元、源、宇文氏的变化最为巨大，在北魏孝文帝时蹿升的元氏占比迅速下滑，由73.9%降至21.9%以内，源氏占比也由4.5%降为0，宇文氏提升最快，从无到有，占

比升至 62.5%;长孙、于、陆、窦氏略为持平。结合数据仔细分析原因,至少可以发现两个关联性特点:一是文学占比与政治地位正相关;二是"代北七姓"文学上有了分化,文人总数量有所减少。

政治与文化的正相关在"代北七姓"这个鲜卑、草原胡族群体体现得特别明显。主要原因在于掌握政权的人同样掌握了大量的典籍,他们是文化上的"富有者",其家族成员能够较为容易地见到普通家族难以见到的经典,权势可以为其创作载入史册提供更多机会。再加上本书统计标准较为宽泛,公翰也作为文学家的入选标准,处理朝政的公翰大多为统治阶层所主导或授意,因此政治的影响更明显。在北朝,虽然元氏一族皇权旁落,但宇文氏迅速崛起,对于"代北七姓"族群来说,在整体上保持住了发展的态势。

然而这也是北魏孝文帝改革后"代北七姓"在文化上的又一次分化,这种分化依然明显体现了政治势力强弱、社会地位高低与文化发展水平的正向关联性,由此可见在北朝政治权势对文化、文学的影响巨大。北魏孝文帝的汉化政策仍持续发挥作用,"代北七姓"在文化上的涉猎范围进一步扩展,对文化的应用更加自如得体,儒家孝悌进一步规范。此时随政权的更迭,在文化分化的基础上承接续变,有的家族文化水平逐步处于领先地位,文化发展回到了自己的发展轨道,政治对其发展的影响因素已经很小,变得较为稳固,陆氏即为其例。有的家族文化发展水平依然不高,如于、源、窦氏等。有的家族在风雨中飘摇,政治强烈影响其家族文化的走势,如元、宇文、长孙氏等。他们虽然面对的政治局面复杂,经历着战火频繁、改朝易代常事,但好在汉化、儒化的主线并没有改变,各个家族在实践中艰难地作出选择,力图做到平衡发展。

总之,这是北魏孝文帝迁都前后,因"代北七姓"对改革态度、选择的不同，文化发展、政治地位、家族荣衰出现差异以来，文化上再一次的深度分化。文化与政治关联，政治与家族荣衰相关，分化融合催生各家族统一思想并重视文化建设，不仅对隋唐以后的"代北七姓"文化发展提供了新的动力，此时进行的一系列政治制度改革，还为隋唐文化发展提供了经验性的动力来源。一是皇权在"代北七姓"内部更迭，集团重新磨合，产生新的稳态。各个族群在新的环境中很快又重新找到了自己的定位，并没有分崩离析，其中陆氏的稳定发展、元氏的继续发展都是佐证，也就是说"代北七姓"各族群有其内在的一致性，虽受政治环境改变的影响，但始终微妙地保持着守恒。二是"代北七姓"一直抱团取暖，集团性特征有增无减，经过历史证明，他们七个族群之间谁都不能割弃谁，唯有"各美其美，美美与共"才能对抗中原、问鼎中原，也只有继续走北魏孝文帝的改革、儒化道路，才能达到目标。更坚定的政治目标和道路的确立，促使他们迈出统一的步伐。其文学在族群重视下得到了动力源泉，得以重整。

第四章　北周"代北七姓"文学小高峰

　　北周统治者宇文氏，在重视文教的大环境下顺势而行，继续汉化跋涉，出现了一大批文学才能之士，宇文氏等代北家族成员与北迁的南朝文士（例如庾信、王褒等）以及关陇本土文士（例如苏绰、卢辩等）共同铸就了北周繁盛的文学世界。北周文人、作品数量均占北魏末隋前阶段的"代北七姓"的绝大多数，北周有25位作家，占总量36人的近七成，涉及宇文、元、陆、长孙、窦等氏；北周作文章146篇，占总数167篇近九成；共传8首诗歌，均在北周作。"代北七姓"北周文学与北魏、西魏、东魏、北齐相较，明显呈现高峰状，它能够攀上顶点，占据了天时、地利、人和，儒化渐入佳境、南北文化融合皆是便宜、有益的必要条件。

一、南北和诗益增数量

　　西魏、北周文学交往、融合与北魏太和年间主动向南朝文化中心靠拢不同，主要得益于南方文士的被动播迁进入，还有文化政策上的自我觉醒，从而形成南北文化、文学的交融。从宇文泰始至"宇文三才子"出现，"代北七姓"文化水平进一步提升，文化行为进一步雅化，诗文风格明显南朝化。无论是颁以政事，还是招才求贤，都一改干瘪、简单的公翰行令传导，反而更愿意与唱和等文学活动紧密联系起来,以彰显文采的方式拉近与才士之间的心理距离。这样积极的实践,客观上对提升诗歌艺术性大有裨益,对促进南北诗风融合的作用显而易见。

在诗歌创作上,除了宇文氏以外,其他各支显得很沉寂。宇文毓、宇文招、宇文逌,时称"宇文三才子",有诗歌及残句5首、1句。明帝宇文毓有《贻韦居士诗》《和王褒咏摘花》等诗作,宇文昶(李昶)有《陪驾幸终南山诗》《入重阳阁》[①]等诗,题材涉及征战、赠答、人生感悟,虽据考证亡佚较多,且量不大,但艺术性尚可。同时,南来的诗人与宇文氏唱和亦频繁,南北士人以诗歌相和,是当时的普遍现象。特别在北周宇文氏的策动下,大大小小的文学活动中都有应诏、奉和诗出现,"代北七姓"作为应与奉的主角,既是这类诗歌活动的主办方,又是诗歌唱和的出题者和品评家,可以说主导了南北诗人的创作内容、风格和价值取向。"代北七姓"之宇文氏今存诗歌仅6首、1句,赐姓的宇文昶存世2首,但事实上应远远不止。据北周有较多唱和、诗歌流传度较大的王褒、庾信等诗人,可略补"代北七姓"亡佚诗题,管窥诗歌面貌。

代北七姓亡佚诗题补

序号	作　者	存世诗题	亡　佚	
			诗　题	来　源
1	宇文毓(明帝)	《贻韦居士诗》《过旧宫诗》《和王褒咏摘花》		
2	宇文赟(宣帝)	《歌》		

①《入重阳阁》一般被写作《奉和重适阳关》,据吉定《论北周作家李昶及其作品的价值》(《民族文学研究》2015年第3期)关于《奉和重适阳关》诗题考辨,《奉和重适阳关》系宋李昉编《文苑英华》之讹传,诗题应为《入重阳阁》,今采之。

（续表）

序号	作　者	存世诗题	亡　佚	
			诗　题	来　源
3	宇文招（赵王）	《从军行》	《途中五韵诗》《隐士诗》《看伎诗》	《奉和赵王途中五韵诗》《奉和赵王隐士诗》《和赵王看伎诗》（庾信、王褒）
			《出师在道赐诗》《送峡中军诗》《游仙诗》《美人春日诗》《春日诗》《喜雨诗》《西京路春旦诗》《诗一首》	《奉报赵王出师在道赐诗》《和赵王送峡中军诗》《奉和赵王游仙诗》《奉和赵王美人春日诗》《奉和赵王春日诗》《奉和赵王喜雨诗》《奉和赵王西京路春旦诗》《奉和赵王诗》（庾信）
4	宇文逌（滕王）	《至渭源诗》		
5	李昶（赐姓宇文）	《陪驾幸终南山诗》《入重阳阁》	《春日游山诗》	《和宇文内史春日游山诗》（庾信）
6	宇文神举②		《游田诗》《喜雨诗》	《和宇文京兆游田诗》《和李司录喜雨诗》（庾信）
7	宇文氏其他成员		《阐弘二教诗》《法筵诗》《夏日诗》《初秋诗》《平邺诗》《咏春近余雪诗》《至老子庙诗》	《奉和阐弘二教应诏诗》《奉和法筵应诏诗》《奉和夏日应令诗》《奉和初秋诗》《奉和平邺应诏诗》《咏春近余雪应诏诗》《至老子庙应诏诗》（庾信）

今确补宇文招诗 11 首、宇文神举 2 首、宇文昶 1 首，又据皇家宫廷游宴，奉上应诏、应和，推测尚有奉和 7 首，共计补 21 首，宇文氏诗歌增加近三倍。由此可见，因诗歌流传的缘故，现传诗歌已经不复当时盛况。

---

② 宇文神举为文帝之族子。（《周书》卷四十《宇文神举传》，第 713 页）

另外，南北诗人唱和交流融合是广泛的，范围不仅限于宇文氏。如庾信除与赵王宇文招、卫王宇文直唱和外，还作《谨赠司寇淮南公诗》，此淮南县公即为北魏元氏后裔元伟，他"少好学、有文雅。笃学爱文、政事之暇、未尝弃书。初自邺还也，庾信赠其诗曰：'虢亡垂棘反，齐平宝鼎归。'"①当然，诗人除了上诗、赠诗外，还有应诏、答谢等诗。南来诗人，有很多诗题有"奉和""奉报""应诏"等文字，这不仅交代了诗作的内容，也提示了诗作的写作背景。"奉和""奉报"就是指奉命作的诗，"应诏"就特指应皇帝的命令而作，这几类诗作创作动机并非出自诗人主观，吟咏的内容也被事先确定，有时候用韵也被固定，往往构思的时间很短，诗歌并非发自肺腑，感情并不充沛。同时，诗人既要避免创作上简单重复，在艺术上又要超越原题诗作并进行自我革新，因此对诗人的文学才能要求更高，客观上确实也较难出现艺术水平较高的作品。从另一个角度来看，"奉和""奉报""应诏"等诗，应当是受上级指定，或者是因公事的正式下令，或者是游宴时候的私人请托。总之，诗歌内容由发令者决定，诗作的好坏也交由发令者品评，而指令多由西魏、北周上层统治者，也就是"代北七姓"发出，在他们的主导下，南北文士的唱和已经蔚为风尚。奉和诗题增补数量尚可观，此为诗歌小高峰之数量庞大的佐证。

二、诗歌崇实而工密

"代北七姓"北周时所作诗歌，不仅延续北魏的唱和之风，又将诗歌眼界从宫廷打开，延展至人事代谢、战场边关、关中遗迹等

---

① 《周书》卷三十八《元伟传》，第 688 页。

应时顺势领域，在实用性、艺术性上比北魏时已大有提升。"宇文三才子"所作《赠韦居士诗》《过旧宫诗》等诗，既保留了代北质朴风格，具有草原雄浑的风气，又吸收了南朝诗歌的诗艺和诗情，有很高的艺术性、辨识度。

（一）明帝宇文毓为求名士而赋诗

宇文毓为宇文泰长子。557 年，宇文泰次子宇文觉建立北周，后被宇文护废杀，宇文毓被立为帝。他"宽明仁厚，敦睦九族，有君人之量"①，曾召文士麟趾殿校经，文章辞采温丽、音韵和谐。

为让一名隐士出仕，宇文毓作《赠韦居士诗》②，试图以诗歌唤隐士出山林，这一行为在"代北七姓"中当属首次。据考，这位"韦居士"就是韦夐，在当时很有名望。宇文氏敬重人才，从宇文泰开始就多次征召过他，但韦夐一直未曾答应。明帝亦慕其名，以诗相邀，据《周书·韦夐传》："夐答帝诗，愿时朝谒。帝大悦，敕有司日给河东酒一斗，号之曰逍遥公。"③ 隐士对时局往往有深刻的洞见，出仕与否或凭意气机缘，更会审时度势，与其说是宇文氏的锲而不舍精神感化了他，不如说是宇文毓的圣明贤德、诗才伟力打动了他。其诗曰：

> 六爻贞遁世，三辰光少微。颍阳去犹远，沧州遂不归。风动秋兰佩，香飘荷叶衣。坐石窥仙洞，乘槎下钓矶。岭松千仞直，岩泉百丈飞。脚登平乐观，遥想首阳薇。傥能同四隐，来参余万机。

---

① 《周书》卷四《明帝纪》，第 60 页。
② 《先秦汉魏晋南北朝诗》，第 2323 页。
③ 《周书》卷三十一《韦夐传》，第 545 页。

　　整首诗对仗工整,艺术性很高。诗中针对特定的言说对象"隐士"而用的"六爻""仙洞""平乐观""四隐"等具有特殊意义的词汇,让这位隐士倍感亲切,遂能与之交流,即便不能马上引为知己,至少也能让人如遇同道,故招贤之路从一开始便取得良好进展。这首诗让我们看到宇文毓不仅有很高的文学造诣,还有广博的知识储备,他能针对不同的言说对象,合理营造特定的环境,拿捏词句得当,让人并不感到突兀。同时,"代北七姓"不仅对诗歌艺术运用得当,还能深刻领会儒家、道家、释家精神内核,儒化道路多元,文化格局宽广。"韦居士"是释家称呼,"六爻""仙洞""平乐观"是道家常用词,而"首阳薇"则体现儒家的精神追求。至于对渔父、季主、楚老、孙登"四隐"描绘,更体现了文化的多元,造就了思想的包容。看似巧合的背后,正好可揭示促成这个文学历史事件的几个关键因素:那就是以宇文氏为代表的"代北七姓"文化已达到较高水准,作为统治阶层不仅有招贤纳士的意识,更具备吸引文士人才并与之直接沟通的风雅能力,他们不再需要儒士朝臣作为交流的"中间人",自然可以消除许多鸿沟和隔阂,最终他们的"文化人"身份让他们的贤明圣君形象更加深入人心。

　　558 年,宇文毓幸同州(今陕西大荔)作《过旧宫诗》[①],是对夏州故宅、故人、故事之怀吟,亦具有较高水准,胡应麟评曰:"整齐工密,俨似唐初诸人五言诗。"[②]其诗曰:

　　　　玉烛调秋气,金舆历旧宫。还如过白水,更似入新丰。秋

---

①《先秦汉魏晋南北朝诗》,第 2324 页。
②《诗薮》卷三《杂编遗逸下》,〔明〕胡应麟:《诗薮》,上海:上海古籍出版社,1979 年,第 279 页。

潭渍晚菊,寒井落疏桐。举杯延故老,今闻歌《大风》。

诗歌一来就交代了时间、地点和事件,开门见山,秋天萧瑟之气被四时通畅之气调和,在一派祥和的氛围中帝王的车辇路过了旧时宫殿。如若不是宇文毓初登九五、天下承平的时候荣归故里,在秋天这样的时节看到落败的老房子,不知道又会引发出普通人多少的愁绪。诗歌第二联中白水、新丰均是地名。白水乃陕西渭南白水县,新丰^①乃刘邦在郦邑为其父修建的官邸,以解其思乡之苦。后来也有很多诗歌都提到新丰,如"买醉入新丰""新丰美酒斗十千",仍用其"人富贵后与故人聚饮叙旧"之典。宇文毓"还如过白水,更似入新丰"之句正是表达了一种久别归来时急切又喜悦之情,归来时候有过白水之快意,更有与故人重聚叙饮之欢畅。第三联是较为常见的描景绘物手法,秋日冰冷的潭水浸润着晚开的菊花,而傲人的菊花又倒影于水中,两者交相成趣,别有一番孤高和清冷;就在不远处是寒冷的井水漂浮着残叶,那是从稀疏的梧桐树上掉落的秋意。孤傲的菊花、孤寂的梧桐,还有冰冷刺骨的潭水、井水,四物入诗更无需过多的修辞,萧瑟又生动的秋景跃然纸上。最后一联"举杯延故老,今闻歌《大风》",明帝向老者敬酒表达祝福,不由想起汉高祖还乡作《大风歌》的场景,可见即便是萧瑟的秋风、凄清的秋景都没能影响到这位君主回到旧家的激动和兴奋之情,诗人将大展宏图的抱负和豪情万丈的光芒都潜藏此,给人以无限的遐想。此诗受南朝诗风影响痕迹明显,陈寅恪曾有评曰:"则竟是南朝后期文士、北周羁旅垒臣如庾义城、王

---

① "新丰"出自《史记》卷八《高祖本纪》,汉新丰宫也,后世用作咏君主游幸。(范之麟、吴庚舜主编:《全唐诗典故辞典》上,武汉:湖北辞书出版社,2001年,第522页)

石泉之语,此岂宇文泰、苏绰创造大诰文体时所及料者哉!"①此诗婉转流丽的风格绝非西魏、北周初文体复古的初衷。作为年轻的君主,宇文毓眼中的国家一派祥和、欣欣向荣,他笃定周遭没有战胜不了的困境,凡事皆能枯木逢春、抵御寒秋。他年轻人的自信,以及充满理想主义的乐观,遮蔽了他所面对的困难和危险,也就注定了他短暂的一生。此后不到两年,仅二十七岁的宇文毓即被宇文护所杀。命运与诗歌间的反差,又让后人对这首诗歌潜藏着的象征性有所领悟。

另外,宇文毓还作有《和王褒咏摘花》②。王褒、庾信入北,因才名尤受北周皇室成员赏识,北周明帝宇文毓时更是礼遇非常,皇室与入北文士的交流对推动北周的文学发展起到了重要作用。王褒现存40余首诗歌,诗风既受到齐梁的影响,又具有北方的雄健刚劲风格,这在他的羁旅、边塞诗中多有体现。明帝宇文毓对文学有特殊的偏好,对有文名的才学之士(无论是南来还是北归的)都广泛结交,相互唱和,《和王褒咏摘花》就是留存下来的代表篇目。这首诗有齐梁体风格,吟咏题材虽狭窄,但对仗很工整。描写了花与酒交织下北周宫殿中的一派祥和饮宴场景,格调虽然不高,但此诗却包含了一定的哲理。句与句中运用倒装写法,"玉碗承花落(花落玉碗承),花落碗中芳(芳花落碗中)。酒浮花不没(浮花不没酒),花含酒更香(含花酒更香)",名词、形容词、动词倒装别具一格。可见就算是一首格局比较小的咏摘花,宇文毓都能在形式上做到推陈出新、别具一格,这充分说明了他不落窠臼、喜欢创新的

①《隋唐制度渊源略论稿·唐代政治史述论稿》,第104—105页。
②《先秦汉魏晋南北朝诗》,第2323页。

性格。同时，他能够将王褒、庾信等大作家集聚周围，也体现了当时社会对文学的推崇。

（二）宇文招报国从军匡社稷

宇文招，宇文泰子，年少聪颖，博览群书，喜作文章，有文集十卷，今不传。作为宗室极具才华的文人，他与庾信、王褒等南来文人友善，彼此唱和，为时人称道。其诗歌总体上受梁朝风格影响较大，"学庾信体，词多轻艳"[①]，但从其仅存诗《从军行》[②]来看，也颇有代北苍劲、悲凉的意味。其诗曰：

> 辽东烽火照甘泉，蓟北亭障接燕然。水冻菖蒲未生节，天寒榆荚不成钱。

宋郭茂倩云："《从军行》皆军旅苦辛之辞。"[③] 此主题与宇文招此诗十分契合。诗歌首句描绘了宏大的战争场景，战火从蓟北、辽东一直烧到蒙古燕然。"烽火照甘泉"指辽东传来了战火的警报，在此诗人化用"甘泉"指代宫廷，意指烽火警报传到了朝廷。正是随着战火信号，诗人来到了前线，一路从蓟北的战事堡垒到了边塞蒙古。"水冻菖蒲未生节，天寒榆荚不成钱"一句，更是将参军的辛劳、战争的残酷表现了出来。天寒地冻，菖蒲都不发芽，榆荚也不挂花，时间被冰封像停滞了一样，战争是何其漫长，艰难是多么的具体，考验着兵士的身体忍耐极限，更休说还间有思乡念家

---

① 《周书》卷十三《赵僭王招传》，第 202 页。
② 《先秦汉魏晋南北朝诗》，第 2344 页。
③ 《乐府诗集》卷三十三《乐府解题》，〔宋〕郭茂倩：《乐府诗集》，北京：中华书局，1979 年，475 页。

等离愁别绪的困扰。诗人仅用二十八字直写战争环境,类似白描,却对从军后内心的苦痛故意留白,个中滋味全让读者自己去体味。这样已经与很多其他《从军行》不一样,匠心独具。

宇文招于建德元年(572)为大司空,后转大司马,建德三年封王,地位十分尊贵。作为皇族后裔的他,十分注重维护家族地位、延续家族血脉,具有很深的家族意识,一直践行"代北七姓"以家族为核心聚合发展的共同认识。宇文招为匡复宇文氏皇权,曾设计诛杀后来成为隋文帝的杨坚,惜谋事不周,以失败收场,据《周书·赵僭王招传》:"隋文帝辅政,加招等殊礼,入朝不趋,剑履上殿。隋文帝将迁周鼎,招密欲图之,以匡社稷。"① 此时杨坚已牢牢把控北周朝政,宇文氏已没有正面对抗能力,行动失败是必然的,但正因为悲壮更应看作是他的一种英雄主义行为,彰显了他不畏生死的代北游牧民族的雄强气度。虽然宇文招身处宫廷,诗风多学庾信、王褒,用词较多艳丽浮华,但他融合了南朝软语与北方硬质特色,融入了代北特色,诗风随之而新变。《从军行》即可略见其诗歌个性风格。

(三)宇文逌推陈出新祛弊病

宇文逌,宇文泰子,封滕王,大象二年(580)与宇文招并被害。宇文逌天资聪颖,反应敏捷,自幼喜欢研读经史,才学过人,所著文章盛行一时,今几尽亡佚。他和宇文招一样,喜结饱学之士,"二王与庾信、王褒酬答,颇有梁孝、魏文之风,北人中不多见也"②。其《庾信集序》是在曹丕《典论·论文》后,对文学"遂能弘孝敬、叙

---

① 《周书》卷十三《赵僭王招传》,第 202 页。
② 《诗薮》,第 279—280 页。

人伦、移风俗、化天下"教化功能的总结归纳，庾信不仅将其比为"济北颜渊、关西孔子"，又"论其文采，则鱼龙百变"[1]，重其文章的新与变。宇文逌辞赋如此，作《至渭源诗》[2]，亦立脱窠臼，将渭河之源从文化、人生、哲学、地理进行多层次划分，做非常的构建。其诗曰：

> 源渭奔禹穴，轻澜起客亭。浅浅满涧响，荡荡竟川鸣。潘生称运石，冯子听波声。斜去临天半，横来对地平。合流应不杂，方知性本清。

渭河的源头在这首诗里不仅仅是地理上的，还有时间上的开端，让人追溯到上古的禹。河水一路奔腾，铺天盖地，气势不可阻挡。诗中"浅浅满涧响，荡荡竟川鸣"一联，叠词运用得恰当精巧，"潘生称运石，冯子听波声"，用潘岳叹人生短暂、冯野王不受重用的典故表达对命运的无奈，同时，石与波的意象也是即景，此联营造出了画面、声音、情感共鸣的情境。最后，诗人才不紧不慢地点明主题，渭河合流而不杂，只因源头是那样的纯净，表达了一种高洁的品格。从晋宋以来的诗歌"情必极貌以写物"[3]，也就是借物以抒情，结果抒发的情感越来越细腻，也越来越脱离实际，写诗的路也越来越窄，最终被宫廷和上层文人用得靡艳低俗。宇文逌未能免俗，自然会受到这种艺术风潮的影响，但就《至渭源诗》来看，

---

① 〔北周〕庾信：《谢滕王集序启》，〔北周〕庾信撰，〔清〕倪璠注，许逸民校点：《庾子山集注》，北京：中华书局，1980年，第554页。
② 《先秦汉魏晋南北朝诗》，第2345页。
③ 范文澜：《文心雕龙注》，北京：人民文学出版社，1962年，第67页。

诗人描写的对象质朴纯净,既是即景,也是对事物根源的探索,充满生活气息,抒发情感的格调高雅且充满了哲理,因此有推陈出新、祛弊求变的开拓性,对拓宽代北狭窄诗歌道路有积极意义。

(四)宇文昶铿锵奉和诗

宇文昶(李昶)得北周赐姓宇文氏,幼时蜚声洛阳,一生善战功绩显赫。他虽"性峻急,不杂交游",但唯独与入北的庾信多有交游。宇文昶作有《陪驾幸终南山诗》[①]。诗文前面写终南山之景,最后落笔在邀请仙人王子晋与浮丘公同游。庾信和诗《陪驾幸终南和宇文内史诗》长于以数摹景,"水奠三川石,山封五树松。长虹双瀑布,圆阙两芙蓉",如信手拈来;宇文昶重于以动写景,又善于想象,"青云过宣曲""金桴拂泉底,玉管吹云中""交松上连雾,修竹下来风",栩栩如生,特别是"烟生山欲尽,潭净水恒空"句,似佛偈般充满哲思。宇文昶作《奉和重适阳关》[②],庾信亦相和,有《和宇文内史入重阳阁诗》。宇文昶之诗虽格调不高,属于宫廷唱和范畴,但仍然展示了其艺术风格,"紫庭生绿草,丹墀染碧苔""金扉昼常掩,珠帘夜暗开""行雨归将绝,朝云去不回",分别在颜色搭配、时间反差、结果比对诸方面用力,极其考究,错落有致,别开生面。无怪乎徐陵称叹宇文昶之诗歌"铿锵并奏,能惊赵鞅之魂;辉焕相华,时瞬安丰之眼"[③],庾信亦赞"属此欣膏露,逢君摘揽才。愧乏琼将玖,无酬美且偲"[④]。以宇文昶为代表的赐姓诗人,发挥了宇文皇室与汉族诗人沟通的桥梁作用。

---

① 《先秦汉魏晋南北朝诗》,第 2324—2325 页。
② 《先秦汉魏晋南北朝诗》,第 2325 页。此诗题实为《入重阳阁》,前文已释。
③ 《全上古三代秦汉三国六朝文》,第 3453 页。
④ 《庾子山集注》,第 294 页。

三、文章平实变藻饰

西魏北周"代北七姓"文章受北魏汉化影响，文章具有了尚实务用特质，然而代北七姓又痴迷南朝文风，两者结合形成多以四、五言，用词古奥，语言简练，平铺直叙，善质朴亦藻饰的特色。

宇文泰推行大诰体，将苏绰所作《大诰》作为范文，令群公皆依此体，后又有卢辩的《为安定公告谕公卿》《诏公卿等议苏绰赠谥》等文章继续以实践作倡导。宇文泰于大统三年(537)作《潼关誓》，时宇文泰率李弼等人东伐，为提振士气而誓师潼关，"与尔有众，奉天威，诛暴乱。惟尔众士，整尔甲兵，戒尔戎事，无贪财以轻敌，无暴民以作威。用命则有赏，不用命则有戮。尔众士其勉之"[1]。语调铿锵，有《诗经》遗韵，具《大诰》鼓噪风格。又其《与长孙俭书》，夹叙夹议，着墨虽不多，却道出长孙氏自我体罚、以上率下等不可言说之美事，"王臣謇謇，匪躬之故"[2]，即庾信在长孙俭的神道碑碑文中所引：大丞相书云："此之美事，耳目之所未经，叹尚无极，故遗专使。"[3] 此句出自《易·蹇》，语言古奥，用于长孙俭身上很是贴切。宇文泰文章具有简练朴实、古奥多典的特征，这种唯古奥引、信手拈来的潇洒，对北周南北文士皆有触动，影响颇深远。

孝闵帝宇文觉有《祠圜丘诏》《分使巡抚诏》等诏文八篇。他的《诛赵贵诏》[4] 语言浅直，近于白话，文中"是以朕于群公，同姓者如弟兄，异姓者如甥舅"，用词颇有苏绰《大诰》遗风；末句引

---

[1]《全上古三代秦汉三国六朝文》，第 3886 页。
[2]《全上古三代秦汉三国六朝文》，第 3886 页。
[3]《庾子山集注》，第 817 页。
[4]《全上古三代秦汉三国六朝文》，第 3888 页。

《尚书》"善善及后世，恶恶止其身"，是典型的大诰体公翰。如此直白的用语，是宇文觉独特个性的写照。以四、六行文，将情与理有机结合起来，在平实中的情感渲染，行文铺承上已颇具南朝文士手法。

明帝宇文毓有《放免抄掠诏》《改称京兆诏》《敕陆腾》等诏敕十四篇。他复古追元，推行改革，形成文化自觉，文章有儒家文化印迹，标志着北周文化真正走上了儒化道路。他受庾信、王褒等南士文章风格影响较重，加之他自身对文学浓厚兴趣、积极学习，其骈文用典绵密，善用历史事件来说理，逐渐摆脱了大诰体的禁锢。

最能体现宇文毓文学水平的是其遗诏《大渐诏》，诏文共七百余字。此诏为口授，不事雕琢，却逻辑严密，有条不紊交代生前身后事，层次分明，言辞恳切，感人肺腑。"是以生而有死者，物理之必然。处必然之理，修短之间，何足多恨"①，见其生死观，豁达心态。诏书中宇文毓一改父死子承为兄终弟及，将社稷托付给鲁国公宇文邕，可谓任人唯贤，见其大局、长远之意识。诏书中还以儒家伦理约束大臣，"夫人贵有始终，公等事太祖，辅朕躬，可谓有始矣；若克念世道艰难，辅邕以主天下者，可谓有终矣。哀死事生，人臣大节，公等思念此言，令万代称叹"②。此诏的现实意义在于确保了政权稳妥过渡。其文辞虽并非全是四六之文，也读之铿锵、朗朗上口，前后文相衔接，未多着一字。宇文毓文辞的高度，并非一般文人所能企及，所述及的事务也并非一般文章所能包涵。

①《全上古三代秦汉三国六朝文》，第3889—3889页。
②《全上古三代秦汉三国六朝文》，第3889—3889页。

宇文毓的文章风格更多地体现在与庾信、王褒等诸位南来文士交流切磋中，仍然保留了北方文朴质实的一贯风格，既有苏绰文体改革的遗韵，也有南方文学的流畅、韵律、铺陈、烘托等技巧与风格。很多研究者往往跳过具体文本，大肆夸大南朝文学的统治力、影响力，但这位天天受到庾、王影响的代北宇文氏成员，保留下来的作品中依然有其独有特色。可见看事情角度确实很重要，在一位有自我书写和传承、积极探索学习的统治者身上，文学的影响力、政治的统治力总是相辅相成的，兼而有之，毫不违和。

武帝宇文邕，于 561 年至 578 年在位，在位期间，他灭北齐，统一了北方。他在北周诸帝中文章留存最多，有诏、书、铭等六十四篇。他的公翰有颁布的政令诏敕，有与萧大封、萧大圜、萧㧑、姚僧垣等南士诏，有与北人于谨、长孙俭等书，讲究实用，以四、六言为主，延续大诰体传统。他的私著有与南朝文士往来书信、宣扬佛道二教的铭文，如《二教钟铭（并序）》《致梁沈重书》等，融入个人情感色彩，大量借鉴、浸染了南士的骈俪风格。《遗诏》《致梁沈重书》两篇最能展现他的文采。

《遗诏》自知命不过秋，交代身后要事，托孤于王公大臣，先国家后个人，条陈清晰。从诏中可知宇文邕已看开生死，洒脱自然；他简述政绩，彰显民本思想；交办后事，要求遵从代北"墓而不坟"传统。与宇文毓《大渐诏》相比，《遗诏》全文仅三百余字，言辞更加简洁，辞藻更倾华丽。文章将个人事业与平生志气前后衔接，娓娓道来，对"虽复妖氛荡定，而民劳未康"深感遗憾，表达"今遭疾大渐，气力稍微，有志不申，以此叹息"[1] 的忧愤，可谓深广。

---

[1]《全上古三代秦汉三国六朝文》，第 3896 页。

《致梁沈重书》全文三百八十余字,以帝王口吻向梁朝文士宣扬治理主张,达到说教、招抚目的。文章先以"有周开基,爰踪圣哲。拯苍生之已沦,补文物之将坠"阐明北周立国之正统,再以"常思复礼殷周之年,迁化唐虞之世"阐释儒家执政理念;对于沈重"上庠弗坠于微言,中经罔阙于逸义。近取无独善之讥,远应有兼济之美",以情喻理,进行拉拢,并用典故,"昔申培鲐背,方辞东国;公孙黄发,始造西京"①,情理相间,极具有感染力。在与南士的文学交流中,排比铺陈纷至沓来,骈散相间,辗转腾挪,偶对相连,平仄音韵跳跃,文章华彩已然不分南北,文章内容多用典,作文者有很深儒学底蕴。

宣帝宇文赟,字乾伯,武帝长子,宣政元年(578)六月即位,在位二年,有《给复流民及被掠家口诏》等诏敕册等二十二篇,多以公翰相传,行文风格仍以四六文为主。其作《歌》存"自知身命促,把烛夜行游"②一句,情感真挚、直白简练,诗人因生命有限而秉烛夜游的行为源自汉末以来的忧生意识,有别于南朝放纵的夜夜笙歌,可见其虽受南士较大影响,但仍坚守自我。

北周除宇文氏的统治者外,其他王公大臣亦有不少创作,有很多极具艺术特色的文章,并且出现了集大成者宇文逌。晋公宇文护,文帝兄子,有《举昙延与周弘正对论表》《与赵公招书》等五篇;齐王宇文宪,文帝第五子,有《上武帝表助军费》《与高湝书》;代王宇文达,文帝第十一子,有《造释迦像记》;滕王宇文逌,有《庾信集序》《道教实花序》等。

---

① 《全上古三代秦汉三国六朝文》,第 3896 页。
② 《先秦汉魏晋南北朝诗》,第 2344 页。

宇文护文章不做过多铺陈,如其《与赵公招书》言"今朝廷令齐公扫荡河洛,欲与此人同行。汝彼无事,且宜借吾也"①,虽然名义上是向宇文招借用人员,直奔主题,实际上近乎直接下令,展示了性格的强势,行文上倒也存留了几分北方的直接。但谁能想到这样一位宇文氏成员,给母亲写信时却充满柔情。其《报母阎姬书》直抒胸臆,毫不矫揉造作,"子为公侯,母为俘隶。热不见母热,寒不见母寒。衣不知有无,食不知饥饱。泯如天地之外,无由暂闻。昼夜悲号,继之以血。分怀冤酷,终此一生。死若有知,冀奉见于泉下尔"②,真情流露一发不可收,天见尤怜。北齐释放人质,宇文护在即将见到母亲前,先互通书信。段首即交代母子分离三十有五年,谁知有生之年还能相见。复次以个人的成绩上报母亲,在母亲面前自己始终是一位孩子。最后再次表达对即将见面的期望,所谓英雄气短,母子情深当复如是矣。该文不仅语言流畅,对仗公允,且真情流露,崩动肝肠。层层铺垫,一再推进,乃有南人一咏三叹的铺陈,更添细腻与哀婉。文章风格既体现了代北的直爽、雄强,也表达了温婉、细腻的感情,具有一定的文学艺术性且尤真挚感人。

宇文宪《与高湝书》全文四百四十余字,更具骈文特质,文风更加绮靡,将代北文学水平提升一个层次。"雷骇唐郊,则野无横阵;云腾晋水,则地靡严城。袭伪之酋,既奔窜于草泽;窃号之长,亦委命于旌门"③,对仗何其公允,以写景、说理、议论层叠推置,流畅顺达,在行云流水的词句间,将个人思想与军事指令,调整、安排

---

① 《全上古三代秦汉三国六朝文》,第3900页。
② 《全上古三代秦汉三国六朝文》,第3900页。
③ 《全上古三代秦汉三国六朝文》,第3901页。

妥当,彰显了军事才干与文采的交融。

宇文逌与庾信、王褒交游较多,其文文笔优美流畅,代表着宇文氏文学水准的顶点。他最有名的文章是《庾信集序》[①],该序全文二千余字,洋洋洒洒、蔚为大观。以风雅起,"遂能弘孝敬,叙人伦,移风俗,化天下。兼夫吟咏情性,沉郁文章者,可略而言也",引出文章的政治、抒情功能,表达了宇文逌的文学观。后又对庾信家世,表示其文学才能来自个人的天赋和家学积淀。再叙庾信在南梁为官先是"帅掌三敕之法,助宣五禁之书",与文化传播息息相关,后又"辨九拜之仪,教六诗之义"。在对庾信文章评论方面,体现了整体描述:"信降山岳之隆,蕴烟霞之秀。器量俦瑚楗,志性甚松筠。妙善文词,尤工诗赋。穷缘情之绮靡,尽体物之浏亮。诔夺安仁之美,碑有伯喈之情。箴似杨雄,书同阮籍。"集中对庾信的诗、赋、诔、碑、箴、书等主要创作方面,以与前人类比的方式进行评价,也是全文仅有的全面文学点评。序文全面结合庾信生平事迹,将其吏干与文学才干整合行文,夹叙夹议,以时间为线条叙及,且多从人物整体行为分析,对庾信的个人经历着墨颇多,真正对其文章评论不多。虽名为文集的序,实际更像是庾信的人物传记。此序文辞华美,对仗公允,展现出实乃与南朝人士不相上下的艺术创作能力。序文也略有不足:从时间线对个人生平进行描述造成了逻辑混乱,以"幼而清惠,唯良之美,称共治之能"对庾信六十七岁的人生和文化事业进行总括,却紧接又另从"少而聪敏,绮年而播华誉,龆岁而有俊名"始罗列庾信经历,虽从不同角度展开,但略显重复且凌乱。

---

① 《全上古三代秦汉三国六朝文》,第 3901—3903 页。

"朴实"到"华丽"的转变,也体现在"代北七姓"其他姓氏族员的文章里。如于谨,他的文章多具实用性,文学在他手中成为宣传手段以解决战争中的问题。与梁军对峙中,作《传梁檄》《射江陵城内书》,扬己军威、乱梁军心。《传梁檄》①历数梁朝的背德行为,宣告引兵开战,气势不凡,有咄咄逼人之感;《射江陵城内书》②则相对温和,展现出平和与拉拢的姿态。他能根据不同场景,择取不同言辞,凸显文章鼓动性、实用性、正义性,兼顾实用与艺术性。长孙绍远善于依周礼制乐章,有《遗表》《启明帝定乐》等四篇文章传世③,将文学与仪礼、音乐结合起来,所作文章清奇、跳跃,引经据典又使文章具有华丽的特点。

西魏、北周赐王悦、韦孝宽、柳庆、申徽、唐瑾、李昶等六人胡姓,施行笼络政策,"赐姓在一段时间内,曾较为广泛地被社会认可"④,被赐胡姓的人打破了血统壁垒,在文化、生活习性上开始鲜卑化。六人共有文章十三篇,这些文章多为四六句式,辞藻华丽。其中唐瑾《华岳颂(并序)》、李昶《答徐陵书》颇具特色。《华岳颂(并序)》辞藻华丽,如"左分底柱,见朝夕之扬波;右缀终南,眺连山之无极"⑤等句式排比铺陈俯拾即是。《答徐陵书》仅四百六十余字,以"繁霜应管,能响丰山之钟;玄云触石,又动流泉之奏"⑥这一精巧的对仗之句起笔,将南北不同风貌描摹十分精巧得当,后

---

①《全上古三代秦汉三国六朝文》,第 3904 页。

②《全上古三代秦汉三国六朝文》,第 3904 页。

③《全上古三代秦汉三国六朝文》,第 3909—3910 页。

④ 李文才:《试论西魏北周时期的赐、复胡姓》,《民族研究》2001 年第 3 期,第 44—45 页。

⑤《全上古三代秦汉三国六朝文》,第 3912 页。

⑥《全上古三代秦汉三国六朝文》,第 3913 页。

又将徐陵与扬雄、阮籍相比拟,极尽华丽之能事,文章已经转到完全的骈俪风格上来,比之南士,已然伯仲难分。

"代北七姓"文朴质实的风格,在宇文泰的文章中表现得比较明显,这主要是因他在政治主导苏绰文体改革的遗韵流风所致。政治能量终不敌文学之规律,经陈寅恪先生检北周武成元年(559)后之诏书,发现"其体已渐同晋后之文,无复苏绰所仿周诰之形似,可知此种矫枉过正之伪体,一传之后,周室君臣即已不复遵用也"①。南北融合、各取所长已成大势,在与庾信、王褒等诸位南来文士交流切磋中,后来的宇文邕、宇文逌、宇文昶等人在与南士的文学交流中,排比铺陈纷至沓来,四六骈散相间,平仄音韵跳跃,在文章内容上,多用典故。"代北七姓"文章融南合北,表现出由平实风格向藻饰华彩的改观。同时,"从徐陵、庾信和李昶相互学习欣赏的实际情况看,南、北朝作家的影响是相互的,绝非只是前者影响后者的单向输送"②,无论是诗歌还是骈文,北周文学中呈现出的南北融合趋势,可作为小高峰的又一例证。

①《隋唐制度渊源略论稿·唐代政治史述论稿》,第104—105页。
②《论北周作家李昶及其作品的价值》,第30页。

第五章　政治与北周文学北地化

北周文学的繁荣,皇室宇文氏利用政治影响力造就属首功,再有庾信、王褒等人的加入助推,南北文学快速融合而勃兴。宇文氏对文学的热情是有利因素,政治考量下推引本土文化政策具有强制性特点,政治、地域和文化融合多方综合作用让北周文学出现北地化倾向。

一、诗歌北地化

以唱和为主要形式促成西魏北周诗歌融合。一方面,"代北七姓"进一步雅化,文学水平得到提升,在诗歌创作上积极实践,以唱和方式拉近与文士间距离,诗风明显南朝化。另一方面,南来文士主动参与以宇文氏为首的代北统治集群组织的唱和游宴,诗作语句、风格不断增添北地韵味和特征。

(一)南北和诗中的政治引领

南北士人以诗歌相和,在北周时是极普遍的现象。南北士人不只与统治者宇文氏唱和交流,还与本土其他士人交流,足见这种交流融合是广泛的。以庾信为例,除了与赵王宇文招、卫王宇文直唱和外,还与代北元伟等人唱和,其作《谨赠司寇淮南公诗》[①],字

---

① 《庾子山集注》,第 188—189 页。

里行间描写的满是塞北的风光,借物抒情既有对现实的揭露,也有对元氏一族的哀叹。特别是在北周宇文氏的带动下,大大小小的文学活动中都有应诏、奉和诗的身影。"奉和""奉报""应诏"等诗题不仅后连缀着诗作的写作内容,也提示了诗作的写作背景。这类诗作创作动机并非出自诗人主观,吟咏的内容被事先确定,有时候用韵也被框定,给人构思的时间往往很仓促,导致诗歌难以发自肺腑、感情并不充沛。同时,诗人还要避免创作上简单重复,在艺术上要尽量超越原题诗作、并进行自我革新,因此对诗人的水平要求更高,也较难出现艺术水平较高的作品。从另一个角度来看,"奉和""奉报""应诏"等诗,是受上级指定,或者是因公事的正式下令,或者是游宴时候的私人请托,总之,诗歌的内容已由发令者决定,诗作的好坏也交由发令者品评。在诗歌唱和"出题者"定题目、定场景、定主旨、定优劣的前提下,唯有创作以符合特定审美倾向的作品,因此对南北士人诗歌的创作有所限囿,并产生了较大的影响,这体现了西魏、北周统治者在政治方向、物质基础对诗歌风格的主导作用。

1.参与政治文化活动

西魏、北周对于南来的文士都给予很高的政治待遇,让他们参与国家建设的方方面面,这在唱和诗作中已有所彰显。庾信即曾参与军事征伐[①]。庾信在南朝任抚军将军、大都督,在北周孝闵帝时迁骠骑大将军,是一位具有军事才能的诗人,在与赵王宇文招、卫王宇文直、徐国公若干凤等人唱和交往中,有《奉报赵王出师在道赐诗》《和赵王送峡中军诗》等八首诗直接或间接写到征战。

①　见《周书》卷四十一《王褒、庾信传》,第737—745页。

入北后，庾信与赵国公宇文招为布衣之交，唱和频密。宇文招为宇文泰的第七子，参与征伐是常有之事。庾信和诗中对于战斗的细节、军事的安排似乎都有预先知晓，"上将出东平，先定下江兵"①（《奉报赵王出师在道赐诗》）、"楼船聊习战，白羽试㧾军"②（《和赵王送峡中军诗》）皆为例证。庾信诗中喟叹"王子身为宝，深思不倚衡"③（《奉报赵王出师在道赐诗》），表达了对常年征伐宇文招的关切。庾信《侍从徐国公殿下军行诗》一诗为他在若干凤麾下任职时所作，此时他直接跟随军队参与到战斗中，"长旗临广武，烽火照成皋""塞迥翻榆叶，关寒落雁毛"④，对军队的汹涌阵势、军人面对的恶劣环境都描摹得非常生动，读后仿佛置身于凛冽的寒风中与士兵一起戍卫在冷寂的边塞。

据《庾开府集笺注》卷四（文渊阁四库全书本）载："《周武帝纪》建德六年，帝至邺，齐主纬走。青州尉迟迥追擒纬及太子。"对于平齐这样重大的军事行动胜利，定是需要庾信这样的大文笔来抒写一番，"风飞扫邺城。阵云千里散"⑤《奉和平邺应诏诗》短短十字，将战斗描绘得淋漓尽致。

天和三年（569）宇文邕讲武于城南，庾信的《从驾观讲武诗》描绘了讲武的场景，"兵栏入斗场。置阵横云起"⑥，将讲武内容想象成战斗的真实场景，营造出一种庄严又激烈的氛围。此时的庾信，已经能够和六军、诸藩史臣同列侍坐，参与到重大的政治活动。

① 《庾子山集注》，第204页。
② 《庾子山集注》，第206页。
③ 《庾子山集注》，第204页。
④ 《庾子山集注》，第210页。
⑤ 《庾子山集注》，第372页。
⑥ 《庾子山集注》，第203页。

正是庾信现场的参观,并将见闻用诗歌描绘了出来,才让后世得知当时盛事之情状。通过庾信的奉诏、应和诗,可以看到他已经被北周统治者接纳,已参与到一些比较重大的国家礼仪、政治活动中。

西魏北周主要以儒治国,"然其六经儒教之弘政术,礼义忠孝,于世有宜,故须存立"①,儒家备受推崇,释、道却与宇文氏统治者喜好浮浮沉沉,北周武帝时定三教之先后,推行沙门还俗、道士还民的政策。庾信等文人积极用诗歌予以推广。庾信的《奉和阐弘二教应诏诗》《奉和法筵应诏诗》《至老子庙应诏诗》等皆是此类。同时,庾信还作了道教题材和诗,"白石香新芋,青泥美熟芝。山精逢照镜,樵客值围棋"②(《奉和赵王游仙诗》),既有田园的风味,又结合游仙的趣味,将遇仙的场景描摹得十分自然清新。庾信、王褒同题《奉和赵王隐士诗》,庾信"涧险无平石,山深足细泉"③,王褒"菖蒲九重节,桑薪七过烧"④,同样是写景,二人均能写出对仗工整的句子。然王褒多用北地风物,庾信多构哲思常景。正是庾信的特殊才能,让他拥有特殊身份,能够在统治者到道观、寺院论道讲法时一同参与进去,并作为一位旁观者进行文学诗意的叙述。也只有在统治者组织下,才会有像庾信此类应诏诗出现。受到魏晋以来归隐、游仙诗的影响,北周宇文氏对归隐、游仙掺杂的道教色彩抱以浓厚兴趣,庾信、王褒等人本在南朝时候作过此类诗作,入北周后为迎合统治阶层的口味重拾旧章。

另外,南来文士宗懔有《麟趾殿咏新井诗》:"当为醴泉出,先

---

① 《全上古三代秦汉三国六朝文》,第 3897 页。
② 《庾子山集注》,第 217 页。
③ 《庾子山集注》,第 227 页。
④ 《先秦汉魏晋南北朝诗》,第 2342 页。

令浪井开。铜新九龙殿,石胜凌云台。"①宗懔入北后,经常参与宇文氏组织的文学活动,此诗当作于他在麟趾殿校书期间。吟咏角度是借物褒扬北周的文化政策,诗虽过誉,但足见可供南来文士参与的政治活动已涉及生活方方面面。

2. 赐官赐物感恩情怀

南来文士正好赶上西魏、北周用人之际,不仅在官爵上受到恩赐,在生活用度上也时常受到赏赐,政治地位上也基本与在南朝时候持平。又因西魏、北周正崇尚以儒治国,南来的文士在内心深处真心感恩于所受的礼遇。

"代北七姓"私宴时与南来文士的唱和诗,透露了不少当时贵族生活的情形。此类诗作仍然以庾信与赵王宇文招唱和得最多,庾信有《北园新斋成应赵王教诗》《和赵王看伎诗》《奉和赵王美人春日诗》《奉和赵王春日诗》《奉和赵王喜雨诗》《奉和赵王西京路春旦诗》《奉和赵王诗》等诗,赵国公、益州柱国、赵王皆指宇文招。

庾信有一首《和宇文京兆游田诗》,据推测宇文京兆是建德元年(572)的京兆尹宇文神举。宇文神举伟岸有风采,"兼好施爱士,以雄豪自居"②,深受庾信仰慕和爱戴,常一起共游宴。庾信还有与宇文昶的唱和诗《陪驾幸终南山和宇文内史诗》《和宇文内史春日游山诗》《和宇文内史入重阳阁诗》《和李司录喜雨诗》。宇文昶得北周赐姓宇文氏,幼时蜚声洛阳,一生善战、功绩显赫,宇文内史、李司录都应指的是他。宇文昶存世有《陪驾幸终南山诗》

---

① 《先秦汉魏晋南北朝诗》,第 2327 页。
② 《周书》卷四十《宇文神举传》,第 713 页。

《奉和重适阳关》，他虽"性峻急，不杂交游"，但唯独与南来的庾信多有交游。庾信等南来文士多与代北士人交游，在私人关系上也过从甚密，特别与宇文招、宇文神举、宇文昶等具有文采的宇文氏族员。庾信以上奉和赵王之作，游仙、隐士，出征、斋戒，赉酒、看妓、游田、游山都可成诗，一方面体现了庾信的文学才能，另一方面通过这些生活的日常，凸显了北周统治者对其切实影响。他的这些诗吟咏平实自然，用典活泛，可以说是融合了入北前的文学积淀和入北后的特殊生活体验。

庾信入北后作有《谢赵王赉丝布启》《谢腾王赉马启》《谢明皇帝赐丝布等启》等数十篇骈文，表达了受赏后的感激，还作有《奉报赵王惠酒诗》《正旦蒙赵王赉酒诗》《卫王赠桑落酒奉答诗》《奉答赐酒诗》《奉答赐酒鹅诗》等诗。庾信对于统治者给予的财物，如赏赐的丝帛、猪、鸡鸭、酒食等均入诗，感恩之外从侧面也凸显庾信入北后生活的不易。这些诗艺术性较高，并未注入过多的悲观色彩，表现出来的是赐物与受赐者之间亲密的关系、深厚的情谊。在赐予物质和精神回馈两者之间达到了平衡，这是北周统治者所愿意看到的结果。然而，依附于物质的感恩总比不上对在文化源起、人生际遇中平等地位时结识的朋友热烈，庾信写给周弘让、王褒的诗歌，表达了对友人的思念，也饱含着对人生际遇的感慨。越是融入北方的生活，越是想念南朝旧国、南国的旧友、旧事。庾信在《和王少保遥伤周处士诗》中发出"冥漠尔游岱，凄凉余向秦。虽言异生死，同是不归人"[1]之感叹。又在《伤王司徒褒诗》中言"四海皆流寓，非为独播迁……昔了人所羡，今为人所怜。世

---

[1]《庾子山集注》，第 306 页。

途旦复旦,人情玄又玄。故人伤此别,留恨满秦川"①,出身江东大族的王褒亦难逃流迁北国的命运,不由感喟世途艰难、人情复杂,进而对王褒客死异乡的结局感到凄婉和难过。情感的引导并非一朝一夕,入北的南士内心深处始终埋着一颗归家的种子,这说明南北之间风俗、风物等差异仍然很大,文化的融合很难。北朝统治者虽在生活上照顾南士,也在文学上唱和拉近距离,但庾信、王褒等入北文士永远只是一个客子,他们感谢的话虽不少,但乡关之思也是常有的,这些情愫在与"代北七姓"交往中还不能大肆显现,在彼此交往中则显露无遗。

(二)吟咏题材更具北地特征

南士入北并在北人主导下创作,诗作要得到北方受众的接纳认可,北方风物进入诗歌成为必然,也就是用"当前语"状"当时事、当地物"成为理所当然,更是拥有文化传承自觉的西魏、北周政权的一种政治需要。以此为前提,这些作惯了宫廷绮靡诗歌的萧梁入北诗人,纷纷舍弃熟识的"宫柳""冷月""闺愁",转而吟诵"塞外""飞沙""征旅"。这其中以名重江南的庾信、王褒适应性最强,可以作为代表性人物进行申发。

入北前,诗人们多以男欢女爱、闺怨、宫廷怨、游宴等奢靡生活作为诗歌题材。如庾信入北前常与梁简文帝萧纲相和,"凤飞如始泊,莲合似初生。轮重对月满,铎韵拟鸾声"②(《奉和同泰寺浮图》),"春江下白帝,画舸向黄牛。锦缆回沙碛,兰桡避荻洲"③(《奉和泛江》),"桂亭花未落,桐门叶半疏。荷风惊浴鸟,桥影聚

---

① 《庾子山集注》,第 308 页。
② 《庾子山集注》,第 220 页。
③ 《庾子山集注》,第 177 页。

行鱼"(《奉和山池》)①,诗歌意象多江南风物,小桥流水、春江、画舸、桂花、故柳、梧桐、江鸥等最为常见,在内容上也多伤春悲怀、饮宴游乐。其《和咏舞诗》将萧梁时期和梁简文帝一起观舞场景描写得非常生动,"洞房花烛明,燕余双舞轻。顿履随疏节,低鬟逐上声。步转行初进,衫飘曲未成。鸾回镜欲满,鹤顾市应倾"②几句,从侧面反映当时的奢靡生活场景。萧㧑入北前作"寒夜静房栊,孤妾思偏业"(《媚妇吟》),"正值秦楼女,含娇酬使君"(《日出行》)③,作为入北的萧梁后裔其诗歌题材多涉男欢女爱、闺怨,明显南朝化。王褒的《玄圃浚池临泛奉和诗》④亦为萧梁时作,题材涉及游宴。通过入北前后比较,我们会发现南士入北后有意识地对自己的诗歌题材和遣词用句进行了入乡随俗改造,北地风物描写已经变为自觉。

入北诗人关于生活细节描写的生活诗,凸显了融入感、代入感。王褒入北的诗作描写的题材有北地游戏、打猎等,诗中景物也多为北地之景,如"谁知函谷下"(《看斗鸡诗》)、"严冬桑柘惨,寒霜马骑肥"(《和张侍中看猎诗》)⑤、"陇头如望秦"(《弹棋诗》)。另王褒的《和庾司水修渭桥诗》以北地事与庾信相酬答,也成为新题材。萧㧑入北后,诗歌写景更具北方风貌,如其《上莲山诗》跳出闺怨题材,以"沙崩闻韵鼓,霜落候鸣钟"⑥写景,将视野扩展到更加雄浑豪迈的场域。特别值得一提的是北周宣帝有

---

①《庾子山集注》,第 178 页。
②《庾子山集注》,第 261 页。
③《先秦汉魏晋南北朝诗》,第 2328—2329 页。
④《先秦汉魏晋南北朝诗》,第 2338 页。
⑤《先秦汉魏晋南北朝诗》,第 2337 页。
⑥《先秦汉魏晋南北朝诗》,第 2329 页。

"自知身命促，把烛夜行游"句，与萧㧑《劳歌》"百年能几许，公事罢平生。寄言任立政，谁怜李少卿"[①]相类。两人同将吟诵视野扩展到人生、岁月的哲学感悟，表达人生的无奈。萧诗在前，宇文赟诗虽仅一句，亦给人一种消极避世感，在主题上似有承袭性。足见南北文学的互相影响，题材总体趋同。

（三）吟咏意象同状北地风物

南士入北后，诗作大量运用北地特有地名、景物来作为诗歌的特殊意象。入北前，南朝士人多吟南国风物，入北后"代北七姓"常用意象"新丰""烽火""甘泉""菖蒲""榆荚""渭桥（渭源、渭水）""终南山""重阳阁"等纷纷被南北诗人所状写，扩大了南士的用词范围，加深了诗作的北地属性。这种由南士主动求变，北士积极学习，南北文士同吟北地风物的情形，促进了诗歌的融合发展。下面以几个代表性意向阐释此种态势：

1．意象一：新丰

宇文毓《过旧宫诗》：还如过白水，更似入新丰。

庾信《和人日晚景宴昆明池诗》：上林柳腰细，新丰酒径多。

宇文毓、庾信诗中均以新丰为意象表达北地一个坐标。到唐代王维"新丰美酒斗十千，咸阳游侠多少年"，新丰与酒已密不可分。

2．意象二：渭桥、渭源、渭水

宇文逌《至渭源诗》：渭源奔禹穴，轻澜起客亭。

庾信《忝在司水看治渭桥》：大夫参下位，司职渭之阳。《对酒歌》：牵马向渭桥，日曝山头脯。《和王少保遥伤周处士诗》：遂

---

①《先秦汉魏晋南北朝诗》，第2328页。

令从渭水,投吊往江滨。《奉和赵王西京路春旦诗》:露掌定高云,新渠还入渭。

王褒《和庾司水修渭桥诗》:使者开金堰,太守拥河流。

宗羁《登渭桥诗》:仲山朝饮马,还坐渭桥中。

流过长安城的渭河及渭河一带的风物均进入南北诗人的篇章,成为一个极具北地特色的吟咏意象,并延及渭水一带风物。宇文逌追溯渭水之源,表达对清白高洁品性的赞扬。"渭桥"地处长安附近,庾信曾司职于水司,在任上主持修建渭桥,造福后世。庾信与王褒就此事各自写诗,一唱一和,两诗作想象丰富,语言特色贯通南北,既有南国的雅致,兼具北地的雄壮。本地诗人宗羁更白描长安风景,写入了北地风物和北方景致,展现出相较于南来诗人大不一样的风格。

3.意象三:蓟北、甘泉

宇文招《从军行》:辽东烽火照甘泉,蓟北亭障接燕然。

庾信《出自蓟北门行》:蓟门还北望,役役尽伤情。《忝在司水看治渭桥》:富平移铁锞,甘泉运石梁。

赵王宇文招、庾信都将蓟北、甘泉作为寒冷的意象,将此间特征描绘得淋漓尽致,并赋予它们一种残酷争战地的形象。

4.意象四:菖蒲

宇文招《从军行》:水冻菖蒲未生节,天寒榆荚不成钱。

王褒《奉和赵王隐士诗》(庾信同赋):菖蒲九重节,桑薪七过烧。

5.意象五:黄河

庾信《奉和平邺应诏诗》:阵云千里散,黄河一代清。

王褒《从军二首》(其二):黄河流水急,骢马送征人。《渡河北诗》:常山临代郡,亭障绕黄河。

6.意象六:终南山

庾信《奉报寄洛州诗》:留滞终南下,唯当一史臣。《陪驾幸终南山和宇文内史诗》:戍楼鸣夕鼓,山寺响晨钟。新蒲节转促,短笋箨犹重。

宇文昶《陪驾幸终南山诗》:尧盖临河颍,汉跸践华嵩。日旗回北凤,星旆转南鸿。[1]

以上诗句,可以看出北地风物自然而然地同时出现在南北诗人的作品中,既丰富了南士的创作词汇,更扩大了创作空间,同时又给本地诗人一定的创作实践参照和艺术能力提升,充分体现了文化的双向融合。这种选择诗歌意象的趋同,是南来诗人到北地后受客观环境影响而形成的特殊现象,也是他们在艺术追求上为表达得更加平实和直接的主观选择,更是诗歌风格的融合与相互影响的结果。

另外,意向趋同从时间跨度上来说很大,可以说在南士入北前就已经在北方文人对他们的学习模仿中开始,这些痕迹在庾信和宇文招的身上体现较为明显。庾信《燕歌行》开头:"代北云气昼昏昏,千里飞蓬无复根。寒雁嗈嗈渡辽水,桑叶纷纷落蓟门。"主要描写代北之地恶劣的环境,北方战争的惨烈,其中有"妾惊甘泉足烽火""榆荚新开巧似钱"两句,同时与他入北后作的《奉和永丰殿下言志诗十首》"兴云榆荚晚,烧薙杏花初。滤池侵黍稷,谷水播菑畬。六月蝉鸣稻,千金龙骨渠。含风摇古度,防露动林于"[2],

---

① 以上诗句皆来自逯钦立辑校《先秦汉魏晋南北朝诗》。

②《庾子山集注》,第334页。

并与宇文招《从军行》用"烽火""甘泉""榆荚"相同,在句式和用典上也很相似。《周书》明载宇文招"学庾信体"①,他作为北周皇族对庾信进行过全面的模仿学习,且能够一改时弊,故《周书》称其学庾信体,而非专指"绮靡艳丽"之徐庾体。

（四）遥想变现实,庾王开边塞之实

王褒、庾信入北前,曾经在南朝萧梁殿上同作《燕歌行》。在他们的文字想象中,北地自然是一个苦寒之地。"初春丽晃莺欲娇,桃花流水没河桥。蔷薇花开百重叶,杨柳拂地数千条"②（王褒）,"洛阳游丝百丈连,黄河春冰千片穿。桃花颜色好如马,榆荚新开巧似钱"③（庾信）,诗篇中夹杂有娇莺、桃花、蔷薇,依然有南国的温软,虽写尽了北地征伐的残酷与生存的艰辛,但也仍然逃不了闺中、征人幽怨的窠臼。《北史·王褒传》曰:"王褒作《燕歌》,妙尽塞北寒苦之言,元帝及诸文士和之,而竞为凄切。及江陵为魏师所破,元帝出降,方验焉。"④在想象中的诗作,与入北周后亲身感受北地,受到北地自然地理、政治社会环境影响下所作的诗歌是迥异的。在论及魏晋南北朝文学时,"南朝诗人把边塞生活作为重要题材,对唐代边塞诗的兴盛起了启迪作用"⑤,此观点在庾信、王褒入北前所做作的《燕歌行》可作开边塞诗之先声,但只有入北后的南士以实际生活体验,有意识地刻化边塞,才得边塞之实。

庾信受到北方政治环境的历练,受岁月际遇的洗礼,诗风更显

---

①《周书》卷十三《赵僭王招传》,第 202 页。

②《先秦汉魏晋南北朝诗》,第 2334 页。

③《庾子山集注》,第 407 页。

④《北史》卷八十三《王褒传》,第 2792 页。

⑤ 章培恒、骆玉明主编:《中国文学史上》,上海:复旦大学出版社,1997 年,第 300—301 页。

沉着老练。《奉和永丰殿下言志诗十首》为庾信入北后和萧㧑所作之诗，萧㧑在梁时被封为永丰县侯。此诗虽为言志，但这个志向有避世的倾向，转而向魏晋以来的玄学上去，"野情风月旷，山心人事疏。徒知守瓴甓，空欲报璠玙"，巧妙避免了因为涉及时政而可能带来的麻烦，小心地维系着与当权者之间达成的政治默契，北地环境造就他的厚重、老练、不偏不倚。王褒诗歌题材广泛，有宫怨、有战争，也有离别，还有西魏、北周生活细节描写。关于战争、边戍等关外描写的边塞诗，代了其艺术修养的最高峰。如《关山篇》《从军二首》等，一改他在南朝想象北国的空洞，结合他置身北地的生活经验，转而更多向战争、乡关之思、答谢、奉和、生活场景描写，让吟咏更为真切。"辽水深难渡，榆关断未通"①（《关山篇》）；"牧马滨长渭，营军毒上泾。……代风愁枥马，胡霜宜角筋"②（《从军二首》），辽水、长渭、代风、胡霜明显可见北地环境对他诗歌的影响。王褒以亲身经历、征伐中的所见所闻，再加上他具备的艺术高度，两者结合创作出的诗歌风格奇骏、陡然雄迈，给西魏、北周的文人以更多借鉴。

　　总之，西魏、北周文化发展之所以能快速发展，主要得益于代北鲜卑统治集团的参与和支持，推行融合南北的文化政策，将南来文化引导进入北方文化的轨道。融合也表现在了诗歌创作上，相同的题材、相同的意向，可以看到北朝模仿的痕迹。然而，南来文士状写北方风物的诗作也渐渐多了起来，这与西魏、北周统治集团的喜好和引领主导相关，也与北地特殊自然环境、政治语境相关。

---

① 《先秦汉魏晋南北朝诗》，第 2329 页。
② 《先秦汉魏晋南北朝诗》，第 2330 页。

二、骈文《大诰》体

西魏北周的骈文受到北朝政治与南北文化差异的双重影响，南士汲取北方的实用、厚重，北方本土士人接受南方的华丽、藻饰，风格呈现南北融合态势，不同阶段、人群表现出不同的骈文特色变化。

（一）《大诰》尚实务用，校改南士骈俪文风

南北文士影响是双向的，吉定指出："南、北朝作家的影响是相互的，绝非只是前者影响后者的单向输送。"[①] 南方来的文士背井离乡，在生活用度上只能依附于西魏北周权贵，在文学上为贴合北人审美，转而更关注北地广袤疏狂的景致和现实生活世界；文章风格受北地尚实务用、直接不妄风格的影响，一改热情奔放、铺陈堆砌的习惯，转而为温婉含蓄、简练明晰的表达。

1. 王褒、庾信的想象力与情感克制

王褒得到宇文氏赐绢、赐马之后，作《上祥瑞表》《谢赉绢启》《谢赉马启》等篇，他表达感激之情的这类启文，常常不卑不亢，理性而克制，自有一番文采。如其《谢赉马启》并无大肆宣泄，仅以地理上的南北、历史上的文武平铺直叙，全篇力避过激言辞，仅以"傥逢汉帝，仍驾鼓车；若值魏王，应惊香气"[②] 含蓄表达谢意。其《与周弘让书》[③]，与朋友周弘让倾吐衷肠之书信，表达乡关之思，也多从实景、实事入手，一改仅凭想象而张扬文采、华而不实的情

---

① 吉定：《论北周作家李昶及其作品的价值》，《民族文学研究》2005 年第 3 期，第 30 页。

② 《全上古三代秦汉三国六朝文》，第 3914 页。

③ 《全上古三代秦汉三国六朝文》，第 3914 页。

况。虽然多是四、六，形式略显衰陈，但文中颇多感慨，皆因北地风物、羁旅他乡所引起，真情流露，感人肺腑。在入北之初，宇文泰便与王褒"攀亲"，云："吾即王氏甥也，卿等并吾之舅氏。当以亲戚为情，勿以去乡介意。"① 但离家之苦、乡关之思难以割舍，北地风物"舒惨殊方，炎凉异节。木皮春厚，桂树冬荣"，再加之王褒"昔因多疾，亟览九仙之方；晚涉世途，常怀五岳之举"，所以"零落无时，还念生涯，繁忧总集"。此时的他，年老体弱，已经早预测到"射声之鬼，无恨他乡。白云在天，长离别矣。会见之期，邈无日矣"。因受到北地风物和政治环境等多重因素影响，王褒在表达切身感受的时候，笔锋更从容，世事更了然，早已不再是以前那位"为赋新词强说愁"的《燕歌行》作者，而成为北方世界真正的实践者和体悟者。

庾信入北后有《为齐王进苍乌表》《终南山义谷铭（并序）》等表铭，或直接代为"代北七姓"所作，或为请托之所作。宇文氏仰慕庾信文采，对重要的上表必请他草拟、润色，庾信也总是不负所托。如其《终南山义谷铭（并序）》，是保定二年（562）宇文护因功立事凿石开谷勒山阿，庾信受托作铭，铭文中"桂栋凌波，梅梁垂雨。疏川剪谷，落实摧柯"② 句，想象丰富，全用四字句式，极尽山谷之妙状。北周宇文氏在物质上给予庾信帮助，数赵王宇文招、滕王宇文邕所赠最巨，对二人庾信有《谢赵王赉丝布启》《谢滕王赉巾启》等十一篇答谢启，这些启多据实而作，言简意赅，旨趣超然；另庾信还有《谢滕王集序启》《谢赵王示新诗启》《答赵王启》

① 《周书》卷四十一《王褒、庾信传》，第 731 页。
② 《全上古三代秦汉三国六朝文》，第 3940 页。

《赵国公集序》等文章,与宇文招、宇文邕进行文学交流。其《谢赵王示新诗启》虽多有夸饰,但仍然以极大的忍耐力行文,如"郑至,奉手教累纸,并示新诗。八体六文,足惊毫翰;四始六义,实动性灵"① 几句,皆经考量以切合实际的言辞表达,并非不着边际。

2. 入北后庾信辞赋形成质朴典雅风格

庾信今存辞赋十五篇,入北前作"《春赋》《七夕赋》《灯赋》《对烛赋》《镜赋》《鸳鸯赋》《荡子赋》等"②,以轻艳哀怨情调为主;入北后赋作偏生活化、个人化,文章形式、表现手法、风格都有大变化,郭建勋指出"正因为句式、语词类型和表达方式的变化,才导致庾信辞赋语体风格由前期轻绮流利向后期典重顿挫的转变"③。以赋写史的《哀江南赋》为其代表作,表达他后期赋作无法排遣的乡关之思、亡国之痛;《竹杖赋》"是用桓温来影射周文帝宇文泰的"④;《象戏赋》则展示了南来文人对北周统治阶层文化的接受,《象戏赋》全文四百余字,庾信描写得极具想象力。象戏是北周武帝宇文邕发明的掷赛游戏,为了推广这款新游戏,宇文邕不仅让臣子作《象戏经》,同时令王褒作《象戏经序》、庾信作《象戏赋》。北周宇文氏以政治手段对社会文化进行引领,让文人对生活琐事进行状摹,既是现实生活中的需要,也才让南来文人具有施展空间,并渗透到生活方方面面,从而对北周文化向前发展起到一定的推动作用。

庾信辞赋入北后风格大变,有意由"五、七言"变为"四、六

---

① 《全上古三代秦汉三国六朝文》,第3933页。
② 吉定:《庾信及其文学作品研究》,上海师范大学博士论文,2006年,第20页。
③ 郭建勋:《论庾信辞赋》,《文学评论》2011年第6期,第177—178页。
④ 《庾信及其文学作品研究》,第22页。

言"，钱锺书在《谈艺录》云"及夫屈体魏周，赋境大变，惟《象戏》《马射》两篇，尚仍旧贯"①，《象戏》《马射》仍然保留了萧梁时期的创作风格和心境。或因《象戏》《马射》乃应制所作，一则构思不够精当、思想较为粗疏，因为要快速反应，作者只得"翻老本"，用常用、惯用之积淀，沿用已有的熟练风格最为省力；二则庾信前期作品已在南北方皆具有影响，且北人接受度较高，无须"避熟就生"。

但一两篇文章的"尚旧贯"不足以扭转"变"的趋势，从总体上来看其风格转变是毋庸置疑的。究其缘由，正如郭建勋在《论庾信辞赋》一文里指出："客观地说，与四言诗体赋的典雅质朴相比，以五、七言句为主要句型的赋语言流丽，风格纵恣，更适合抒发激烈或怨愤的感情，这与歌行体的诗非常相近。"② 五七言情感外放，四六言内心收敛，含而不露，庾信客居北地，起居生活皆依附于权贵，与宇文氏等交往绵密，风格的改变体现了他矛盾而复杂的心理。西魏北周推行《大诰体》，亦多以四、六言为主要，讲求的是质朴典雅，庾信风格的改变除了时事所迫、心境所验，更是生活环境、政治生态、文学氛围综合作用的结果。庾信后期的风格变化，也深刻影响北周文士的创作，其中滕王宇文逌所作的《庾信集序》就是一个明显的例子。

（二）北地勒石纪功传统，扩展南士文章疆域

从北魏始，"代北七姓"已有刻石录功传统，"北魏统治者很早就有勒石纪功的习惯"③。西魏北周更是一脉相承。庾信、王褒等

---

① 钱锺书：《谈艺录》，北京：中华书局，1984 年，第 299 页。
②《论庾信辞赋》，第 174 页。
③ 姜必任：《庾信对北朝文化环境的接受》，《文学遗产》2001 年第 5 期，第 25 页。

身处此文化环境的南来文士,也被裹挟创作大量的碑铭,所谓"群公碑志,多相请托。唯王褒颇与信相埒,自余文人,莫有逮者"①,这其中就有大量为"代北七姓"成员所撰。然而"庾信入北之前,不注意碑文,并不长于碑文创作"②,此为南来文士较少关注的领域。碑铭文既有歌功颂德、记事记言要求,还需有辨识度、艺术性、可读性,此类文章对作者文化素养,与对象、史实了解程度都有较高要求,西魏北周上层人士将墓志交与庾信、王褒,一方面是对他们文学水平的认可,另一方面体现了庾信与代北上层人士交往勤密,融合了解后而相互信任。同时"庾信创作群公墓志时采取遵守北人已有体例与写法而在文采方面过之的策略,实属自然之举,明智之选"③,亦见庾信深谙接受论而进行创作的道理。

庾信、王褒有碑、墓志铭三十三篇。王褒的《太傅燕文公于谨碑铭》,在状写墓志主人于谨个人业绩时,"军中罢战,无废雅歌;壮士志骄,时观投石"④以总结、简练的记述为主。抓住于谨的个人特质,凸显其文治武功,辅之以典雅的用词,已然把墓志主人厚重勋贵的一生浓缩得十分精彩。庾信的《周兖州刺史广饶公宇文公神道碑》平实流畅,记事为主线与局部铺陈无缝衔接,墓志以四句排比,描写宇文常(郑常)学识的积累和变迁,如"青衿知勇,即埋云梦之蛇;童子仁心,已爱中牟之雉。始游庠塾,不无儒者之荣;或见兵书,遂有风云之志。出忠入孝,事尽于心,修身立名,理穷于

① 《周书》卷四十一《王褒、庾信传》,第734页。

② 《庾信对北朝文化环境的接受》,第25页。

③ 马立军:《论庾信对北朝墓志写作传统的继承》,《民族文学研究》2014年第3期,第93页。

④ 《全上古三代秦汉三国六朝文》,第3917页。

性"①。采用不做过多的夸饰的纪传体写法,具有跳跃的音阶,具有很强的可读性。

二人所作的墓志文与当时的书法家相结合,便形成了蔚为大观的北朝石刻书法艺术。他们的墓志可以补历史之阙,拥有较高的学术研究价值,又因为和墓志主人的亲密关系,南士将个人文学才华发挥到墓志文的创作上,并根据文体的需要进行了必要的改变与拓展。一是改抒情为叙事。四六骈文最大的特色就是抒情,庾信、王褒在作墓志文时候,尽量压抑自身情感,在遣词造句上以陈述为主。二是融写实与藻饰。庾信、王褒入北前文章以想象力推动文章的大格局,铺陈排比营造出极其宏大又虚无的空间,入北后这种华丽无质的情况大为改观。而墓志文更是要求以事实为基础进行有限地粉饰,这就有了不能天马行空的限制。对墓主的个人事迹并非只是一味罗列,而是夹叙夹议,对功业进行评点,言简意赅,增加了墓志文的可读性,创作了一种兼具夸饰的骈文和简单纪实文两种特征的"复合文"。

三、文化反哺

政治影响文化、文化反哺政治;异质文化交融、发达文化北迁;外来文化本土化,本土文化多元化,是西魏北周文化得以发展的动力根源。外来文化所处的大环境,乃是西魏北周"代北七姓"处于统治阶层。外来的文士在物质上是依靠统治阶层的,而西魏北周的统治者为推动儒化的国策,加强文化融合,对他们在政策上进行积极引领,在情感上、物质上进行笼络。然而,对于一个地方的文

---

① 《庾子山集注》,第 911 页。

学产生影响,除了个人创作出高质量的作品直接供文化人传播,也就是创作一个直接的"文化场域"与其他场域进行耦合外,还可以通过指导其他人的创作,或与他人的交往、交游进入一个既有的文学场域,作为实验者去改变场线的分布。宇文泰与元宝炬权力不断交锋,多次进行政治革新、军队整顿、文化改革等,对提升文化水平奠定了基础;南来文士、关陇文人、代北统治阶层在关陇大地上相互碰撞,宇文氏对文学具有极大热情,亲自参与文学实践,在他们的支持和倡导下积极学习模仿庾信、王褒等外来文学家,最终形成了文学发展北周的小高峰。西魏北周文学融合南北,既有南来的艳丽绮靡,也有北方的质朴敦直,形式上注重对仗、用典、音韵协调,用词既有繁复铺陈,也有直接实用,呈现出多元的特色。要之,融合与反哺成为西魏北周文化发展重要支系,是从政治思想、文学创作、文士行为等对入北南士产生的一系列综合影响。

(一)西魏北周政治主导文化兼容并包

北朝"代北七姓"可谓权盛一时,有皇族元氏、宇文氏,其他各族皆为勋贵,至北周共同组成的关陇统治集团。他们以稳固的政治地位,占有丰富的文化资源,主导着文化政策制定与实施,在让自身的文化往多元化发展的同时,引导形成兼容并包的格局思维、社会氛围。

1.宗室内部生活优渥,文化向多元纵深拓展

如宇文氏取代元氏后,对"元氏戚属,并保全之,内外任使,布于列职",将皇权更替矛盾消化于内部,"虽天厌魏德,鼎命已迁,枝叶荣茂,足以逾于前代矣"①。北周时代北集团紧密围绕于宇文

---

①《周书》卷三十八《元伟传》,第 688 页。

氏周围，在军权、朝廷、文化各领域多有斩获。如于谨、于寔、于翼三父子大权在握，"雅好坟籍，聪慧过人"的长孙绍远、长孙澄兄弟，累世仕魏、皆至大官的窦炽，席卷巴梁、功著铭典的陆腾等皆跻身于统治阶层。宇文氏多雅好文学，其他文名载于史典者尚多。有善属文、少机悟、美风神的陆彦师、陆卬兄弟。有笃学爱文，"咸奋鳞翼，自致青紫"[1]的元伟，庾信曾赞其"虢国亡而美玉返，齐国平而宝鼎归"[2]。此时，"代北七姓"在文学、典籍、儒释道、治国理政方面涌现出人才，纷纷变得"文武双全"起来。

2. 政治改革以及西魏权力"双运行"，客观上促使人才汇集形成兼容并包氛围

从北魏至北周，政治与文化的关系十分紧密，表现出文化受政治影响，并主动为政治服务。特别是西魏时期政治格局非常特殊，"长期存在魏帝及魏室主导的西魏朝廷和宇文泰主导的大丞相府、大行台两个权力中心"[3]，朝廷中以元宝炬为代表的皇权具有影响力，军队中以宇文泰具有绝对的指挥权，二人之间相互掣肘、政治斗争一直持续到大统末年元宝炬去世。因为权力的"双运行"，两边都在积极拉拢人员来充实自身的利益集团，这样在客观上网罗了大批文士，无论是入北南士还是本土文士，都尽可能多地汇集了起来，从而催生出兼容并包的早期文化土壤和文士集群。

3. 《六条诏书》丰富文化思想来源

西魏宇文泰主导颁布的《六条诏书》"是西魏、北周的治国方

---

① 《周书》卷三十八《元伟传》，第 688 页。
② 《周书》卷三十八《元伟传》，第 689 页。
③ 薛海波：《六官与西魏北周政治新论》，《史林》2016 年第 4 期，第 57 页。

针,一系列改革的总根据"①,《诏书》本身还具有复杂的、多元化的思想来源,"除了儒、法思想之外,还有《墨子》《老子》《管子》、农家等思想"②。胡汉杂陈是北朝一直以来的明显特征,以宇文氏、元氏、于氏为代表的鲜卑胡族,西迁而进入关陇汉族,《诏书》以"今之选举者,当不限资荫,唯在得人"③取缔门资弊病,让更多的人才汇聚周围,尽其所学、所用,对内团结族人,对外拉拢士人,进一步维系已形成的胡汉杂陈局面;在思想源头上又大开文化视野,加之草原文化、关中姬周文化、山东儒家文化等各文化的交汇,《六条诏书》既是他们对多元文化的坚守,也是形成文化兼容并包的前提。

(二)"本位政策"建立西魏北周本土文化自信

六镇反,北魏分为东魏、西魏。事实上地处秦关塞外的西魏长安在人才保有度、物质丰盈度上远不及东魏邺都、洛阳。西魏立国时生活物资缺乏严重,条件异常艰苦,比如大统二年这一年,"关中大饥,人相食,死者十七八"④。加之西魏之初到北周,对文化、文学抱有怀疑态度和功利性,如幼时文名蜚声洛阳的宇文昶(李昶),十几岁就创作《明堂赋》,后来跟随宇文泰兵马行军,拟定诏册等枢要文笔皆由其手,但潜意识里认为"文章之事,不足流于后世,经邦致治,庶及古人",轻文章、重政事,"唯留心政事而已"。⑤这充分显现了鲜卑族政权及北方游牧民族多从实用、事功角度看问

① 万绳楠:《魏晋南北朝史论稿》,合肥:安徽教育出版社,1983 年,第 305 页。
② 丁巧林、孔毅:《苏绰经济思想探源与评述》,《西南师范大学学报》(哲学社会科学版)1991 年第 3 期。
③《周书》卷二十三《苏绰传》,第 386 页。
④《北史》卷五《西魏文帝纪》,第 176 页。
⑤《周书》卷三十八《李昶传》,第 686 页。

题,经世致用建功业,尚未皓首穷经作学问。"代北七姓"原先对自身文化认识不足,只一味地强调学习外来文化,对自身文化的梳理与审视不够,但这种状况在宇文泰一系列改革等措施干预下开始发生变化。

1. 行周礼,建六官

魏恭帝三年(556)春正月,宇文泰假以革汉魏官职设置繁复之弊的名义,行周礼、建六官,利用文官系统,拉拢柱国等人,排挤元魏势力。最终宇文泰贵为太师、大冢宰,位列李弼、赵贵、独孤信、于谨、侯莫陈崇等之前,为六卿官之首。此项改革,宇文泰依然依靠汉人苏绰、卢辩"便起到了用儒家思想教化异族的作用"①。托周礼,这是宇文泰选择的"捷径",关陇虽远不及江左、山东文化之厚重,却也有苏绰、卢辩等佼佼者,客观上,对关陇文化的提升亦产生积极意义。"并非徒泥周官之旧文,实仅利用其名号,以暗合其当日现状"②,不模仿江左、山东,索性以"尊重经典、预设统一模式、角逐文化正统、兼顾关中现实的多重意图"③,托周礼改制,散离乱虽礼失,托古亦求国治。不能说周礼、六官能给当时的西魏社会文化带来实质的冲击和改观,但至少给本土士人带来一种文化自主意识和自我觉醒。

2.《大诰》定公翰创作样式

宇文泰提倡依《大诰》作公翰,欲革"自有晋之季,文章竞为浮华"④的弊端,并令苏绰等人作《大诰》对公翰文章风格式样进

---

① 李浩:《关中士族与文学》,北京:中国社会科学出版社,2003年,第85页。
②《隋唐制度渊源略论稿·唐代政治史述论稿》,第102页。
③《隋唐制度渊源略论稿·唐代政治史述论稿》,第102页。
④《周书》卷二十三《苏绰传》,第391页。

行规范,试图引导并更正个人文学创作之绮靡繁复的南朝风气,
《大诰》的内容还体现"重劝教、重人才"的倾向。这一更多体现
政治对文化引导的提倡,并未完全排斥文章多种风格形成,诚如陈
寅恪引胡注云:"宇文泰令苏绰仿《周书》作《大诰》,其文尚在,使
当时文章皆依此体,亦非所以崇雅黜浮也。"①《尚书·大诰》文字
古奥,层次分明,以记言为主,行文简洁,并无过多渲染。苏作《大
诰》学其精髓,多用直白之言,无其他多余铺陈,记言简洁直接、稍
夹叙记事,多采用四、六句式,李浩指出:"以文辞而言,说苏绰模
仿《尚书》质朴古奥的文体风格,多用单行散笔则可,说其句规字
模,完全因袭《尚书·大诰》则不尽合事实……(钱锺书)谓《尚书》
早有骈语,并非一味单散。但苏绰文中之骈偶,既非全袭《尚书》,
亦非通篇铺排时调。"②可见,骈偶亦是苏绰《大诰》行文方式,并
未能脱胎换骨,但将此推而广之公翰文章,势必能够革一时之弊,
开一代之文风。《大诰》"则所'革'者限于官书、公文,非一切'文
笔',《周书》未核"③,其影响主要在公翰,不涉私著。西魏北周作
公翰、私著的作者群相同,公翰大诰格式"虽属词有师古之美,矫
枉非适时之用,故莫能常行焉"④,仅被遵从了十多年就被六朝惯
体重新占据,但《大诰》的贵实用、重平实的气质,虽在江左、山东
西迁,关陇本土文学群体中体现不多,但还是在以鲜卑血统的作家
作品中得到一定延续,这虽然不是宇文泰最主要的愿望,却也是促
使北周家族文学"高峰"形成的气质来源。这种切合北方草原民

①《隋唐制度渊源略论稿·唐代政治史述论稿》,第104—105页。
② 李浩:《苏绰文体改革新说》,《文史哲》1999年第6期,第73页。
③ 钱锺书:《管锥编》第4册,北京:中华书局,1979年,第1551页。
④《周书》卷四十一《王褒、庾信传》,第744页。

族的文化特质,虽一倡《大诰》不足扭转绮靡浮华的大势,却也种下了一粒种子,待后世发芽。

西魏北周历次文化改革,凸显七姓阶层引领文化的主动权。西魏宇文泰用苏绰、卢辩进行文化革新,规范文化典式,虽然最终事实证明对文学的影响并不大,却体现了政治对文化的引导作用,更体现宇文泰等统治者为了发展主动进行的文化改革。

宇文泰在政治制度上"托周礼、行六官",推行关陇姬周儒化政策;在文化政策上进行大力引导,在文化上进行革新,规范文化典式,令苏绰等人作《大诰》对公翰文章进行规范,以关中文化本位,"阳傅周礼经典制度之文,阴适关陇胡汉现状之实而已"①,一改轻视态度,一改全盘拿来方式,将视角转到关中,试图建立关陇本土文化自信。由此,他们对自身文化的态度大为改观,有了更多深入的思考,本土文化自信得以建立,尤其在书写代北、鲜卑、草原等方面更为自然,状写北地风物,描摹所见所感,也对南人的文士形成积极影响。后北周宇文氏正式成为统治者,又积极言传身教,参与文化活动,主动引领本土、南士行为,通过财物控制(提供必要的生产生活资料),频繁举办游宴等系列活动,紧紧将他们笼络在一起。

(三)麟趾殿、露门学士实践,搭建平台,主导反哺江左文学

西魏北周鲜卑族能征善战者众多,独缺才学文士,因此对才学之士格外重视。文帝宇文泰以政策笼络人才、为己所用,不仅给汉人赐鲜卑姓氏,对北魏旧贵也礼待非常,如"元氏戚属,并保全之,内外任使,布于列职"②。对南方文士亦特别渴求,对王褒与王克、

---

① 《隋唐制度渊源略论稿·唐代政治史述论稿》,第101页。
② 《周书》卷三十八《元伟传》,第688页。

刘毅、宗懔、殷不害等数十人入北大喜过望,《周书·王褒传》描述为:"太祖喜曰:'昔平吴之利,二陆而已。今定楚之功,群贤毕至。可谓过之矣。'"①因为统治者的重视,整个社会对南方文士表现出极大的包容和接纳,并以政治手段组建机枢,先后设置麟趾殿、露门两个学士机构,将文学才士汇集一堂,进行文学实践。"代北七姓"对文学的热情十分高涨,这源于他们对汉化路径的认可,一直将南朝文学作为学习的对象,统治者宇文氏不乏痴迷于文学的成员,对文学的发展推波助澜。"代北七姓"在北周皇室的带动下,纷纷向庾信、王褒等南士交流切磋,"由犹丘陵之仰嵩、岱,川流之宗溟、渤也"②,在仰视中学习,他们积极搭建平台将南北文士聚拢,提供文化氛围和环境。

1.麟趾殿学士

麟趾殿学士由明帝宇文毓执政之初倡导开启。宇文毓是一位儒学博雅的统治者,从小博览群书,文章具有"词彩温丽"风格。他对开展文化活动的积极性很高,"及即位,集公卿已下有文学者八十余人于麟趾殿,刊校经史,又捃采众书"③。明帝宇文毓麟趾殿校书等文学实践,体现的是统治者的对南北文士的主动接纳,是在保留独有特色的传承文学自觉。八十多人中有南来文士庾季才、庾信、王褒、姚僧垣、姚最父子,宗懔、鲍宏、颜之仪、明克让等,有萧梁后裔萧㧑、萧大圜,这部分人普遍具有较高的文化修养,到北地后继续发挥文化优势。八十多人中亦有当地文武皆擅之士,如韦叔裕、杨宽、元伟等。北周南入和本土之士齐聚一堂,"麟趾殿校

---

① 《周书》卷四十一《王褒、庾信传》,第 744 页。
② 《周书》卷四十一《王褒、庾信传》,第 744 页。
③ 《周书》卷四《明帝纪》,第 60 页。

刊典籍，为集聚于长安的南北士人提供了彼此声气呼应的平台，促进了南方文学北方化与北方文学南方化的进程"[1]。麟趾殿客观上提供了南北文士以学习交流平台，虽现仅存宗懔《麟趾殿咏新井诗》、庾信《预麟趾殿校书和刘仪同诗》唱和，但依然体现了各取南北所长的特点，"长安文学吸收了江左文学情感柔婉、语言精美、声韵回环等特点，而江左文学也吸收了北地文学情感充实、意韵沉雄、语言朴茂等特点"[2]。麟趾殿文学团结了关中著姓与南来文士，形成了"礼貌功臣，敦睦九族，率由恭俭，崇尚文儒"[3]情状，起到了稳固政治环境的作用。诏定麟趾殿学士班次。据《周书》载："翼言于帝曰：'萧㧑，梁之宗子；王褒，梁之公卿。今与趋走同侪，恐非尚贤贵爵之义。'帝纳之，诏翼定其班次，于是有等差矣。"[4]麟趾殿齐聚南人本土之士，在数量上可谓充足，但也给对这群人的管理上造成了不小的困难，太师于翼便给出了"尚贤贵爵"的方案，并被采纳。文士在财政上依附于北周政权，等次须由北周皇权确定，体现了政治上的引领和拉拢作用。同时，对于萧梁皇族后裔、南梁的公卿大臣以及对本土的元魏后裔、胡姓大族给他们列定较高班次，可以起到稳定团结的积极作用。

2. 露门学士

在麟趾殿学士之后，北周武帝宇文邕紧接着成立了露门学士，继续以文学为名，行政治拉拢之实。据载："[天和二年(567)秋七

---

① 张婷婷、李建栋：《论北周麟趾殿设立的文学史意义》，《文艺评论》2015 年第 2 期，第 8 页。

②《论北周麟趾殿设立的文学史意义》，第 6 页。

③《周书》卷四《明帝纪》，第 61 页。

④《周书》卷三十《窦炽、于翼传》，第 524 页。

月]甲辰,立露门学,置生七十二人。"① 这一政策至少延续至宇文衍的大象二年(580)二月("丁巳,帝幸露门学,行释奠之礼"②)。其中露门学士有乐运、豆卢绩、沈重、熊安生、乐逊、刘臻、王颎、辛公义、唐瑾等南北文士。

从设置麟趾殿学士、露门学士,历经宇文毓、宇文邕、宇文赟三朝前后延续二十余年,先后涉及学士一百五十余人。麟趾殿的文学史意义"尤其是江左文学对北地文学的吸收,可谓南北朝时期南风北渐上百年以后,北地文学对江左文学的第一次大规模反哺"③。诏定麟趾殿学士班次的行为,不失为对文士的一次政治认证和集体拉拢,是个人兴趣爱好与政治政策相互结合之后的一种选择。长时间的文学活动,笼络了最多的人才,并将前期奠定的文化政治在实践中不断地改进。客观上也更加勤密地交流与融合,近距离的相互切磋,从而让文化出现了新高度。北周政权立足于政治上的引导,牢牢把控住了文化发展的大方向。

(四)主导南士入北行为

"代北七姓"拥有物质处置权,拥有官员的黜秩权。从而依靠这些权力,对南士的日常行为进行引导,对文化行为进行评判。

1. 改变南士观念

入北文士有萧世怡、萧圆肃、萧㧑、萧大圜、柳霞、柳裘、乐运、王克、王褒、刘珏、殷不害、庾信、庾季才、颜之仪、宗懔、明克让、鲍

---

①《周书》卷五《武帝纪上》,第74页。

②《周书》卷七十五《宣帝纪》,第122页。

③《论北周麟趾殿设立的文学史意义》,第6页。

宏、刘璠、姚最、殷英童①等二十位。因为对北方不够了解，他们的观念经历了由藐视到尊重而融合的过程。"世胄名家，文学优赡"②的王褒，早已名扬江左，在文学上有一种天然的优越感，但他对北方体悟出现过极大的转变，起初文学想象中"妙尽关塞寒苦之状，元帝及诸文士并和之，而竞为凄切之词"。入北后真正领会北地"云生陇坻黑，桑疏蓟北寒。鸟道无蹊径，清汉有波澜"③后，哪里有"妙"与"竞"的玩味心情，南士对北地的了解可谓浅薄、空洞矣。同样，作为聘使留在长安的庾信对北地的认识，也经历由空洞到具体，对北地文学由藐视到重视的过程。庾信的华藻辞章、绮靡风格引领着一代的文风，他对北方风物、北地诗人非常轻视，据唐张鷟《朝野佥载》载其曾曰："唯韩陵山一片石堪共语，薛道衡、卢思道少解把笔，自余驴鸣犬吠聒耳而已。"④事实上，北国的风光岂韩陵山而已？文人岂止薛道衡、卢思道二人？并称"徐庾体"的徐陵，称叹李昶文章"京师长者，好事才人，争造蓬门，请观高制，轩车满路，如看太学之碑，街巷相填，无异华阴之市"⑤，入北后庾信也称赞李昶的诗才"属此欣膏露，逢君摘揽才。愧乏琼将玖，无酬美且偲"⑥，观念也大为改变。

入北后文士面对北方的风物作了大量艺术性很高的诗赋，越

---

① 按，据金溪北京大学博士论文《北朝文化对南朝文化的接纳与反馈》载："南北诸史中均无殷英童传，其据颜真卿《曹州司法参军秘书省丽正殿二学士启君墓碣铭》'五代祖不害，以孝见《梁书》，高祖英童，周御正大夫，麟趾学士'补。"

②《周书》卷四十一《王褒、庾信传》，第 729 页。

③《先秦汉魏晋南北朝诗》，第 2336 页。

④ 汪涌豪、骆玉明主编：《中国诗词》卷四，北京：东方出版中心，2018 年，第 426 页

⑤《全上古三代秦汉三国六朝文》，第 3453 上。

⑥《庾子山集注》，第 294 页。

是深入北地,越是与北人交往,观念就越发不同。入西魏后,面对北国塞外的别样风情、鲜卑皇室的热情褒奖、遥望故园的思归情怀等各种不同的人生际遇和情愫,在客观上对他的文学创作风格、题材都有较大的改变。《庾信集序》由宇文逌来写,充分体现了庾信对于自己初期观点的改变。表面上是王、庾均改变了自己对北地的观感,实际上体现了南北文学融合的大趋势。这种改变还是统治阶层主动引导的结果,"世宗雅词云委,滕、赵二王雕章间发。咸筑宫虚馆,有如布衣之交。由是朝廷之人,闾阎之士,莫不忘味于遗韵,眩精于末光"①。可见在北周皇室的带动下,北周文士纷纷与南来的王褒、庾信交流切磋,在仰视中学习借鉴,从而对他们的观变也起到了复合作用。

2. 提供财物招揽入北士人

北周朝廷十分懂得因人施策,注重发挥入北周南士的优势。或委以官职,解决他们的经济来源,或感情笼络,注重安顿他们的心灵。南来的士人,有萧梁后裔、南朝旧臣,正所谓"梁"虽有才,"周"实用之。对南朝萧氏后裔宜存优礼,不仅仅有政治上的目的,更体现了西魏北周对人才的招揽,从南而来的士人大可吃下定心丸,对敌人尚且能够优待,何况臣子呢? 除了文学才能特别出众的王褒、庾信,"特加亲待。帝每游宴,命褒等赋诗谈论,常在左右",与宇文氏最为亲近外,拉拢的南来人士还有萧㧑、萧济父子,萧世怡、萧子宝父子,萧圆肃,宗懔,刘璠、刘休征父子等等。② 这些人群的来源具有广泛性,有君臣、父子,职务也有高有低,但都有一个

---

① 《周书》卷四十一《王褒、庾信传》,第 744 页。
② 事见《周书》卷四十一《王褒、庾信传》,第 729—751 页。

共同特点,那就是相较于北方本土士人文化水平都较高。北方统治阶级灵活施策,以优渥的待遇来拉拢和安抚入北人士。出于笼络人心、安抚南士的目的,对萧梁后裔委以高官厚禄、任命为名头响亮的虚职。如萧㧑授开府仪同三司,晋爵黄台郡公;萧圆肃授开府仪同三司、侍中,封安化县公等。对南朝旧臣,北朝统治者真心实意地拜服于他们的才学,放下身段礼待、征召、交友,委以合适的官职。这类如宗懔,刘璠、刘休征父子,柳霞等人,他们同样受到北方政权的重视。如宗懔拜车骑大将军,刘璠迁黄门侍郎、仪同三司,柳霞授骠骑大将军、霍州刺史等。有了萧梁后裔和庾信、王褒为榜样,其他文士虽才不是最高、地位也不是皇族,但仍然受到应有的尊重。但是,我们也应该注意到除了少数人担任实权职务外,大多数人都仅仅是官爵,也就是享受待遇的职务。这体现了北朝统治者仍带有一种征服者的偏见,对南来人士的观望考察,对文学与征战能力的选择,还是更注重作战的能力,还是存在重鲜卑、重关陇的倾向。

余 论

对于北朝文学的作用力，"南朝文学的北传虽然对北方地区文学发展也很重要，但是与鲜卑贵族和北方本土乡里士人之间的文学互动相比，其作用则居其次"[1]。北朝代北七姓文学最大的特征就是南北交融、胡汉融合，这里面有他们自身向汉文化、汉文学学习靠拢，也有文学客观上流变的规律。"代北七姓"文学对后世，特别是隋唐一代文学具有影响。以"代北七姓"为代表的鲜卑贵族，一开始便表现出十分积极的文学热情，特别是北魏时期"鲜卑贵族是北方地区文学发展转型实际的承担者，……在孝文帝礼制改革的过程中，鲜卑贵族引领形成了新的文人、文学观念；鲜卑贵族与北方本土乡里士人的文学集会中，产生了较为积极的文学创作风气；鲜卑贵族对名理、玄风生活的追求，对方外之思的理解，也对北方乡里士人也有一定影响。在鲜卑贵族的统治下，乡里士人又反过来对社会生活有着深刻的反思，并付诸于以洛阳生活为中心的个人歌咏，别有情调"[2]。北魏元氏、北周宇文氏，皆以其政治主导地位组织雅会，掀起一股向南仿写风潮。南北文士面对面

---

① 蔡丹君：《鲜卑贵族与北魏洛阳文学风气的形成》，《民族文学研究》2018年第2期，第87页。

②《鲜卑贵族与北魏洛阳文学风气的形成》，第87页。

的交流，极大地促进了文化、文学的交流融合。北周、北齐时期，设立文学馆，文学原创开始出现，儒化南北融合，文化上自我觉醒、随时而歌，一路向文学中心靠拢、引士人东迁，终于形成如《隋书·文学传序》所云"暨永明、天监之际，太和、天保之间，洛阳、江左，文雅尤盛"局面，也就是形成文化中心、文化贵族，整合南北文风，从而开启隋唐新风，北方气韵。

一、蹊径

"代北七姓"依托书法、文学合辟蹊径，形成较为特色的文学形式。北朝的勒石纪功传统，在儒学、佛教、家族、书法艺术多重文化影响作用下，形成了北朝"代北七姓"较为突出的石刻文学，其内容不仅承载颂德、宣教功能，也起到家学家教传承、佛学传播的作用，还具有文学典雅厚重、骈偶绚彩，书法"魏碑"体的双重艺术特色。这类文字共有19篇，涉及作者14人，单从数量上来看已较为可观。

1. 造像记

北朝"代北七姓"在佛教文化与汉文化、本土文化融合下，文学内容、表达方式、体裁、语言等方面都出现变化，特别是他们北魏以来形成的实用、质朴审美观，在元燮《造石窟像记》、元宁《造像记》、宇文达《造释迦像记》里有所弱化。当时，北朝的佛教已经河西走廊传入，佛教题材造像大量出现，造像记"表现了大量超现实的内容，想象丰富奇丽，表达方式虚构、夸张，一方面不自觉地冲击了以实用为主，以现实世界为关注焦点的北朝文学观念，另一方面也改变了当时典雅平正的审美观念，使其在传统文体中渗入佛教内容和佛教审美观念，这正是这一时期佛儒合流的思想在文学领域的表现"①。"代北七姓"主导了北朝佛教历次的崇佛、灭佛起伏命运,却也留下了文字、佛教、书法结合的造像记文学。

元燮为景穆皇帝拓跋晃之孙、安定靖王拓跋休次子,袭封安定王,为怀念先辈、祈福后人,他为亡祖母太妃、亡父、亡母等家人造石窟像。今天可见记两则,一为现藏洛阳碑志拓片博物馆的《安定王元燮为亡祖亡考亡妣造像记》②,一为清严可均辑《全上古三代秦汉三国六朝文》之《造石窟像记》③。两记虽皆为造像记述、且造者皆为元燮,但所造对象除亡祖、亡考、亡妣外,略有见存眷属的差别,同时所造一为"释迦之容,并其立侍",一仅为石窟一躯,且所描述、祈愿以及造时皆不同,故两记不是誊抄之误,或为元燮于正始四年(507)、永平四年(511)前后两次造像所作。两记虽极其简略,但交代人物、事件、时间较全面,特别是对造像的艺术性素描,"众彩圆饰,云仙焕然","依岩襃宇,刊崇冲室。妙镌灵像,外相显发。工绘严仪,凝华紫极",工整四言典诰体,充满想象力的虚实结合高度凝练,体现了元燮较高的文学才能;在记文后续祈愿中又可见佛、儒思想的影响,充满了此生、彼岸的佛家关怀,又有对先辈、苍生的儒家仁爱。同时,"造像题记具有极高的审美价值和文献价值,而龙门造像题记中的'龙门二十品'更是精品"④,《安定王元燮为亡祖亡考亡妣造像记》便是二十品之一,清康有为将

---

① 张鹏:《北朝佛教造像记的文学意义》,《西南交通大学学报(社会科学版)》2007年第8卷第5期,第42—43页。

② 许雪翠:《〈元燮造像〉研究》,《美术理论研究》2019年第5期,第12页。

③《全上古三代秦汉三国六朝文》,第3592—3593页。

④《〈元燮造像〉研究》,第12页。

其书法艺术评为"峻荡奇伟"①，今人许雪翠认为其书艺"方圆兼备，寓巧于拙，别具逸趣，劲健中透露着清丽"②。元燮的两造像记，是北朝多元文化融合在"代北七姓"身上的体现。"代北七姓"热衷于开窟造像，且具备政治地位、经济实力，因此才得以开辟造像记这样集石刻、文学、佛教于一体的另类表达路径。

西魏文帝元宝炬之子元宁，于大魏孝昌二年（526）作《造像记》。元宁为当朝圣上孝明帝与灵太后胡氏二圣造像，规模较大，政治意味、宗教色彩、儒家关怀均十分浓厚。"愿主上万祚，臣僚尽一宫皆润。愿天下太平，四方慕义。又愿亡考生天，安养国土，上下延寿，兄弟眷属，含灵有识，蠢动众生，普同斯福。鬼龙山岳，靡不慈仁，所愿如是"③，弘法祈愿有君主、百姓、父辈、兄弟、眷属，可谓面面俱到，但北魏末年，社会更加动乱，因此造像更迫切的所愿是希望政权永固，增强"仁义"之宣扬。清严可均辑《全上古三代秦汉三国六朝文》载有碑拓本字样，其记刻于石碑，正书，十六行，行七字，原在河南荥阳二仙洞，书法用笔圆遒，结体呈纵势，骨肉匀称，已工初唐正书之先声。可见，如此高规格的造像，书艺定不差。

北周文帝宇文泰第十一子宇文达作《造释迦像记》，体现了北周时期"代北七姓"的造像特色。记文抵牾诸多，据清严可均案："此记刻于天和五年，何以不书代国公。又《周书·孝闵帝一男传》：纪厉王康，字乾安，保定初封纪国公，进爵为王，出为利州总管。与此记之宇文康官爵亦异。然不应别有达、康二人与帝室诸王同时

---

① 〔清〕康有为：《广艺舟双楫》卷四《余论第十九》，桂林：广西师范大学出版社，2016年，第261页。

② 《〈元燮造像〉研究》，第12页。

③ 《全上古三代秦汉三国六朝文》，第3779页。

同姓名者也。又文帝薨于魏恭帝三年,距此已十五年,而记云见在父母,直是庸人涉手、用造像恒语耳。"① 刻字缺失毁坏亦多,"代北七姓"造像记文至北周末已渐次荒芜。

2. 墓志

在文化上,北朝墓志等出土文献占有重要一席,"北朝墓志,由于具有历史和艺术价值,尤为历史学家、金石学家、文物收藏家、书法爱好者所珍视"②。在书法艺术性上,"北魏洛阳元氏墓志书法,上承汉魏,下启隋唐,对后世邓石如、于右任等众多书法大家有极为深刻的影响"③。北魏时期,"代北七姓"因葬送"皆虚设冠柩,立冢椁"④ 特别习俗,常常将墓志刻于石上采用"'潜埋'的方式而不起坟"⑤。特别是北魏"代北七姓"元氏,将立碑作为带有极强的褒奖性质的政治活动而大为推广开来。魏书中已经出现大量立碑记载:

《魏书·寇赞传》:"赞弟谦之有道术,世祖敬重之,……诏秦雍二州为立碑于墓。"⑥

《魏书·卢鲁元传》:"及薨,世祖甚悼惜之。……赠襄城王,谥曰孝。葬于崞山为建碑阙。"⑦

《魏书·昭成子孙列传》:太和四年宗室拓跋忠卒,"命有司为

---

① 《全上古三代秦汉三国六朝文》,第 3901 页。

② 高赟:《北周文学研究》,中国社会科学院大学博士论文,2020 年,第 234 页。

③ 徐家乐:《北魏洛阳元氏墓志书法中的儒家思想探微》,《大众文艺》2019 年第 2 期,第 239 页。

④ 〔南齐〕沈约:《宋书·索虏传》,北京:中华书局,1974 年,第 2322 页。

⑤ 杨宽:《中国古代陵寝制度史研究》,上海:上海古籍出版社,1985 年,第 42 页。

⑥ 《魏书·寇赞传》,第 946 页。

⑦ 《魏书·卢鲁元传》,第 802 页。

立碑铭"①。

《魏书·冯诞传》：太和十九年冯诞卒，孝文"亲为作碑文及挽歌"②。

《魏书·王肃传》："肃宗初，诏为肃建碑铭。"③

"代北七姓"自身也作了六篇墓志，有元钦《元飏墓志》、元洪略《元茷墓志》、元景文《元举墓志》、长孙澄《宋灵妃墓志》、长孙庆《长孙季墓志》、元昭业《元钻远墓志》，且均是族内为亲属所作，至于请托他人为族人所作的墓志数目较巨，具体数目暂无统计。他们的墓志集文学性、历史文献、书法艺术性于一体，其抒情的文学艺术特色在前文中有所揭示，兹不赘述。从今可见的墓志碑刻来看，几乎篇篇在书法艺术上具有魏碑特色，如《北魏元茷墓志》"志文书法属于典型的'魏碑'体，用笔、结体均以方为主，棱角钝厚，气势开张。其书法隽雅沉稳、遒劲端庄，庙堂气派显露无遗，堪称魏碑中之上品"④，《元飏墓志》结体亦正亦奇，字间或疏或密，行款错落有致，汇合"洛派"书风，称之为"清劲宛逸"。又如《元彬墓志》《元绪墓志》《元腾墓志》等，皆是规矩方正、气势雄强的典型北魏洛阳书体，在跌宕起伏变化中不失灵动，出现生动稚拙的艺术特色。无论是他人还是族人内部作志文，行文虽脉络相似，但文章亦各具特色，特别是以北魏元氏一族之名望，必定请来名家书丹及刊刻，因此才有如此传世之经典。

---

①《魏书·昭成子孙列传》，第 377 页。

②《魏书·冯诞传》，第 1822 页。

③《魏书·王肃传》，第 1412 页。

④ 退之：《北魏元茷墓志》，《书法》2019 年第 5 期，第 144 页。

3. 哀祭、颂铭

孝文帝《祭恒岳文》《祭嵩高山文》《吊殷比干墓文》《祭岱岳文》《祭河文》《祭济文》，元苌《振兴温泉颂》、元翰《人日登寿张安仁山铭》、宇文邕《二教钟铭》、唐瑾《华岳颂》，这些文章大多刊刻于石，受到南朝文风影响，不仅文辞优美，经刊刻后又成为北魏高超书艺的载体，成为隽永的艺术品。

《吊殷比干墓文》的来源，据载："太和十八年十一月，甲申，经比干之墓，伤其忠而获戾，亲为吊文，树碑而刊之。"[1]墓文是一篇充满情感，借古喻今，高举儒家道德评判标准，以"兮"字承接上下的骚体赋，文采斐然，实乃一巨幅长篇。孝文帝作成吊文后，传时人崔浩楷书、刊刻，崔浩笔力老道，因战乱原石早佚，今可见之墓碑文乃宋元祐五年（1090）重刻，但仍有当时韵味。后刻碑文方整，略仿隶书，两端方粗，笔画峻直，康有为评其为"瘦硬峻峭之宗"，杨守敬评曰"瘦削独出，险不可近"，为"北碑之杰作也"。[2]

元苌《振兴温泉颂》，是孝文帝汉化改革向纯文学靠拢后，书法、文学结合的又一杰作。此碑额刻阳文篆书"魏使持节散骑常侍都督雍州诸军事安西将军雍州刺史松滋公河南元苌振兴温泉之颂"，故此碑当为宣武帝时或其后所立，《金石萃编》考为在孝庄帝时立，现存临潼华清池温泉总源前西壁。是颂记载百姓遭遇自然灾害，物是人非变化为一瞬间，唯有温泉这种天然的良药，犹如药石、甘饵般。在元苌笔下温泉并非简单的温泉，实乃内心所追慕。文中以物独抒怀之处，让人叹服。其文曰：

---

① 《魏书·高祖纪》，第 175 页。

② 梁披云：《中国书法大辞典》（上、下册），香港：香港书谱出版社，广州：广东人民出版社，1984 年，第 1132 页。

左汤谷,右蒙氾,南九江,北翰海,千城万国之氓,怀疾枕痾之口,莫不宿粮而来宾,疗苦于斯水。但上无尺栋,下无环堵,悠悠君子,我将安泊。孤吞发轸咸池,分条紫汉,道属升平。弱年学仕,既历通显,朝望已降,爰自常伯。出居分陕,地兼陆海之饶,禄厚封君之室,而报天之效无闻,恤民之誉安在?①

该颂超六百字,立意高远,赋予一道泉水除弊、祛疾、高洁的品质,语言华丽,音韵跳跃,对仗公允,以杂言赋文起题,以四言颂辞结尾,有南朝文学影响痕迹。颂文写出了温泉烟霞升腾、虚无缥缈之状。碑以楷书为体,笔画厚重拙直,略有隶意,为当世禁拓之名碑也。

造像记"这种文学内容与技巧的发展,与唐初文学融合南朝技巧、北朝气质的特点极其相似,为中国古代文学在吸收外来文学样式和文化遗产方面提供了方法、思路"②。这些刻在石头上的文字,具有"南帖北碑"特色的碑刻文学,对后世造成重要影响。北朝碑志亦得益于"少数民族政权的逐渐汉化以及对儒学的提倡使碑志的创作获得内在的动力支持"③,这便是"代北七姓"开辟蹊径的原因之一,并以融合多种艺术的方式形成特色。

二、主导

"代北七姓"文人的创作虽不能完全代表北朝文学水准,却是

---

① 《全上古三代秦汉三国六朝文》,第 3585 页。

② 张鹏:《北朝佛教造像记的文学意义》,《西南交通大学学报(社会科学版)》,2007 年第 8 卷第 5 期,第 38 页。

③ 魏宏利:《北朝碑志文研究》,西北大学 2018 年博士论文,第 37 页。

构成北朝文学的重要组成部分。他们边学习边融合边开掘,以强大的政治力主导着北朝一代文风、主题和审美。"代北七姓"对北朝文学的主导具有丰富的内涵,主导了向南朝学习,对南朝文学反哺,南士入北、北士儒化等主要文化行为,更甚至不惜以战争为手段搜罗典籍。对此,北魏、东魏、西魏、北齐、北周每个时代都有策略措施。

北魏通过迁徙等方式,主导文学融合。"从初期的嘎仙洞到盛乐、平城,再到洛阳,北魏王朝一直处于巨大的人口流动之中。在这人口流动大军中,不乏随之迁徙的士人。北魏拓跋鲜卑文学在不断流动中吸取迁徙汉族士人的文学因子,发展演化"[①]。在主观上,"代北七姓"的拓跋(元)氏通过军事手段取得中原的大片疆域,最为关键的是他们能够清晰认识自身文化上的浅陋,以政令推行文化学习。这可以理解为马背上取得权力后,始终想要这样的统治来得永久,于是乎一条儒化的道路即将开启。"北魏初期历代国君非常重视学习儒家文化。从现有史料来看,在昭成帝什翼犍时,北魏皇室已开始学习儒学。"[②] 客观上,北魏政治对文学具有极大的影响,几乎具有决定性的作用。这里有一条反证的材料:"在众多汉族士人迁入之后,拓跋鲜卑民族文学似乎没有受到太多的影响,北魏文学仍然处于萧条的状态,这主要与北魏前期的文化政策有关。"[③]

建魏不久的太武帝拓跋焘,不仅制定文字,立下了文化发展的基础,还决定偃武修文,广搜文士。北魏已定都平城,游牧转农

---

① 《北魏士人迁徙与文学演进》,第 103 页。
② 《北魏士人迁徙与文学演进》,第 234 页。
③ 《北魏士人迁徙与文学演进》,第 233 页。

耕畜牧，物资已经比较丰富，再加之他们通过战争不断掠取财物，"自太祖定中原，世祖平方难，收获珍宝，府藏盈积"①。到了神䴥四年（431）九月颁下《征卢玄崔绰等诏》："访诸有司，咸称范阳卢玄、博陵崔绰、赵郡李灵、河间邢颍、渤海高允、广平游雅、太原张伟等，皆贤俊之胄，冠冕州邦，有羽仪之用。"②此时朝廷对各地文士有较高的评价，笼络在周围，因此"平城时期是北魏文学复苏之时。这种文学创作上的变化，与该时期士人的迁徙带来的多种文化交融是分不开的"。后来，到了太平真君年间（440—451），太武帝对文化的强势主导更加明显，如其《命崔浩综理史务诏》，他担心"秦陇克定，徐兖无尘，平通寇于龙川，讨擎竖于凉域"之功绩"斯事之坠焉"，遂"命公留台，综理史务，述成此书，务从实录焉"③。"实录"二字便可看出对文化的自信。北魏元氏统治者禁私立学校，贵族不婚卑姓，南北交聘，更定律文等政令，牢牢把控文士的行为，思想意识、文学也非例外。

　　两魏虽短，但东、西分支，关中的"文化本位"为宇文泰所倡导，具有政治文化统一性、统领性；邺城虽建立文学馆，以正统自居，但高氏对"代北七姓"并不优渥，以致一直到北齐其文化也未有起色。然而，宇文氏却让北周的文化更加出彩，不只是在主观上更加倾慕文学，还在于融合的主动性更强，与文士之间的贴合度也更高。庾信、王褒为南北朝文学之集大成者，他们对西魏北周文学具有深远影响，有学者认定"庾信的入北改善了西魏北周文学

---

①《魏书》卷一百一十《食货志》，第 2851 页。
②《全上古三代秦汉三国六朝文》，第 3513 页。
③《全上古三代秦汉三国六朝文》，第 3515 页。

的贫瘠状况"①,甚至以"从根本上讲,(北朝后期)长安文学的这些成就与庾信为代表的大批江左文士入北有关"②为论断。如此脱离西魏北周文化真实环境,忽略文化发展现状,以片面性视角,导致主客体颠倒之有失公允结论,正如学者刘涛指出:"在北周文学的发展过程中,庾信、王褒等入北汉人固然功不可没,但也不能忽视了鲜卑皇族成员在文学上所作出的重要贡献。"③客观上,宇文氏为主的"代北七姓"是西魏北周社会的统治者,因掌握经济基础,西魏北周文化的主动权、选择权、宣教权都在宇文氏手中,西魏北周主流文化以宇文氏为主的"代北七姓"统治集团所推行,从文化政策上主要表现为宇文泰所推行的"关中本位政策"④,有选择地儒化、无保留地鲜卑化为内核。庾信、王褒虽代表当时文学之最高水准,但其文学作品以统治阶级扶持为传播的物质条件,"代北七姓"主观上用政治、经济手段一直主导文学的发展,以庾信、王褒等文人为学习借鉴"模板",力图结合南士"淫放为本""轻险为宗"之词体,引领文学创作之"本乎情性,以气为主,以文传意,文质因其宜,繁约适其变"⑤风尚。而庾信、王褒、王克、刘毂、宗懍、殷不害等入北后终依附于宇文氏周围,或聚集麟趾殿,或唱和,或侍读,新的生存环境与个人抒情重新整合,文学艺术特色舍南随

① 胡政:《论庾信与西魏北周文学的发展》,《黔南民族师范学院学报》2007年第2期,第15页。

② 温春燕、李建栋:《论庾信入长安后诗风的变化》,《文艺评论》2015年第6期,第58页。

③ 刘涛:《论北周鲜卑皇族的文学创作》,《中国文学研究》2015年第1期,第35页。

④ 陈寅恪:《隋唐制度渊源略论稿·唐代政治史述论稿》,北京:生活·读书·新知三联书店,2015年,第197—199页。

⑤《周书·王褒、庾信传》,第745页。

北，这些外来文人自觉地往以统治阶层所激赏的层面改变。北周时的主导有三方面特征。

一是"学习模板"让渡于"文化内核"。庾信、王褒的文学作品后世固然留存多，认可度高，但就西魏北周来说，以宇文氏为代表的"代北七姓"才是社会的统治者，他们所施行的文化政策自然才是社会的主导。如前文已述，北朝公牍的政治特性突出，数量庞大。庾信、王褒等外来文学家是统治者推到前台的文化排头兵，是"代北七姓"积极学习借鉴的"模板"，但并不是他们所要推行的文化内核，反倒是庾信、王褒等人依赖于统治阶层扶持，作品才具备了传播的条件。同时，单从文学影响面、受众群体数量来说，作为统治者的宇文成员作品未必不如外来文人。正如《周书·庾信、王褒传》中所点评那样，"发源于宋末，盛行于梁季。其体以淫放为本，其词以轻险为宗"，只能"夸目侈于红紫，荡心逾于郑卫"，并非史臣所推崇之"本乎情性，以气为主，以文传意，文质因其宜，繁约适其变"①的作品。评价文学，《周书》离不开一时一地之特质，"若以庾氏方之，斯又词赋之罪人也"②。虽然庾信、王褒的文章在梁朝流传，但轻险的风格，并非当时文章风格所推崇的特质，甚至被评定为辞赋罪人，从侧面也可以看出北周文学的发展主因还是在于统治阶层的参与推广，庾信王褒的文学的艺术性很高，但并非当时所推崇的主流。

二是外来文士受北方文化影响极深。庾信入北后，受到人生际遇变故、北方雄浑气质、宇文皇家交往等各方面综合影响，文章

①《周书·王褒、庾信传》，第 745 页。
②《周书·王褒、庾信传》，第 745 页。

风格大为改变，由原来的绮丽浮靡而变为遒劲有力，正如杜甫所评"庾信文章老更成，凌云信笔意纵横"，这是世所公认的。王褒、王克、刘毅、宗懔、殷不害等人北后也大都依附于宇文氏周围，或校经于麟趾殿，或唱和于内庭，或侍读皇子身旁，在与统治者的交流交往中，公翰行文被规范，作诗角度、风格都经历过校准调整，可以说这些外来文人自觉地往宇文氏为代表的统治阶层所赞赏的方面改变。因为掌握了物质经济基础，西魏北周文化的主动权、选择权、宣传教化权都掌握在宇文氏的手中，一切不符当权者所倡导大势的文化最终只能消遁或成非主流。正如入北文士积极参与创作的墓志文，对他们来说不仅文体陌生，文风也大改，在客观上拓宽了文学领域，却成为他们依附北朝权贵的一大例证。

　　三是代北关陇文化最终延及隋唐，并开一代新风。此一点，陈寅恪先生认为隋唐制度渊源于北朝，而北朝人与事的核心就是鲜卑贵族、鲜卑贵族的核心则是"代北七姓"。从北魏立国到北周灭国后，鲜卑族的历史高光时刻旋即暗淡，他们不仅再也未能重建其他政权，反而是融入了汉民族，以致鲜卑的称谓也被淹没，至今已鲜被提及。但在隋唐时期，鲜卑族后裔依然活跃于政治舞台，"实际上，隋唐时期鲜卑人在政治、经济、文化、军事等诸方面依然发挥了很大作用，他们之中很多人被载入史册"[①]。北周能够取威定霸于一隅，从文化政策上主要得益于宇文泰所推行的"关中本位政策"[②]，而关中本位之文化主要由代北草原与关陇本土文化融合而成。这就是宇文泰高明的地方所在，知道利用各种文教方式来团

---

　　① 邱久荣：《鲜卑贵族在隋代统治集团中的地位》，《中央民族大学学报（哲学社会科学版）》1981 年第 4 期，第 1 页。

　　②《隋唐制度渊源略论稿·唐代政治史述论稿》，第 197—199 页。

结拉拢人，但始终不放弃鲜卑的文化血脉，例如西魏北周赐姓者众多，就可以看出在统治者内心深处所推崇的，并非一味鲜卑汉化，而是汉族鲜卑化。换句话说，就是有选择地儒化、无保留地鲜卑化。正是在这种特殊情况下融合而成的文化，为隋唐的继续发展提供了内生动力。更何况，庾信、王褒等仅仅是在文学创作、文学理论上有所贡献，而未上升到影响北朝汉文化核心发展的层面，更遑论成为社会文化之主流。

总之，在当时，北朝"代北七姓"不仅决定着自身文学的发展方向，还将文学的影响扩展到隋唐时代。如果离开了他们的主导，很难想象北朝与南朝的文学差距会渐渐缩小，在隋唐时期还能出现文学南北融合局面，并出现陆法言、长孙无忌、窦臮、窦蒙、元德秀、元结、元稹、于邵、于鄴、于濆等重要文人。北朝"代北七姓"的文学及其发展之路，终将成为一个十分特别的样本而引人注目。

主要参考文献

（一）历史文献(29 种)

〔西汉〕司马迁.史记[M].北京：中华书局,1959.

〔北魏〕杨衒之.洛阳伽蓝记[M].范祥雍,校注.上海：上海古籍出版社,1998.

〔北周〕庾信.庾子山集注[M].〔清〕倪璠,注,许逸民,校点.北京：中华书局,1980.

〔南齐〕萧子显.南齐书[M].北京：中华书局,1972.

〔北齐〕魏收.魏书[M].北京：中华书局,1974.

〔北齐〕颜之推.颜氏家训集解[M].王利器,集解.上海：上海古籍出版社,1980.

〔唐〕李延寿.北史[M].北京：中华书局,1974.

〔唐〕李百药.北齐书[M].北京：中华书局,1972.

〔唐〕令狐德棻,等.周书[M].北京：中华书局,1971.

〔唐〕魏征.隋书[M].北京：中华书局,1973.

〔唐〕欧阳询.艺文类聚[M].上海：上海古籍出版社,1982.

〔唐〕林宝.元和姓纂[M].岑仲勉,校记.北京：中华书局,1994.

〔后晋〕刘昫,等.旧唐书[M].北京：中华书局,1975.

〔北宋〕欧阳修，等.新唐书[M].北京：中华书局，1975.

〔北宋〕司马光.资治通鉴[M].北京：中华书局，1956.

〔北宋〕计有功.唐诗纪事校笺[M].王仲镛，校笺.成都：巴蜀书社，1989.

〔北宋〕李昉，等.文苑英华[M].北京：中华书局，1966.

〔北宋〕李昉，等.太平御览[M].北京：中华书局，1960.

〔明〕胡应麟.诗薮[M].上海：上海古籍出版社，1979.

〔清〕严可均.全上古三代秦汉三国六朝文[M].北京：中华书局，1958.

〔清〕董诰，等.全唐文[M].北京：中华书局，1983.

〔清〕彭定求，等.全唐诗[M].北京：中华书局，1980.

韩理洲，等.全北魏东魏西魏文补遗[M].西安：三秦出版社，2010.

韩理洲，等.全北齐北周文补遗[M].西安：三秦出版社，2008.

逯钦立.先秦魏晋南北朝诗[M].北京：中华书局，1988.

吴钢.全唐文补遗[M].西安：三秦出版社，1994—2006.

陈尚君.全唐文补编[M].北京：中华书局，2005.

周绍良.唐代墓志汇编[M].上海：上海古籍出版社，1992.

周绍良，赵超.唐代墓志汇编续集[M].上海：上海古籍出版社，2001.

（二）今人著述（52 种）

柏俊才.北魏士人迁徙与文学演进[M].北京：中华书局，2019.

岑仲勉.隋唐史[M].北京：高等教育出版社，1957.

褚斌杰.中国古代文体概论:增订本[M].北京:北京大学出版社,1990.

陈爽.世家大族与北朝政治[M].北京:中国社会科学院出版社,1998.

程章灿.世族与六朝文学[M].哈尔滨:黑龙江教育出版社,1998.

陈寅恪.隋唐制度渊源略论稿·唐代政治史述论稿[M].北京:生活·读书·新知三联书店,2015.

曹道衡,沈玉成.南北朝文学史[M].北京:人民文学出版社,1991.

曹道衡.南朝文学与北朝文学研究[M].北京:商务印书馆,2015.

范文澜.中国通史简编:第二编[M].北京:人民出版社,1949.

郭绍虞.中国历代文论选[M].上海:上海古籍出版社,2001.

高人雄.北朝民族文学叙论[M].北京:中华书局,2011.

胡可先.新出土石刻与唐代文学家族研究[M].北京:北京大学出版社,2017.

黄金明.汉魏晋南北朝诔碑文研究[M].北京:人民文学出版社,2005.

逯耀东.从平城到洛阳[M].台北:台北联经出版事业公司,1979.

吕思勉.两晋南北朝史[M].上海:上海古籍出版社,1982.

吕思勉.隋唐五代史[M].长春:吉林出版集团公司出版社,2016.

吕思勉.中国文化常识[M].北京：新世界出版社,2017.

刘跃进.门阀士族与永明文学[M].北京：生活·读书·新知三联书店,1996.

刘纯鑫.魏晋南北朝诗文韵集与研究[M].北京：中国社会科学出版社,2001.

李浩.唐代关中士族与文学[M].北京：中国社会科学出版社,2003.

李浩.唐代三大地域文学士族研究[M].北京：中华书局,2008.

梁尔涛.唐代家族与文学研究[M].北京：中国社会科学出版社,2014.

米文平.鲜卑史研究[M].郑州：中州古籍出版社,2000.

毛汉光.关中郡姓婚姻关系之研究[M].台北：文史哲出版社,1991.

毛汉光.中国中古社会史论[M].上海：上海书店,2002.

钱穆.中国文化史导论：修订本[M],北京：商务印书馆,1994.

钱穆.国史大纲[M].北京：商务印书馆,1996.

钱穆.中国历代政治得失[M].北京：生活·读书·新知三联书店,2001.

钱锺书.管锥编[M].北京：中华书局,1979.

钱锺书.谈艺录[M].北京：中华书局,1984.

唐长孺.魏晋南北朝史论拾遗[M].北京：中华书局,1983.

唐长孺.魏晋南北朝隋唐史三论[M].武汉：武汉大学出版社,1993.

谭其骧.中国历史地图集[M].北京:中国地图出版社,1982.

谭正璧.中国文学家大辞典[M].上海:上海书店,1985.

汤用彤.汉魏晋南北朝佛教史[M].上海:上海书店,1991.

田余庆.拓跋史探[M].北京:生活·读书·新知三联书店,2003.

田余庆.东晋门阀政治[M].北京:北京大学出版社,2005.

万国鼎.中国历史纪年表[M].万斯年,陈梦家,补订.北京:中华书局,1978.

万绳楠.魏晋南北朝史论稿[M].合肥:安徽教育出版社,1983.

王仲荦.隋唐五代史[M].上海:上海人民出版社,1988.

王仲荦.魏晋南北朝史[M].上海:上海人民出版社,2003.

王力.中国古代文化常识[M].北京:北京联合出版公司,2014.

许杭生.魏晋玄学史[M].西安:陕西师范大学出版社,1989.

徐扬杰.中国家族制度史[M].北京:人民出版社,1992.

姚微元.北朝胡姓考[M].北京:中华书局,1962.

周一良.魏晋南北朝史札记[M].北京:中华书局,1985.

周一良.魏晋南北朝史论集[M].北京:北京大学出版社,1997.

周建江.北朝文学史[M].北京:中国社会科学院出版社,1997.

周建江.太和十五年——北魏政治文化变革研究[M].广州:广东人民出版社,2001.

曾大兴.中国历代文学家之地理分布[M].北京:商务印书馆,

2013.

张鹏.北魏儒学与文学[M].北京：中国社会科学出版社，2012.

张伯伟.全唐五代诗格汇考[M].南京：江苏古籍出版社，2002.

（三）学位论文（24 种）

余静.唐代河南元氏家族研究[D].首都师范大学硕士论文，2005.

宋冰.北朝散文研究[D].苏州大学博士论文，2006.

郭莉.唐朝代北虏姓婚姻关系研究[D].四川师范大学硕士论文，2007.

王允亮.南北朝文学交流研究[D].复旦大学博士论文，2007.

于海峰.南北朝边塞诗研究[D].山东大学硕士论文，2007.

魏宏利.北朝碑志文研究[D].西北大学博士论文，2008.

胡拥军.盛唐诗歌中的"胡风"[D].暨南大学硕士论文，2009.

王春红.北朝隋唐代北虏姓士族研究[D].浙江大学博士论文，2009.

佟艳光.北朝文学思想研究[D].辽宁大学博士论文，2009.

林恩辰.勋臣八姓与北魏政局研究[D].台湾中正大学硕士论文，2010.

王学林.北朝至隋唐时期穆氏家族研究[D].湖南师范大学硕士论文，2011.

孙瑜.唐代代北军人群体研究[D].首都师范大学博士论文，2011.

雷炳锋.北朝文学思想史[D].南开大学博士论文,2012.

高淑君.唐代吴郡陆氏家族与文学研究[D].西北大学博士论文,2013.

张丽.北齐隋唐河东家族文化与文学研究[D].北京大学博士论文,2013.

刘凡.北魏时期于氏家族研究[D].吉林大学硕士论文,2013.

王晓燕.北朝隐逸思想与隐逸文学研究[D].辽宁师范大学硕士论文,2014.

于涌.北朝文学之形成与南北文学互动[D].东北师范大学博士论文,2014.

张晓永.种族、姓氏与地域:中古于氏家族研究[D].陕西师范大学硕士论文,2015.

张婷婷.北朝后期流寓文学研究——以邺城、长安为中心[D].江南大学硕士论文,2015.

彭超.论北魏"勋臣八姓"由鲜卑勋贵向世家大族的演变[D].吉林大学博士论文,2016.

龙成松.中古胡姓家族研究——以族源、地域、文化为中心[D].武汉大学博士论文,2016.

陶沂涵.北魏隋唐长孙氏家族研究[D].湖南师范大学硕士论文,2020.

高赟.北周文学研究[D].中国社会科学院研究生院博士论文,2020.

(四)期刊(40 种)

钱穆.略论魏晋南北朝学术文化与当时门第之关系[J].新亚学报,1963,5(2).

邱久荣．鲜卑贵族在隋代统治集团中的地位［J］．中央民族大学学报（哲学社会科学版），1981，4．

蒋述卓．北朝文风的悲凉感与佛教［J］．广西师范大学学报（哲学社会科学版），1988，24（2）．

祝注先．异材并出的唐代内地少数民族诗人［J］．贵州民族学院学报（哲学社会科学版），1988，4．

李浩．论唐代关中士族的家族教育［J］．西北大学学报（哲学社会科学版），1998，28（2）．

李浩．苏绰文体改革新说［J］．文史哲，1999，6．

王化昆．北朝隋唐河洛大族于氏的几个问题［J］．洛阳工学院学报（社会科学版），2003，3．

阮忠．北朝风习与北朝散文的南化［J］．海南师范学院学报（社会科学版），2003，6．

宋冰．北朝散文"笔"盛于"文"原因探析［J］．江西师范大学学报（哲学社会科学版），2007，5．

张鹏．北朝佛教造像记的文学意义［J］．西南交通大学学报（社会科学版），2007，5．

徐中原．北朝散文之分期与演进初探［J］．江汉大学学报（人文科学版），2008，5．

徐中原．论北朝散文之特征［J］．北京化工大学学报（社会科学版），2008，3．

刘明华．地域文学史和文化研究史中的过境作家研究刍议［J］．文学遗产，2008，1．

李朝军．家族文学史建构与文学世家研究［J］．学术研究，2008，10．

庞咏平.北朝洛阳于氏略论[J].史志学刊,2008,5.

罗时进.关于文学家族学建构的思考[J].江海学刊,2009,3.

王春红.从两件敦煌文书看代北虏姓士族的地方化[J].湖州师范学院学报,2009,6.

张卫东.北朝隋唐于氏家族研究[J].福建论坛(人文社会科学版),2010,8.

沈文凡,孟祥娟.唐代河南于氏家族文学缉考[J].古籍整理研究学刊,2010,2.

孙瑜.唐代代北范围考论[J].山西大学学报(哲学社会科学版),2011,1.

孙瑜.隋末唐初以刘武周为首的代北民族共同体的产生及其作用[J].山西大学学报(哲学社会科学版),2013,1.

孟祥娟.于邵生平考[J].天中学刊,2013,1.

杨晓彩.北魏、北齐对初唐文学的影响——从王绩、王勃诗歌创作谈起[J].河北大学学报(哲学社会科学版),2013,2.

樊文礼.再论唐末五代代北集团的成立[J].烟台大学学报(哲学社会科学版),2014,3.

黄大宏,张晓芝.唐人元德秀仕履考——兼及《资治通鉴》系年和萧颖士生平问题[J].古籍整理研究学刊,2014,3.

张婷婷,李建栋.论北周麟趾殿设立的文学史意义[J].文艺评论,2015,2.

刘涛.论北周鲜卑皇族的文学创作[J].中国文学研究,2015,1.

尚永亮,龙成松.中古胡姓家族之族源叙事与民族认同[J].文史哲,2016,4.

彭超.北魏勋臣八姓家族文化演变考[J].古籍整理研究学刊，2016，5.

薛海波，葛鉴瑶.六官与西魏北周政治新论——以武川镇豪帅在中央官僚体系地位变化为中心[J].史林，2016，4.

张小侠.北朝少数民族文学研究综述[J].哈尔滨师范大学社会科学学报，2016，1.

胡可先.墓志铭与中国文学的家族传统[J].江海学刊(南京)，2017，4.

青子文.邢、魏之争与应用文在北朝的地位[J].文学评论，2018，5.

许雪翠.《元燮造像》研究[J].美与时代(中)，2019，5.

退之.北魏元苌墓志[J].书法，2019，5.

张葳.北朝隋唐源氏受姓及郡望变化考[J].中央民族大学报(哲学社会科学版)，2019，46(3).

田恩铭.盛唐气象与胡姓士人的成长史[J].天水师范学院学报，2019，39(6).

田恩铭.胡姓士族文学群体与中唐文学格局之形成[J].北方论丛，2020，2.

刘跃进.中古北方文学史研究的艰辛拓展[J].文史知识，2020，12.

何靖.南北文风交融与北周郊庙燕射歌曲新变[J].文学遗产，2021，2.

(五)外国著述(5种)

〔英〕崔瑞德.剑桥中国隋唐史[M].中国社会科学院历史研究所，西方汉学研究课题组，译.北京：中国社会科学出版社，

1990.

〔日〕布目潮沨.唐初的贵族〔M〕.刘俊文,主编.日本学者研究中国史论著选译:第4卷,北京:中华书局,1992.

〔日〕前田正名.平城历史地理学研究〔M〕.李凭,孙耀,孙蕾,译.北京:书目文献出版社,1994.

〔日〕长部悦弘.于氏研究〔J〕.日本东洋文化论集:第6号,2000.

〔日〕谷川道雄.隋唐帝国形成史论〔M〕.李济沧,译.上海:上海古籍出版社,2011.

附录　北朝"代北七姓"简介及作品表

　　说明：①材料主要来源：〔唐〕李延寿撰《北史》，中华书局
1974 年版（简称《北史》）；〔北齐〕魏收撰《魏书》，中华书局 1974
年版（简称《魏书》）；〔唐〕令狐德棻等撰《周书》，中华书局 1971
年版（以下简称《周书》）；〔清〕严可均辑《全上古三代秦汉三国
六朝文》，中华书局 1958 年版（简称《严辑上古文》）；韩理洲等
辑校编年《全北魏东魏西魏文补遗》，三秦出版社 2010 年版（简称
《后魏文补》）；韩理洲等辑校编年《全北齐北周文补遗》，三秦出
版社 2008 年版（简称《北齐周文补》）；逯钦立辑校《先秦汉魏晋
南北朝诗》，中华书局 1988 年版（简称《逯辑校诗》）；谭正璧编《中
国文学家大辞典》，上海书店 1985 年版；曾大兴著《中国历代文
学家之地理分布》，商务印书馆 2013 年版；张鹏著《北魏儒学与
文学》，中国社会科学出版社 2012 年版。②入选原则：史籍有文
名载或有文章传世。③排序原则：以卒年先后为主，辅以重要文
学作品作年、文学事件发生年，作者主要入仕年。

序号	姓名	个人简介	文章			诗歌	备注
			《严辑上古文》篇数,页码;代表篇目	《后魏文补》篇数,页码;代表篇目	《北齐周文补》篇数,页码;代表篇目	《逯辑校诗》篇目,页码	
1	拓跋珪	371—409,北魏开国皇帝,初称代王,云中盛乐(今内蒙古和林格尔)人,鲜卑族。昭成帝拓跋什翼犍之子,母献明贺皇后。弱而能言,目有光曜,广颡大耳,众咸异之。登国元年(386)春正月戊申即代王之位,天赐六年(409)冬十月戊辰崩,时年三十九。泰常五年(420),改谥曰"道武"。其显晦安危之中,屈伸潜跃之际,驱率遗黎,奋其灵武,克翦方难,遂启中原,朝拔人神,显经皇极。虽冠履屡不暇,栖遑外土,而制作经谟,咸存长世也。事见《魏书·太祖纪》《北史·魏本纪第一》。	6,3511 上—3511 下;《定国号为魏诏》《天命诏》《与朗法师书》等。				北魏
2	拓跋仪	?—409,代郡平城(今山西大同)人。昭成帝拓跋什翼犍之孙,秦明王拓跋翰之子,道武帝拓跋珪堂弟。容貌甚伟,美须髯,有算略,少能舞剑,骁射绝人。太祖幸贺兰部,侍从出入,从破诸部。皇始元年(396)领兵攻邺,寻正都督中外诸军事,左丞相,进封卫王。仪器力过人,弓力十石,陈留公虔大称异。时人云:"卫王弓,桓王槊。"事见《魏书·列传第三》《北史·列传第三》。	1,3587 下;《上书请议衰服》。				北魏
3	拓跋嗣	392—423,北魏第二任皇帝,代郡平城人,鲜卑族。道武帝拓跋珪长子,母刘贵人,子太武帝拓跋焘。明睿宽毅,非礼不动。天赐六年(409)王申即皇帝位,泰常八年(423)崩,时年三十二,十有二月庚子,葬云"太宗",庙号"明元皇帝"。中金陵。礼爱儒生,好览史传,兼资文武,以刘向所撰《新序》《说苑》多有所阙,乃撰《新集》三十篇,采诸经史,该合古义。事见《魏书·太宗纪》《北史·太宗纪》。	11,3512 上—3513 上;《赈贷诏》《敕有劝农诏》《劝课司勋诏》《铁券仪铭》等。				北魏

(续表)

序号	姓名	个人简介	文章			诗歌	备注
			《严辑上古文》篇数,页码;代表篇目	《后魏文补》篇数,页码;代表篇目	《北齐周文补》篇数,页码;代表篇目	《逯辑校诗》篇目,页码	
4	拓跋丕	?—444,明元帝拓跋嗣子,太武帝拓跋焘异母弟,母大慕容夫人,少有才干。官至车骑大将军,以忧薨,后坐刘洁谋乱之事,诏曰"戾"。事见《魏书·列传第五》《北史·列传第四》。	1,3590下;《上书谏讨高丽》。				北魏
5	拓跋范	?—447,明元帝拓跋嗣子。泰常七年(422)拜中军大将军,封乐安王。延和二年(433)拜侍中、卫大将军、雍州刺史、仪同三司,奉命镇长安,时政乱致三秦百姓流亡。范安抚接纳,进言轻徭薄役,推行简洽易理,休养生息,关中断可汗吴提,后拜中都坐大官。太平真君四年(443),人为内都坐大官,击败柔然可汗吴提,追赠侍中、卫大将军、开府仪同三司。太平真君八年(447)因病薨,谥曰"宣"。事见《魏书·列传第五》《北史·列传第四》。	1,3591上;《上奏以柳谷石文宣告四海》。				北魏

（续表）

序号	姓名	个人简介	《严辑上古文》篇数,页码;代表篇目	《后魏文补》篇数,页码;代表篇目	《北齐周文补》篇数,页码;代表篇目	《逯辑校诗》篇目,页码	备注
				文章		诗歌	
6	拓跋焘	408—452,太宗明元皇帝拓跋嗣长子,母杜贵嫔。泰常七年(422)四月封泰平王,五月为监国,因太宗有疾,"总摄百揆,聪明大度,意豁如也"。泰常八年(423)十一月壬申即帝位,神崜综理史务。崜三年(430)正月癸卯,行幸广宁,临温泉,作《温泉之歌》,惜今不传。正平二年(452)三月甲寅薨,时年四十五。焘聪明雄断,威灵杰立,扫统万、平秦陇、翦辽海、荡河源、南夷荷担,北戎谲削迹,廓定四表,混一戎华。事见《魏书·世祖纪》《北史·魏本纪第二》。	37,3513 上一3517下;《颁下新字诏》《命崜综理史务诏》《温泉之歌》《赐学校诏》《禁私立学校诏》《与崜诏》《与崜书》《与魏质书》《又与宋主书》等。				北魏
7	长孙嵩	358—437,本姓拔拔,道武帝拓跋珪赐名,代(今山西代县)人,南部大人长孙仁子。嵩宽雅有器度,十四岁代父统军,累著军功,历任冀州、相州刺史,侍中、司徒。代王拓跋珪于牛川车门,与奚斤等八人坐于车门。嵩为南部大人,明元帝拓跋嗣即位,晋爵北平王,官至太尉,任国大将军。太延三年(437)薨,年八十,谥曰"宣"。孝文帝时追录先朝功臣,以长孙嵩配祭宗庙。事见《魏书·列传第十三》《北史·列传第十》。	1,3616下;《议吐谷浑魏虏》。				北魏

(续表)

序号	姓名	个人简介	文章			诗歌	备注
			《严辑上古文》篇数,页码;代表篇目	《后魏文补》篇数,页码;代表篇目	《北齐周文补》篇数,页码;代表篇目	《逯辑校诗》篇目,页码	
8	拓跋晃	428—451,太武帝拓跋焘长子,母为敬哀皇后贺氏,文成帝拓跋浚为其子。明慧强识,深明佛法。延和元年(432)立为皇太子。太武帝攻北燕,留京理尚书省,太延五年(439)太武帝攻北凉,录尚书事,总理朝政。兄为政精明,洞察细微。太平真君四年(443),随太武帝攻柔然,参决军国要事,七年,太武帝下诏灭佛,晃预保僧人,屡谏不从,由此父子生嫌隙。正平元年(451)六月薨,时年二十四,追谥景穆太子。文成帝拓跋浚即位,追封景穆皇帝,庙号"恭宗"。事见《北史·魏本纪第二》。	1,3591 上;《监国下令》。				北魏
9	拓跋翰	?—452,太武帝拓跋焘第三子,景穆帝拓跋晃异母弟。太平真君三年(443)封秦王,拜侍中,中军大将军,参典都曹事。忠贞雅正,百僚惮之。奉命镇枹罕,以信义恩果安抚百姓,羌夷敬服。后改封东平王。正平二年(452)三月,中常侍宗爱弑杀太武帝,尚书左仆射兰延立拓跋翰为帝,宗爱则秘迎拓跋余为仁称帝,诛杀拓跋翰、兰延、翰子道符、兰子展。事见《魏书·列传第六》《北史·列传第四》。	1,3602 下;《人日登寿张安仁山铭》。				北魏

（续表）

序号	姓名	个人简介	文章			诗歌	备注
			《严辑上古文》篇数，页码；代表篇目	《后魏文补》篇数，页码；代表篇目	《北齐周文补》篇数，页码；代表篇目	《逯辑校诗》篇目，页码	
10	拓跋濬	440—465，太武帝拓跋焘之孙，景穆帝拓跋晃长子，母恭皇后闾氏。少聪达，世祖爱之，常置左右，号世嫡皇孙。正平二年（452）十月，宦官宗爱弑杀南安王拓跋余，尚书陆丽等人立拓跋濬，是为文成帝。和平六年（465）病逝，时年二十六岁，谥号"文成皇帝"，庙号"高宗"，葬金陵。披机语深希，矜济为心。兴时消息，静以镇之，养威布德，怀缉中外，恢复佛教，始建云冈。事见《魏书·高宗纪》《北史·魏本纪第二》。	20,3518 上—3520 上；《修复佛法诏》《贵族不婚卑姓诏》《黄金合盘铭》等。				北魏
11	拓跋休	？—494，景穆皇帝拓跋晃之子，母为孟椒房。少而聪慧，沉断有称。皇兴二年（468）封安定王，拜征南大将军，外都坐大官。孝文帝即位，拜和龙镇大将，击退蠕蠕侵犯。入为中都坐大官。迁抚冥镇大将，以休为大司马，严明军纪，六军肃然。高祖定都洛邑，命休率文武自平城从驾从事，赐号"靖"。太和十八年，去世，赠假黄钺，谥号"靖"，配飨恭宗庙庭。长子安，次子豪，事见《魏书·列传第七下》《北史·列传第六》。	4,3591 下—3592 上；《请依成式公除表》等。				北魏
12	元燮	？—515，河南洛阳人。景穆皇帝拓跋晃之孙，安定靖王拓跋休次子。袭封安定王，正太中大夫。出任征虏将军、华州刺史，转瀛州刺史。延昌四年（515）薨，赠本将军，给事中、朔州刺史。子超，赠车骑大将军、仪同三司、岐州刺史。子孝景，武定中通直郎。事见《魏书·列传第七下》。	2,3592 下；《造石窟像记》等。				北魏

（续表）

序号	姓名	个人简介	文章			诗歌	备注
			《严辑上古文》篇数，页码；代表篇目	《后魏文补》篇数，页码；代表篇目	《北齐周文补》篇数，页码；代表篇目	《逯辑校诗》篇目，页码	
13	拓跋弘	454—476，文成帝拓跋濬长子，母李贵人。和平六年(465)夏五月甲辰，即皇帝位，大赦天下。雅薄时务，常有遗世之心。于皇兴五年(471)传位太子，自封太上皇帝。承明元年(476)崩于永安殿，年二十三，上尊谥曰"献文皇帝"，庙号"显祖"，葬云中金陵。他虽聪睿夙成，兼资能断，然早怀厌世之心，终致宫闱之变。事见《魏书·显祖纪第六》《北史·魏本纪第二》。	36.3520 上一3524 下；《除宗室调诏》《宽有诏》《下书纳诏》《北义阳王禔》等。				北魏
14	窦瑾	?—454，字道瑜，顿丘卫国人(今河南安阳)。少以文学知名，清约冲素，忧勤王事，著称当时。自中书博士，为中书侍郎，赐爵繁阳子，加宁远将军，屡有军功。恭宗薨时，遵奉司徒奉诏册谥，后出为镇南将军、冀州刺史。还为内都大官。兴光元年(454)，遭瑿司马弥陀以选尚临泾公主，遭命他诽托并有诽谤讥诮言，与弥陀同诛。遭有四子，秉、持、遵、遐。遵善楷法，北京诸碑及台殿楼观多出其手也。唯少子遵，多遭择免。官至尚书郎，濮阳太守，多所受纳。事见《魏书·列传第三十四》。					北魏

（续表）

序号	姓名	个人简介	《严辑上古文》篇数，页码；代表篇目	《后魏文补》篇数，页码；代表篇目	《北齐周文补》篇数，页码；代表篇目	《逯辑校诗》篇目，页码	备注
15	拓跋素	？—461，代郡平城（今山西大同）人，常山王拓跋遵之子。少时入宫，历任清要，迁外都坐大官，封为尚安部公。世祖拓跋焘即位，袭封常山王。平定休屠郁郁反叛，设为平原郡。攻陷统万城，拜使持节，征西大将军，仍同三司，人为内都坐大官。任官五十年，始终如一，深得众心。和平二年（461）去世，赠侍中、太尉，谥号为"康"，葬云中金陵。长子可悉陵。事见《魏书·列传第三》《北史·列传第三》。	1,3588上；《皇子名议》。				北魏
16	元宏	467—499，献文帝拓跋弘长子，母李夫人。皇兴三年（469）夏六月辛未，立为皇太子。皇兴五年（471）秋八月丙午皇帝即位，改元延兴元年。太和十八年（494）迁都洛阳，二十年春正月丁卯诏改姓为元氏。太和二十三年夏四月丙午朔逝崩，时年三十三。谥曰"孝文皇帝"，庙曰"高祖"。他雅好读书，手不释卷。《五经》之义，览之便讲，学不师受，探其精奥。史传百家，无不该涉。善谈《庄》《老》，尤精释义。才藻富赡，好为文章，诗赋铭颂，任兴而作。有大文笔，马上口授，及其成也，不改一字。自太和十年以后，诏册皆其文也。自余文章，百有余篇。南末郑雄《通志·艺文略》著录："后魏孝文帝集四十卷。"明别应麟《诗薮·杂编》载："后魏孝文集三十九卷，又以世务之表，有寄心长而渊裕仁孝，绰然有君人之表。性俭素，常服浣濯之衣，鞍勒铁木而已。事见《魏书·高祖纪》《北史·魏本纪第三》。	247,3525上—3552下；《劝农诏》《令各上书极谏诏》《讲武诏》《制定代人姓族诏》《救王肃诏》《诫诸王诏》《为彭城王人书与彭城王勰》《祭恒岳文》《祭嵩高山文》《吊殷比干墓文》《祭岱岳文》《祭河文》《祭济文》等。	6,1—5；《迁都洛阳大赦诏》《出师诏》等。		《悬瓠方丈竹堂饷侍臣联句诗》《歌》，2200—2201。	北魏

（续表）

序号	姓名	个人简介	文章			诗歌	备注
			《严辑上古文》篇数,页码;代表篇目	《后魏文补》篇数,页码;代表篇目	《北齐周文补》篇数,页码;代表篇目	《逯辑校诗》篇,页码	
17	陈留长公主	生卒年不详,约生于468—471年间,孝文帝元宏六妹,初封彭城公主,后改陈留长公主。三嫁刘承绪,时承绪又娶丁陈留长公主,谢氏便作诗:"本为箔上蚕,今作机上丝。得路逐胜去,颇忆缠绵时。"陈留长公主代庶复诗:"针是贯线物,目中恒任丝。得何缝新去,何能纳故纫?"事见《北史·列传后妃上》。				《代答诗》,2227。	北魏
18	元禧	一501,字永寿,一字思永,河南洛阳人。献文帝拓跋弘之子,孝文帝元宏之弟,母为封昭仪。太和九年(485),加侍中、骠骑大将军,中都坐大官,封为咸阳王。孝文帝驾崩后,受遗诏辅政,拜为司州牧,太尉,录尚书事。骄奢成性,贿赂骑大将军,广营田产,开采盐铁,为宣武帝元恪所恶。出任骠骑大将军,冀州刺史。景明二年(501),阴谋举兵反叛,事泄被杀。正光年间复王爵,葬以王礼。事见《魏书·列传第九上》。	1,3605上;《教武表》。				北魏
19	元雍	一528,字思穆,河南洛阳人。献文帝拓跋弘之子,孝文帝元宏之弟。少而俦傥不恒,太和九年(485),封颍川郡王,加侍中、征南大将军。后改封高阳王。宣武帝时,迁司空公,议定律令。后除使持节,司州牧,侍中,太师,录尚书事如故,与元乂同决庶政,来贵之盛。孝庄初,尔朱荣欲害朝士,诬陷元雍又将谋逆,死于河阴之变,追赠假黄钺,相国,谥号"文穆"。事见《魏书·列传第九上》《北史·列传第七》。	9,3605上—3607下;《自陈六罪表》等。				北魏

（续表）

序号	姓名	个人简介	文章			诗歌	备注
			《严辑上古文》篇数,页码;代表篇目	《后魏文补》篇数,页码;代表篇目	《北齐周文补》篇数,页码;代表篇目	《逯辑校诗》篇目,页码	
20	元羽	470—501,字叔翻,河南洛阳人。献文帝拓跋弘第四子,孝文帝元宏异母弟弟。少而聪慧。太和九年,封广陵王,授侍中,征东大将军,外都大官。擅长断狱,明长大理卿,卫将军,典决京师狱讼,迁特进,尚书左仆射,寻迁太子太保,录尚书事。出为青州刺史,散骑常侍,车骑大将军。宣武帝元恪即位,调司州牧,散骑常侍,迁司空。景明二年(501)卒,时年三十二,追赠侍持节,侍中,骠骑大将军,司徒公,冀州刺史,谥号为"惠"。事见《魏书·列传第九上》《北史·列传第七》。	1,3608 下;《奏请内考京师》。				北魏
21	元钦	470—528,字思若,河南洛阳人。景穆皇帝拓跋晃之孙,阳平幽王拓跋新成季子。年少好学,早有令誉,深得孝文帝元宏喜爱。历任散骑常侍,中书监,司州牧,尚书右仆射,骠骑大将军,仪同三司,加左光禄大夫,封钜平县侯。位兼将相,总理朝政。建义元年(528)四月,遇害于河阴之变。事见《大魏故侍中特进骠骑大将军尚书左仆射司州牧司空公钜平县开国侯元君之神铭》①《魏书·列传第七上》《北史·列传第五》。		1,28;《元飏墓志》。			北魏

① 《汉魏南北朝墓志汇编》,第236页。

（续表）

序号	姓名	个人简介	文章			诗歌	备注
			《严辑上古文》篇数，页码，代表篇目	《后魏文补》篇数，页码，代表篇目	《北齐周文补》篇数，页码，代表篇目	《逯辑校诗》篇目，页码	
22	元洪略	生卒年不详，河南洛阳人。景穆帝拓跋晃曾孙，乐陵王元忠誉子。历任恒农太守，中军将军，行东雍州刺史。事见《魏书·列传第七下》。		1，31；《元茂墓志》。			北魏
23	元景文	生卒年不详，河南洛阳人。景穆皇帝拓跋晃玄孙，青州刺史元祎子。事略见《元举墓志》。		1，36；《元举墓志》。			北魏
24	元湛	491—528，字珍兴，河南洛阳人。景穆帝拓跋晃曾孙，章武恭王元彬第四子。永平四年(511)，起家著作佐郎，历任左右司郎中，司空骑兵参军，左军将军，中书侍郎，吏部郎中，迁前将军、通直散骑常侍，官至廷尉卿。建义元年(528)，遇害于河阴之变。善笔迹，偏长诗咏"墓志载他"性笃学，尤好文兼，善笔迹，偏长诗咏"(《元湛墓志》)。《魏书·列传第七下》，《魏故使持节青州刺史元湛墓志》①。					北魏
25	元端	493—528，字宣雅，河南洛阳人。高阳王元雍照长子。容貌俊美，颇涉书史。起家员外郎，累迁散骑常侍。出为青州刺史，东南道大使，处分军机，正兖州刺史，封安德县开国公，人为都官尚书。武泰元年(528)，遇害于河阴之变。仪同三司，追赠使持节、车骑大将军、仪同三司，相州刺史。事见《魏书·列传第九上》《北史·列传第七》。	4，3608 上一3608 下；《羊祉谥议》等。				北魏

---

① 《汉魏南北朝墓志汇编》，第 239 页。

（续表）

序号	姓名	个人简介	文章			诗歌	备注
			《严辑上古文》篇数，页码；代表篇目	《后魏文补》篇数，页码；代表篇目；代表篇目	《北齐周文补》篇数，页码；代表篇目	《逯辑校》篇目，诗）篇目，页码	
26	元恪	483—515，高祖孝文皇帝第二子，母高夫人。太和二十三年（499）夏四月丁巳于鲁阳即位，由"六辅"秉政，扩建洛阳城，巩固汉化基础，向南朝发动一系列战争，攻取益州之地；向北攻打柔然，使得领土疆域大大拓展，国势盛极一时。取消"子贵母死"制度。延昌四年（515）春正月丁巳崩于式乾殿，时年三十三，二月甲戌朔，上尊谥曰"宣武皇帝"，庙号"世宗"。幼有大度，喜怒不形于色，雅性俭素。雅爱经史，尤长释氏之义。善风仪，美容貌，承圣考德业，天下想望风化，太和之风替矣。善以摄下，从容不断，大纲之风著矣。事见《魏书·世宗纪第八》《北史·魏本纪第四》。	147,3553 上—3565 下；《诏答王肃》《建国学诏》《诏……学诏》《增减律令诏》《立……学诏》《赐邢峦玺书》《与彭城王勰书》等。	2，5；《诏赠元氏》等。			北魏
27	元怿	487—520，字宣仁，河南洛阳人。孝文帝元宏第四子，母为罗夫人，宣武帝元恪异母弟。自幼机敏聪慧，容貌秀美。太和二十一年（497），封为清河王。宣武帝元恪即位，以为侍中，尚书仆射。延昌元年（512），晋司空，领司州牧。孝明帝元诩继位后，历任司徒，太傅，太尉等职，掌门下省事务。事见《魏书·列传第十》及《元怿墓志》①。	8,3610 下—3612 下；《官人失序表》《奏定五时冠服》等。				北魏

① 按，墓志全称为《魏故使持节侍中假黄钺太师丞相大将军都督中外诸军事录尚书事太尉清河文献王墓志铭》，现藏于洛阳古代艺术馆。

(续表)

序号	姓名	个人简介	文章			诗歌	备注
			《严辑上古文》篇数、页码;代表篇目	《后魏文补》篇数、页码;代表篇目	《北齐周文补》篇数、页码;篇目	《逯辑校诗》篇目、页码	
28	元亶	?—537,字子亮,河南洛阳人。孝文帝元宏孙子,清河文献王元怿长子,母为清河王妃罗氏,孝静皇帝元善见之父。中兴二年,魏孝武帝以为司徒。永熙三年(534),高欢将为大司马,居尚书省以为司徒。同年,高欢拥戴元亶长子元善见即位,迁都邺城,建立东魏。天平三年(537)薨,谥号"文宣"。事稍见《魏书·帝纪第十二》。	1,3613上;《承制划大赦》。				北魏
29	元匡	?—525,字建扶,河南洛阳人。阳平幽王元拓跋新成第五子,出嗣广平王元洛侯。个性耿介,有气节,为孝文帝倚重。宣武帝元恪亲政,以为黄门侍郎,除肆州刺史。廉慎自修,甚有声绩。迁恒州刺史,入为大宗正卿,河南邑中正,封东平郡王。出为平州刺史,加镇东将军。肃宗元翊继位,以为衡史中尉,除度支尚书。以关右都督,兼尚书右仆,行关右行台,退维还京。孝昌元年(525)卒,谥号"文贞",追封济南王。事见《魏书·列传第七下》《北史·列传第五》。	1,3593上;《奏王肃三藩王号》。				北魏

（续表）

序号	姓名	个人简介	文章			诗歌	备注
			《严辑上古文》篇数，页码，代表篇目	《后魏文补》篇数，页码，代表篇目	《北齐周文补》篇数，页码，代表篇目	《逯辑校诗》篇目，页码	
30	元遥	467—517，字太原，一字修远，河南洛阳人。景穆帝拓跋晃曾之孙，京兆康王拓跋子推次子。俊貌奇挺，少有器望。起家下大夫，为孝文帝元宏所宠重，除员外散骑常侍、兼武卫将军，转中郎将兼侍中。太和年间，除平西将军、泾州刺史，正中领军。出为征南大将军，都督南征诸军事，寻入为护军将军，右光禄大夫。平定李自伯反叛。孝明帝即位，除使持节，都督北征诸军事，出任镇东将军、冀州刺史。熙平二年(517)去世，时年五十一。谥号为"宣"。事见《魏书·列传第七上》《元遥墓志》。①	1，3593 上；《请归属籍表》。				北魏
31	元丕	422—503，烈帝拓跋翳槐曾孙，拓跋谓之孙。太武帝时，封兴平子。献文帝时，累迁侍中、丞相乙浑谋反，丕奏闻。浑诛，丕以功封东阳王、拜司徒公。丕应连坐，以先许不死诏，免死，为太原百姓，寻留洛阳。卒，谥"平"。又称新兴公。事见《魏书·列传第二》。	6，3586 下—3587 上；《谏南征表》等。				北魏

① 《汉魏南北朝墓志汇编》，第 93 页。

（续表）

序号	姓名	个人简介	文章			诗歌	备注
			《严辑上古文》篇数，页码；代表篇目	《后魏文补》篇数，页码；代表篇目	《北齐周文补》篇数，页码；代表篇目	《逯辑校诗》篇目，页码	
32	元志	？—524，字猛略，河南洛阳人，河南郡公拓跋齐之孙。清辩强干，博览书传，颇有文才。起家秘书令，迁太尉主簿，转从事中郎。随从孝文帝南征，以身救驾，拜恒州刺史。宣武帝即位，除荆州刺史，大败梁国军队。孝明帝即位，拜廷尉卿，迁扬州刺史，封为建忠郡侯。正光五年(524)，迁雍州刺史，西征都督，讨伐莫折念生反叛，以身殉国。前废帝即位，赠尚书仆射、太保。事见《魏书·列传第二》。	1，3587下；《上言狱成不许家人陈述》。				北魏
33	元罴	473—508，字彦和，河南洛阳人。北魏宗室大臣，献文帝拓跋弘第六子，孝文帝元宏之弟，少而岐嶷，姿性不群。敏而耽学，不舍昼夜，博综经史，雅好属文。太和九年(485)，封始平王，拜征西大将军，正中令，侍中，中书令，封彭城王，辅佐宣武帝元恪，迁为孝庄帝，追谥他为"文穆皇帝"，庙号"肃祖"。事见《魏书·列传第九下》《北史·列传第七》《彭城武宣王元罴墓志》。①	2，3609上；《上孝文帝谥议》等。			《应制赋铜鞮山松诗》，2205。	北魏

① 按，北京图书馆藏中国历代石刻拓本汇编《元罴墓志》，正书原刻。

（续表）

序号	姓名	个人简介	文章			诗歌	备注
			《严辑上古文》篇数,页码;代表篇目	《后魏文》篇数,页码;代表篇目	《北齐周文,朴》篇数,页码;代表篇目	《逯辑校诗》篇目,页码	
34	元劭	502—528,字子讷,一字令言,河南洛阳人。彭城武宣王元勰长子,孝庄帝元子攸同母兄。善于武艺,少有气节。起家通直少卿,袭封彭城王。除使持节、散骑常侍、平东将军、青州刺史。孝昌末年,灵太后乱政失德,四方纷扰,阴晋署大志。为安丰王元延明所荐,征为徐州中尉,武泰元年(528),尊为无上王,河阴之变遇害,追谥为"孝宣皇帝"。事见《魏书·河阴列传第九下献文六王》。	1,3609下;《奉家财以充军用表》。				北魏
35	元详	476—504,字季豫,河南洛阳人。献文帝拓跋弘第七子,孝文帝元宏异母弟,母亲为高椒房。容颜俊美,荒淫贪婪,妾行不法。初封北海王,历任侍中、司空、大将军、太尉,官至太傅。孝文帝死后,受遗诏辅政。正始元年(504)为外戚高肇所谮,废为庶人,宣武帝元恪赐死。永平元年(508),以王礼礼改葬,谥号为"平"。事见《北史·列传第七》。	3,3609下一3610上;《奏请改制条还附律处》等。				北魏

（续表）

序号	姓名	个人简介	文章			诗歌	备注
			《严辑上古文》篇数，页码；代表篇目	《后魏文（补）》篇数，页码；代表篇目	《北齐周文（补）》篇数，页码；代表篇目	《逯辑校诗》篇目，页码	
36	元颢	494—529，字子明，河南洛阳人。献文帝拓跋弘之孙，北海平王元详长子，孝文帝元宏之侄。少慷慨，有壮气。为徐州刺史，寻为御史弹劾，除名。后城帅宿勤明达，叱干麒麟等寇乱豳、华等州，乃复颢王爵，兼左仆射，西道行台以讨明达。频破贼，解豳、华之围。孝昌四年(528)投奔南梁，借其兵力杀回北魏，永安二年(529)攻破洛阳，改元建武。在位期间，荒淫无道。帝即位后，追复北海王，赠镇大将军、大司马，冀州刺史。事见《北史·列传第七》《魏故北海王墓志铭》①。	1，3610下；《入洛上梁武帝表》。				北魏
37	元昌	?—515，字法显，太武帝四子拓跋焘谭之孙，元提子。好文学。居父母丧，悲号孺慕，世宗行，复封临淮王，未拜而薨。赠齐州刺史，追封济南公，谥曰"康王"。事见《魏书·列传第六》。					北魏

---

① 《汉魏南北朝墓志汇编》第 241 页。

（续表）

序号	姓名	个人简介	《严辑上古文》篇数，页码；代表篇目	《后魏文补》篇数，代页码；代表篇目	《北齐周文补》篇数，页码；代表篇目	《逯辑校诗》篇目，页码	备注
			文章			诗歌	
38	元孚	生卒年不详。元昌弟。少有令誉。侍中游肇、并州刺史高聪、司徒崔光等见之，咸曰："此子当辅吾朝，根吾衰暮，不及见耳。"累迁兼尚书右丞。灵太后临朝，居者干政，孚乃总括古今名妃贤后，凡为四卷，奏之。迁左丞。事见《魏书·列传第六》。	2，3604上；《陈赈伽阿那瓌便宜表》《修乐器表》。				
39	元袭	458—515，字子巅，河南洛阳人。平文皇帝拓跋郁律六世孙、襄阳公拓跋跋乙斤之孙。孝文帝即位，例降为支陵伯。迁洛后，留守代都，镇守怀朔镇和拓跋冥镇。宣武帝即位，历任侍中、度支尚书，正使持节、散骑常侍、都督雍州诸军事，安西将军、雍州刺史。历事五帝，内仕腹心，外任维持。延昌四年(515)去世，赠镇北大将军，定州刺史，谥号为"成"。事见《魏书·列传第二》。	1，3585上；《振兴温泉颂》。				北魏
40	元珍	468—514，字金雀，河南洛阳人。北魏宗室大臣，平文皇帝拓跋郁律六世孙，幽州刺史拓跋平之子。为人忠惠，身材魁伟，擅长射御。太和年间，选为武骑侍郎，转直阁将军，随从孝文帝南伐，除冠军将军。宣武帝即位，曲事精肇，深受宠昵，参居显职，正待中，尚书左仆射。延昌三年(514)去世，时年四十七，追赠使持节，侍中，骠骑大将军，襄州刺史。事见《魏书·列传第二》。	2，3585下；《上言乙龙虎居类并数闰月求仕》《又上言》《上言》。				北魏

（续表）

序号	姓名	个人简介	文章			诗歌	备注
			《严辑上古文》篇数,页码;代表篇目	《后魏文（补）》篇数,页码;代表篇目	《北齐周文（补）》篇数,页码;代表篇目	《逯辑全诗》篇目,页码	
41	元澄	？—519，字道镇。景穆帝拓跋晃之孙，任城王拓跋云长子。少而好学，事亲至孝，袭封任城王爵位。率军抵抗蠕蠕，治理梁州、徐州，雍州和定州等，颇有政绩，官至中书令，骠骑大将军，司徒，侍中，尚书令。事见《魏书·列传第七中》《北史·列传第六》。	21,3594 上—3599 下;《请修立宗室四门学表》《讨梁表》《上表言革世事不宜案校》《上表谏加女侍中诏册》《备力聚财表》《上言太和五铢与新铸五铢及古钱宜并通用》《奏停给祭应待年终》				北魏

(续表)

序号	姓名	个人简介	文章			诗歌	备注
			《严辑上古文》篇数,页码;代表篇目	《后魏文(补)》篇数,页码;代表篇目	《北齐周文(补)》篇数,页码;代表篇目	《逯辑校诗》篇目,页码	
			《奏参李琰之等议》《奏宗室助祭》《奏请徙移祔祀在中旬》《奏请赏赐防守卒》《重奏》《奏利国济民所宜振举者十条》《奏配四中郎将兵数》《又重奏》《奏修都城府寺》《奏劾高阳王奏事防言尚书》《奏请以宣露明国珍参洛大务》《奏禁私造僧寺》《皇太后舆驾议》《答张普惠书》。				

(续表)

序号	姓名	个人简介	文章			诗歌	备注
			《严辑上古文》篇数,页码;代表篇目	《后魏文补》篇数,页码;代表篇目	《北齐周文补》篇数,页码;代表篇目	《逯辑校诗》篇目,页码	
42	元顺	?—528,字子和,恭宗景穆帝曾孙,任城王澄子。于时四方无事,国富民康,豪贵子弟,率以朋游为乐,而顺下帷读书,笃志爱古。世宗时上《魏颂》,文多不载。初,城阳王元徽素顺才名,编相接纳。时广阳王元渊奸通徽妻于氏,二人大为嫌隙。后渊自定州被征,人为吏部尚书,兼中领军,顺为诏书,出顺为护军将军,美。徽疑顺为渊左右,与徐纥同顺于灵太后,辞顺顺优,顺妖徽等同之,遂为《帝录》二十卷,诗、赋、表、颂数十篇,今多亡佚。事见《魏书·列传第七中》《北史·列传第六》。		2,3600 上;《蝟赋》《奏事》。			北魏
43	元嵩	469—507,字道岳,河南洛阳人。高祖从叔,任城康王拓跋晃之孙。任城康王拓跋云次子。高祖时,安定王休素,自中大夫迁员外常侍,转步兵校尉,诏大司马,安定王林慕,未及辛哭,高便游田。高祖闻而大怒,诏曰:"嵩不能克己复礼,企心典宪,大司马嵩甫有东,便以鹰鹯自娱。有如父河北,无妣子之情,捐心弃礼,何其大速!便可免官。"后从平河北,累有战功,兼武卫将军。事见《魏书·列传第七中》。		1,3600 下;《某举河南表》。			北魏
44	元世儁	?—541,元嵩子。颇有干用,而无行业。袭爵,除给事中,东宫舍人。孝静初,加侍中,尚书右仆射,迁尚书令,兴和中,薨。赠侍中、都督冀定瀛四州诸军事、太傅、定州刺史、尚书令,开国公如故,谥曰"魏武"。事见《魏书·列传第七中》。		1,3600 下;《与梁请和移文》。			北魏

（续表）

序号	姓名	个人简介	文章			诗歌	备注
			《严辑上古文》篇数，页码；代表篇目	《后魏文补》篇数，页码，代表篇目	《北齐周文补》篇数，页码，代表篇目	《逯辑校诗》篇目，页码	
45	元景	？—514，字寿兴，昭成帝拓跋什翼犍玄孙，常山王素之孙。盛弟寿兴，少聪慧好学。宣武初为徐州刺史。坐罪忧死，遇赦乃出，后为王显所谮诛。以崔鸿疏理，赠豫州刺史。谥曰"庄"。事见《魏书·列传第三》。	1，3588 上；《临刑自作墓志铭》。				北魏
46	元晖	？—519，字景袭，昭成帝拓跋什翼犍玄孙，常山王素孙。少沉敏，颇涉文史记。晖颇爱文学，招集儒士崔鸿等撰录百家要事，以类相从，名为《科录》，凡一七〇卷，上起伏羲，迄于晋末。宣武初，拜尚书主客郎，迁给事黄门侍郎，再迁侍中、领右卫将军，出为冀州刺史。孝明初，征拜尚书左仆射，摄史部选事。神龟二年(519)卒，赠司空，谥曰"文宪"。事见《魏书·列传第三·昭成子孙》。	3，3588 上—3588 下；《简简史要表》《上疏请布尔目以访清市牧》《上书论政》。				北魏
47	元洪超	生卒年不详。辽西公意烈孙。叱奴子，颇有学涉。孝明初，大乘贼乱起之后，诏洪超持节兼黄门侍郎经略冀部。还，上言："冀土宽广，界去州六七百里，负海险远，宜分置一州，镇遏海曲。"朝议从之，后遂立沧州。卒于北军将，光禄大夫。事见《魏书·列传第三·昭成子孙》。	1，3588 下；《绥慰冀部还上慰冀部还言》。				北魏

(续表)

序号	姓　名	个人简介	文章《严辑上古文》篇数,页码;代表篇目	文章《后魏文补》篇数,页码;代表篇目	文章《北齐周文补》篇数,页码;代表篇目	诗歌《逯辑校诗》篇目,页码	备注
48	元鉴	500—527,字长文,河南洛阳人。安乐王元诠世子。永平五年(512),袭爵,授秘书监,率军讨伐元愉叛乱,迁青州刺史。附葛荣。孝昌三年(527),为颍子邑与表府侪房,赐死于邺城,降死于邺城,北讨大都督,讨伐葛荣叛乱。正尚书左仆射,降时年二十八。孝庄帝初年,平反昭雪,追赠使持节,侍中、司空公,定州刺史、安乐王。事见《魏书·列传第八》。	1,3588下;《请免程灵虬官表》。				北魏
49	元继	464—528,字世仁,河南洛阳人。道武皇帝玄孙。袭封江阳王,加平北将军,除使持节、安北将军、抚冥镇都大将,转都督柔玄、抚冥、怀荒三镇诸军事,柔玄镇大将。入为北将军,寻除持节、平北将军,镇北将军、镇北将军、镇北将军京。永安元年(528)薨,赠镇军、大将军,大师,司州牧。假黄钺,都督雍华泾邠秦岐四州诸军事、大将军、录尚书事,大丞相,雍州刺史,谥号"武烈"。事见《魏书·列传第四》《大魏故大丞相江阳王铭》①。建义之初,拜为太师,复为北将军,复为北将军。	2,3590上;《高车表》《讨柔玄、抚冥镇议表》《礼室宗至预祭》。				北魏

――――――
① 《汉魏南北朝墓志汇编》第259—260页。

(续表)

序号	姓名	个人简介	文章			诗歌	备注
			《严辑上古文》篇数,页码;代表篇目	《后魏文补》篇数,页码;代表篇目	《北齐周文补》篇数,页码;代表篇目	《逯辑校诗》篇目,页码	
50	元乂	484—525,一作元义,字伯隽,小字夜叉,河南洛阳人。道武帝拓跋珪五世孙,阳平王拓跋熙玄孙,太师江阳王元继长子。初为散骑侍郎,迎娶胡太后之妹,权势日盛,拜散骑常侍、光禄卿,累迁中,领军将军、卫将军。正光元年(520),联合刘腾软禁胡太后和孝明帝,因杀太傅清河王元怿,把持朝政,胡作非为,迁骠骑大将军。孝昌元年(525),为胡太后赐死,追赠侍中、骠骑大将军,仪同三司,尚书令、冀州刺史。事见《魏书·列传第四》。	1,3590 下;《矫皇太后归政诏》。				北魏
51	元洪业	生卒年不详。元乂从弟。明帝孝昌三年(527),鲜于修礼率降户反于定州左人城(今河北唐县)。四月,鲜于修礼大败长孙稚与河间王元琛的北魏大军。五月,北魏又委任元渊为大都督、督元融、裴衍率援军援中山。八月,鲜于修礼为元洪业所杀。元洪业则为修礼的部将葛荣所害。事稍见《魏书·列传第四》。	1,3779 下;《复行台杨津书》。				北魏
52	元英	?—510,字虎儿,原名拓跋英,孝文帝后改姓元,代人。恭宗景穆帝拓跋晃玄孙,南安王拓跋桢子、文成帝拓跋濬的弟弟。性识聪敏,善骑射,解音律,微晓医术。事见《魏书·列传第六》《北史·列传第七下》。	4,3601 上—3601 下;《乞乘虚取沔南表》等。				北魏

（续表）

序号	姓名	个人简介	《严辑上古文》篇数，页码；代表篇目	《后魏文补》篇数，页码；代表篇目	《北齐周文补》篇数，页码；代表篇目	《逯辑校诗》篇目，页码	备注
			文章			诗歌	
53	元熙	？—520，元丕孙，妻为领军将军于忠之女。好学，俊爽有文才，然轻躁浮动。起家秘书郎，延昌二年(513)袭封，累迁兼将作大匠，拜太常少卿，给事黄门侍郎，时领光禄勋。领军于忠执政，寻以本将军授相州刺史。东秦州刺史，领诏杀元晖，矫诏杀元恽，熙乃起兵，甫十日兵败被执，临刑为五言诗，复与知故书，时人怜之。事见《魏书·列传第七下》《北史·列传第六》。	2，3602 上—3602 下；《举兵上表讨元叉》《将死与知故书》。			《绝命诗二首》，2223—2224。	北魏
54	元修义	？—526，本名元寿安，字修义，河南洛阳人。景穆皇帝拓跋晃之孙，汝阴灵王拓跋天赐第五子。涉猎书传，颇有文才，为高祖所昵。事见《魏书·列传第七下》。	1，3593 下；《张智寿陈庆和坐妹流坐议》。				北魏
55	元诩	510—528，世宗宣武帝元恪次子，母胡充华。永平三年(510)三月丙戌，帝生于宣光殿之东北。延昌元年(512)十月乙亥，立为皇太子。延昌四年春正月丁巳夜，即皇帝位。谥曰"孝明皇帝"，时年十九。孝明帝冲龄统业，灵后妇人专制，委用非人，赏罚乖舛。于是鲸起四方，祸延畿甸。庙号"肃宗"，孝昌(528)二月癸丑，崩于显阳殿。事见《北史·魏本纪第四》。	62，3566 上—3572 上；《行新政诏》《释莫诏》《封阿那瑰为朔方王诏》等。		8，6—8；《诏赠于纂》《诏》等。	《幸华林园宴群臣于都亭曲水赋七言诗》，2209。	北魏

（续表）

序号	姓名	个人简介	文章			诗歌	备注
			《严辑上古文》篇数，页码；代表篇目	《后魏文补》篇数，页码，代表篇目	《北齐周文补》篇数，页码，代表篇目	《逯辑校诗》篇目，页码	
56	元徽	491—531，字显顺，河南洛阳人。太武帝拓跋焘玄孙，景穆帝拓跋晃曾孙，城阳康王拓跋长寿之孙，城阳怀王元鸾之子。粗涉文史，颇有吏才。宣武帝元恪即位后，袭封父爵，除游击将军，河内太守。事见《魏书·列传第七下》《魏故使持节侍中侍中太保大司马录尚书事司州牧城阳王墓志》。①	1，3602 下；《上孝庄帝启辞官封》。				北魏
57	元丽	?—528，字邕明。祖父外都大官，济阴康王拓跋小新成，父开府仪同三司，徐州刺史，济阴康王元郁，子元晖业。刚正有文学，位中散大夫。因王爵固让，入嵩山以六为室，布衣蔬食。建义元年（528）卒。谥曰"文献"。事见《魏书·列传第七上》。					北魏
58	元延明	?—530，高宗文成帝拓跋浚之孙，博陵王拓跋勰之子，兼有文藻，鸠集图籍万有余卷。性清俭，不营产业，稽古博才，时河间人信都芳工算术，引之在馆。所著诗赋赞颂铭诔三百余篇，又撰《五经宗略》《诗礼别义》《古今乐事》《九章》十二图，《文集》，注九篇，注《帝王世纪》《列仙传》。事见《魏书·列传第八》。					北魏

① 《汉魏南北朝墓志汇编》，第 245 页。

（续表）

序号	姓名	个人简介	文章			诗歌	备注
			《严辑上古文》篇数，页码；代表篇目	《后魏文补》篇数，页码；代表篇目	《北齐周文补》篇数，页码；代表篇目	《逯辑校诗》篇目，页码	
59	元彧	？—530，字文若，世祖太武帝曾孙，临淮王拓跋提之孙。济南康王元昌之子。少有才学，时誉甚美。待中崔光见彧，退而谓人曰："黑头三公，当此人也。"少与从兄安丰王延明、中山王熙并以宗室博古文学齐名，时人莫能定其优劣。拜前军将军，中书侍郎。奏郊庙歌辞，时称其美。除给事黄门侍郎。事见《魏书·列传第六》。	3，3603 上；《奏言元彧游士状》等。				北魏
60	元子攸	507—531，彭城王勰第三子，母为李妃。幼侍肃宗书于禁内。及长，风神秀慧，姿貌甚美。拜中书侍郎、城门校尉、兼给事黄门侍郎，雅为肃宗所亲待，长直禁中。元年(528)春二月肃宗崩，大都督尔朱荣立之为帝，改元永安。太昌元年二十四。永安三年(530)十二月甲子为尔朱兆所害。庙号"敬宗"，谥曰"孝庄皇帝"，庙号"敬宗"。据《洛阳伽蓝记一》载："庄帝既诛尔朱荣，右仆射尔朱世隆至高都，立长广王王晔为主，遣颖川王尔朱兆举兵向京师，大军失利，遂执帝还晋阳，缢于三级寺，帝临崩作诗曰……"事见《魏书·孝庄本纪第五》。	16，3573 上—3575 上；《大赦改元诏》《答元子思诏一》《喻尔朱荣诏》等。	《诏 1, 8；《诏》改元 诏》《答元子思诏一》赠元子攸		《临终诗》2210。	北魏
61	元韶	？—559，字世胄，献文帝拓跋弘曾孙，元劭之子。避尔朱之难，匿于嵩山。性好学，坐行温裕，以高氏婿，颇蒙时宠，能自谦退临人，有惠政，好儒学，礼盈才。彦爱林泉，修第宅，华而不侈。事见《北齐书·列传第二十》。					北魏

（续表）

序号	姓名	个人简介	文章			诗歌	备注
			《严辑上古文》篇数,页码;代表篇目	《后魏文》篇数,页码;代表篇目	《北齐周文》篇数,页码;代表篇目	《逯辑校诗》篇目,页码	
62	元晔	509—532,字华兴,小字盆子,河南洛阳人。景穆帝拓跋晃曾孙,南安惠王拓跋桢之孙,扶风王元怡次子。个性轻躁,颇有膂力。起家秘书郎,迁通直散骑常侍。初封长广王,拜太原太守。永安三年(530)十月,尔朱世隆拥立即位称帝,年号建明。建明二年(531)二月,为尔朱世隆逼迫禅让,降为东海王。太昌元年(532)十一月,被高欢赐死。列传第七下》。		1,12;《禅文》。			北魏
63	元恭	?—532,字修业,广陵惠王元羽之子,母王氏。长而好学,事祖母以孝闻。正始中袭爵,母程氏,有志度。以元又擅权,托称喑病绝言一纪。位给事中黄门侍郎。及庄帝崩,尔朱世隆奉其即帝位,改元普泰。在位一年,尔朱废帝而立平阳王元修。太昌元年(532)五月丙申殂。事见《魏书·废出三帝纪》《北史·帝纪第五》。	8,3575 上—3576 上;《答群臣功力进》《尔朱世隆废长广立元晔表》等。	3,8—9;《让帝位表》《尔朱配享高祖庙庭诏》等。		《诗》《联句诗》,2210—2211。	北魏
64	元朗	513—532,字仲哲,章武王融第三子,母程氏。少称明悟。永安二年(529),为肆州鲁郡王后军府录事参军,转事参军、司马。建明二年(531)正月戊子,为冀州渤海太守。普泰元年(531)四月,高欢废帝元恭,冬十月壬黄立元朗为帝,大赦,称中兴元年。太昌元年(532)五月,高欢通元朗让位于孝武帝元修,封安定郡王,邑一万户。十二月以罪幽于门下外省,时年二十。事见《魏书·废出三帝纪》《北史·魏本纪第五》。	2,3576 上。《禁虚增官号诏》《纠刻郡县滥猾诏》。				北魏

（续表）

序号	姓名	个人简介	文章			诗歌	备注
			《严辑上古文》篇数，页码；代表篇目	《后魏文补》篇数，页码；代表篇目	《北齐周文补》篇数，页码；代表篇目	《逯辑校诗》篇目，页码	
65	元修	510—535，字孝则，孝文帝孙、广平武穆王怀之第三子，母李氏。性沉厚少言，好武事。始封汝阳县开国公，拜通直散骑侍郎，转中书侍郎，除散骑常侍，寻迁平东将军、兼太常卿，又为镇东将军、宗正卿。建义初，仍同三司兼尚书右仆射，又加侍中、尚书左仆射。永安二年(530)封平阳王。普泰初，转侍中、镇东将军，仪同三司兼尚书右仆射，又加侍中、尚书左仆射。中兴二年(532)，高欢遣元朗让位于孝武帝元修。永熙三年(534)，同十二月癸巳，为宇文泰所害，时年二十五。事见《魏书·废出三帝纪》《北史·魏本纪第五》。	18,3577 上—3578 下；《报字文诏》等。	2，9—10；《诏赠元徽》等。			北魏
66	长孙稚	？—535，字承业，原名冀归，上党王长孙道生曾孙，长孙观之子。魏孝文帝以他年幼勋绩承其业，赐名为"稚"，《北史》为避唐高宗李治讳称之为长孙幼。历任前将军、抚军大将军礼等职，封公爵。孝昌二年(526)，不久因功复职，并进封上党王，又改封冯翊王，后降为部公。随孝武帝元修入关，受封太师，录尚书事，复督三十州诸军事，雍州刺史，追赠假黄钺，大丞相，都督三十州诸军事，雍州刺史，谥号"文宣"。事见《魏书·列传第十三》《北史·列传第十》。	3，3617 上—3619 上；《奉表自明》《复盐池祝表》等。				北魏、西魏

（续表）

序号	姓名	个人简介	文章			诗歌	备注
			《严辑上古文》篇数,页码;代表篇目	《后魏文》补篇数,页码;代表篇目	《北齐周文补》篇数,页码;代表篇目	《逯辑校诗》篇目,页码	
67	长孙澄	生卒年不详,字士亮,河南洛阳人。上党王长孙稚第四子。容貌魁岸,风仪温雅。孝武帝即位,除征东将军及豫、渭二州刺史。西魏建立后,跟随丞相宇文泰援玉壁,破邙山,进位骠骑大将军,开府仪同三司,覆津县侯。北周建立后,拜大将军,又门公,迁玉壁总管,颇有威信,卒于任上。追赠柱国大将军,谥号简。事见《魏书·列传第十三》《北史·列传第十》《周书·列传第十八》。					北魏、西魏、北周
68	长孙庆	生卒年不详。河南洛阳人。太昌中历骠骑大将军、给事黄门侍郎,封秦乾公。疑为长孙肥之后,父征房将军、安州刺史长孙季,长兄孟州刺史长寿,兄长孙庆见《魏故安州刺史长孙使君墓志铭》。		1,42—43;《魏故安州刺史长孙使君墓志铭》。			北魏
69	陆琇	?—501,字伯琳,代郡人,陆馛子。沉毅少言,雅好读书,以功臣子孙为侍御长,给事中,迁黄门侍郎,散骑常侍,太子左詹事,领北海王师,光禄大夫,转祠部尚书,司州大中正。累迁祠部尚书,为崔珍所害,寻赦复爵。事见《魏书·列传第二十八》。		1,43—44;《宋灵妃墓志》。			北魏

（续表）

序号	姓名	个人简介	文章			诗歌	备注
			《严辑上古文》篇数，页码；代表篇目	《后魏文补》篇数，页码；代表篇目	《北齐周文补》篇数，页码；代表篇目	《逯辑校诗》篇目，页码	
70	陆凯	？—504，字智君。陆馛子，豫弟。谨重好学，年十五，为中书学生。家族意议强烈。咸阳王禧谋逆，凯兄祷陷罪，凯亦被收，遇救乃免。至正始初，世宗复赏官爵，凯大喜，置酒集诸亲曰："吾所以数年之中抱病忍死死者，顾门户计耳。逝者不追，今愿毕矣。"事见《魏书·列传第二十八》。					北魏
71	陆㷀	生卒年不详。字道晖。陆凯子。与弟恭之，并有时誉。洛阳令贾桢见其兄弟更晨双璧，门侍郎孙惠蔚、惠蔚谓诸宾曰："不意二陆复在坐隅，吾尝兄弟共黄公无以延誉。"时位尚书右民，三公郎，时拟《急就篇》为《悟蒙章》及《七诱》《十醉》章表数十篇，时与恭之晚不利睦，为时所鄙。事见《魏书·列传第二十八》《北史·列传第十六》。					北魏
72	陆恭之	？—537，字季顺，陆凯子。有操尚，位东荆州刺史，赠吏部尚书，天平四年(537)卒，谥曰"懿"。恭之所著文章诗赋凡千余篇。事见《魏书·列传第二十八》《北史·列传第十六》。					北魏
73	陆暐	生卒年不详。字仁崇，恭之子。笃志文学，作《齐律》序辞。位通直散骑常侍，太子中舍人，待诏文林馆。暐兄弟并有才品，议者称为"三武(虎)"。事见《魏书·列传第二十八》《北史·列传第十六》。					北魏
74	陆觊	生卒年不详。陆暐弟。有才品。事见《魏书·列传第二十六》。					北魏

（续表）

序号	姓名	个人简介	文章			诗歌	备注
			《严辑上古文》篇数，页码；代表篇目	《后魏文补》篇数，代表篇目	《北齐周文补》篇数，页码；代表篇目	《逯辑校诗》篇目，页码	
75	陆旭	生卒年不详。陆俟曾孙，陆珍之子。性雅淡，好《易》，纬候之学，撰《五星要诀》及《两仪真图》，颇得其旨要。太和中，征拜中书博士，精正散骑常侍。知天下将乱，遂隐于大行山，屡征不起。卒后赠并汾恒肆四州刺史。事见《魏书·列传第二十八》。					北魏
76	元晖业	？—551，字绍远，北魏景穆帝拓跋晃玄孙。少险薄，多与寇盗交通。长乃变节，涉子史，颇属文，而慷慨有志节。历位司空、太尉，加特进，领中书监。录尚书事，齐文襄尝问之曰："比何所披览？"对曰："数寻伊、霍之传，不读曹、马之书。"晖业以时又尝赋魏云："昔居王道泰，济济富群英，今逢世路阻，孤兔郁纵横。"齐初，降封美阳县公，并附仪同三司。居常闲眼，乃撰魏藩王家世，号为《辨宗录》四十卷。事见《魏书·列传第七上》。				《感遇诗》，2223。	北魏末、北齐初
77	元昭业	生卒年不详。元晖业弟，颇有学问。昭业立于阊阖门外叩马谏，庄帝避之而过，后劳勉之，位给事黄门侍郎，卫将军，右光禄大夫。卒，谥曰"文侯"。事见《北史·列传第七上》《北史·列传第六》。		1,44—45；《元钻远墓志》。			北魏、北齐

（续表）

序号	姓名	个人简介	文章			诗歌	备注
			《严辑上古文》篇数，页码；代表篇目	《后魏文补》篇数，页码；代表篇目	《北齐周文补》篇数，页码；代表篇目	《逯辑校诗》篇目，页码	
78	陆丽	?—465，字伊利，代郡人。东平王陆俟之子。历太武、文成、献文三朝，始终谦卑不贪功。太武朝，南安王余立，既而为中常侍宗爱等所系，百僚忧惶，莫知所立。丽以拓跋濬世嫡之重，乃首建大义，与殿中尚书长孙渴侯、尚书源贺、羽林郎刘尼奉迎拓跋濬于苑中，立之。社稷获安，丽之谋矣。由是受心膂之任，在朝者无出其右。丽好学爱士，常以讲习为业。性又至孝，遭父忧，毁瘠过礼。他代表陆氏政治地位顶峰。事见《魏书·列传第二十八》《北史·列传第十六》。	1，3644 上—3644 下；《让封平原王原启》。				北魏
79	陆叡	?—497，字思弼，代郡人，鲜卑名贺六浑。北魏大臣，陆丽第四子，陆定国之弟。十余岁时，袭爵平原王。沉雅好学，折节下士。太和年间，随从元深同时持节为东、西二道大使，褒善罚恶，闻名于京师。后出为镇北大将军，出击蠕蠕，大破敌军。太和二十一年（497），因参与穆泰谋逆，故孝文帝元宏赐死。事见《魏书·列传第二十八》《北史·列传第十六》。	1，3644 下—3645 上；《请班师表》。				北魏

（续表）

序号	姓名	个人简介	文章			诗歌	备注
			《严辑上古文》篇数，页码；代表篇目	《后魏文补》篇数，页码；代表篇目	《北齐周文补》篇数，页码；代表篇目	《逯辑校诗》篇目，页码	
80	于烈	437—501，本姓万钮于，代郡人。北魏大臣，镇南将军于栗磾之孙，尚书令令于洛拔长子。遭长寨言，沉默寡言，初任羽林中郎将。太和初年，署理秦雍二州刺史，迁司卫将军，转左卫将军，殿中尚书，封聊国县开国子。深受孝文帝的器重，享有"有罪不死"的特权，历任散骑常侍、前将军、镇南将军、光禄寺卿、金紫光禄大夫等。景明二年(501)病逝，时年六十五，追赠使持节、侍中、大将军、太尉公、雍州刺史，追封钜鹿郡公。事见《魏书·列传第十九》《北史·列传第十一》。	2，3694 下—3695 上；《乞黜落子登表》《因子忠奏事》。				北魏
81	于忠	462—518，曾赐名于登，字思贤，本字千年，鲜卑族，代郡人。北魏权臣，镇南将军于栗磾曾孙，尚书令于洛拔之孙、车骑大将军于烈之子。宣武帝在位，于忠仗持宠信与重用，官至武骑侍郎。孝明帝继位后，于忠仗持拥戴之功，加仪同三司、尚书令，权倾朝野，滥杀朝臣，掌握朝廷诏命和生杀大权。胡太后临朝摄政后，封于忠为灵寿县开国公，不久遭到贬黜。神龟元年(518)卒，赠司空公、侍中，谥"武敬"。事见《北史·列传第十九》《北史·列传第十一》。	2，3695 上—3695 下；《疾病上胡太后表》等。				北魏

（续表）

序号	姓名	个人简介	文章			诗歌	备注
			《严辑上古文》篇数，页码，代表篇目	《后魏文（补）》篇数，页码，代表篇目	《北齐周文（补）》篇数，页码，代表篇目	《逯辑校诗》篇目，页码	
82	源贺	407—479，原名秃发破羌，字贺豆跋，西平郡乐都县人，鲜卑族。南凉景王秃发傉檀之子，太武帝拓跋焘赐姓源氏，视为直勤宗室，壐立子军功。太延五年（439），大破北凉有功，封为西平郡公，正征西将军，殿中尚书，殿参与宗爱所弑，君极参与诛杀宗爱和迎立皇孙大武帝拓跋濬的行动，正征北将军，给事中，封为西平王。天安元年（466），拜太尉，在献文帝拓跋弘执意退位后，联合尚书陆馛等持节拥立太子元宏即位。太和三年（479），因病薨。事见《魏书·列传第二十九》。	5，3647 上—3647 下；《对诏问政占之计》《遗令敕诸子》等。				北魏
83	源怀	444—506，原名思礼，西平乐都人，鲜卑族。太尉源贺之子。谦恭宽雅，颇有大度。文成帝末年为侍御中散，后除雍州刺史，清俭有惠政，督军讨伐蠕蠕，迁尚书令。孝文帝即位，随驾南征，历任司州、夏州刺史、凉州大中正，封冯翊郡公，拜特进，左仆射，车骑大将军，兴兵讨伐蠕蠕，正票骑大将军，讨伐武兴氐族叛州，出据北蕃，杨集起反叛。正始三年（506）去世，时年六十三，追赠大将军，司徒、襄州刺史，谥号为"惠"。事见《魏书·列传第二十九》。	6，3648 上—3649 上；《奏请乘辇伐齐》等。				北魏
84	源子雍（邕）	488—527，本姓秃发氏，字灵和，西平乐都人，鲜卑族。源贺之孙、源怀之子。少好文雅，笃志于学，推诚待士，士人归心。事见《魏书·列传第二十九》。	2，3649 下；《讨葛荣上书》等。				北魏

（续表）

序号	姓名	个人简介	文章			诗歌	备注
			《严辑上古文》篇数,页码;代表篇目	《后魏文朴》篇数,页码;代篇篇目	《北齐周文朴》篇数,页码;代表篇目	《逯辑校诗》篇目,页码	
85	源子恭	?—538,字灵顺,北魏到东魏时期大臣,源贺之孙,源怀之子,源子雍弟。聪慧好学。初辟司空参军事。孝明帝正光年间,带兵平定氐族叛乱,镇压六镇起义和各地民变,累迁散骑常侍,豫州刺史。武泰初年,屡将杀敌,击退梁国夏侯夔进攻。其后定乱平寇,屡有战功,得授都督三州诸军事,假车骑大将军。孝武帝永熙年间,人为吏部尚书,行台仆射,封临汝县开国子。三年,拜骠骑大将军,加骠骑大将军。孝静帝天平初年,除中书监。东魏元象元年(538)去世,追赠骠骑大将军,尚书左仆射,司空公,兖州刺史,谥"文献"。事见《魏书·列传第二十九》。	2,3649 下—3650 上;《奏访梁亡人许周》等。				北魏
86	长孙稚	生卒年不详。代人。孝悌秀感,深明大义。仕履不多见。年十五,母饮酒,其父误饮其母死,因执,判重坐。长孙稚列辞尚书,乞以身代父命。尚书奏云:"慈子父为孝子,孝子弟为仁兄。寻究情状,特可矜感。"高祖诏特恕其父死罪,以从远流。事见《魏书·列传第七十四》《北史·列传第七十二》。	1,3721 上;《列辞尚书》。				北魏

（续表）

序号	姓名 名	个人简介	文章			诗歌	备注
			《严辑上古文》篇数，页码；代表篇目	《后魏文》（朴）篇数，页码；代表篇目	《北齐周文》（朴）篇目，页码；代表篇目	《逯辑校诗》篇目，页码	
87	陆希道	?—523，字洪度，敳子。有风貌美姿容，历览经史，雅有文致。学关今古，参议新令，甚有威略。初拜中散，迁通直郎，坐父事徙辽西。还魏以军功拜给事中，迁司徒记室、司空主簿。为副将随征南将军元英攻萧衍，克义阳，以功赐爵淮阴男。寻加龙骧将军、南青州刺史。后转梁州将军、定州刺史。希道有六子，土敷、土述、土光、土廉、土佩。事见《魏书·列传第二十八》《魏故泾州刺史淮阳郡使君墓志之铭》。①					北魏
88	元宁	生卒年不详。北魏宗室，孝昌初为秦阳太守，武泰元年（528）为瀛州刺史，以城降杜洛周。事见《魏书·帝纪第九》。	1，3779下；《造像记》。				北魏
89	陆子彰	497—550，本姓步六孤，字明远，代郡人。崇尚道教，仁厚宽孝，文采标致，育人有度。起家员外散骑侍郎，出任山阳太守。孝庄帝即位，拜给事黄门侍郎。东魏历侍中、骠骑大将军、诸州刺史、太子待读。七兵尚书，中书监。武定八年（550）去世，时年五十四岁，追赠骠骑大将军、开府仪同三司、青州刺史，谥"文宣"。事见《魏书·列传第二十八》。					北魏、东魏

① 《汉魏南北朝墓志汇编》，第251页。

（续表）

序号	姓名	个人简介	文章《严辑上古文》篇数,页码;代表篇目	文章《后魏文补》篇数,页码;代表篇目	文章《北齐周文补》篇数,页码;代表篇目	诗歌《逯辑校诗》篇目,页码	备注
90	元宝炬	507－551,字子明,河南洛阳人,鲜卑族。北魏孝文帝元宏之孙,京兆王元愉之子,母杨奥妃。轻躁薄行,个性强果。初任直阁将军,受封邵陵,拜太尉兼侍中,进封南阳郡王。永熙二年(533)进位太保,尚书令、开府。孝武帝元修与权臣高欢决裂,元宝炬出任中军大都督,护送孝武帝西投长安,拜太宰。孝武帝元修遇害后,经宇文泰上表劝进,正武即位,建立西魏,年号大统,军国政事悉由权臣宇文泰署理。大统十七年(551)去世,时年四十五,葬于永陵。谥号为"文"。事见《北史·魏本纪第五》《魏书·列传第十》。	5,3578 下 —	3579 上;《进封 蔮 洛 诏》《报宇文泰》等。			西魏
91	元廓	？－557,本名元廓,河南洛阳人,鲜卑族。西魏恭帝,文帝元宝炬第四子。初封齐王。废帝四年(554),在太师宇文泰拥立下即位,复拓跋本姓。西魏恭帝三年(557),为权臣宇文护所废,降封为宋国公。次年遇害,谥号为"恭"。事见《北史·帝纪第二》。	4,3579 上 —	3579 下;《禅位诏》《禅位册书》等。			西魏

（续表）

序号	姓名	个人简介	文章			诗歌	备注
			《严辑上古文》篇数、页码；代表篇目	《后魏文补》篇数、页码；代表篇目	《北齐周文补》篇数、页码；代表篇目	《逯辑校诗》篇目、页码	
92	宇文泰	507—556，字黑獭（一作黑泰），代郡武川（今内蒙古武川）人，北周政权的奠基者，史称周文帝。北魏末年六镇起义中，宇文泰随父贺拔岳加入鲜于修礼的起义队伍。后归入贺拔岳麾下，统一关陇。永熙三年（534）十二月，杀孝武帝，立元宝炬为帝，是为西魏，都长安，成为西魏的实际掌权者。他在这一期间对内团结各方，建立府兵制，以扩大兵源。形式上大东魏，争战东魏，奠定关陇政权及陷南梁。亲自指挥小关之战，沙苑之战，以重胜众，莫定关陇食南梁。采取鲜卑旧人部制，立八柱国。对外立足关陇，蚕孙上远书》《与长关誓》等。魏追尊为"文王"，庙号"太祖"。次年，宇文泰去世，后子宇文觉，建立北周，武成元年（559）被追尊为"文帝"。事见《周书·帝纪第一、第二》。	11，3886 上一 3887 上；《赐李远书》《与长孙检书》《谨关誓》等。				西魏、北周
93	宇文觉	542—557，字陀罗突尼，太祖第三子。北周开国国君（时称天王），557年即位，后为宇文护害害，享国不久。事见《周书·帝·帝纪第三》。	8，3887 上一 3888 上；《祠圆丘诏》《举贤良诏》等。				北周

（续表）

序号	姓名	个人简介	文章			诗歌	备注
			《严辑上古文》篇数，页码；代表篇目	《后魏文补》篇数，页码；代表篇目	《北齐周文补》篇数，页码；代表篇目	《逯辑校诗》篇目，页码	
94	宇文毓	534—560，北周明帝，小名统万突，北周文帝宇文泰长子，代郡武川人。宇文护杀宇文泰次子宇文觉，立长子宇文毓为帝。武成二年(560)，明帝亦为宇文护所杀，时年二十七。明帝幼而好学，博览群书，善属文，词彩温丽。宽明仁厚，敦睦九族，有君人之量。洽有美政，黎民怀之。曾令门集丁文人雅士八十余人，在麟趾殿刊校经史；又博采上古至至魏末众典，著成《世谱》五百卷，所著诗文共十卷。事见《北史·周本纪上第九》《周书·帝纪第四》。	14,3888 上—3889 下；《放免元氏家口诏》《造周历诏》《大断诏》等。		3,1—2；《改元大赦诏》等。	《过旧宫诗》《贻韦居士诗》《和王褒咏摘花》，2323—2324。	北周
95	宇文邕	543—578，字祢罗突，太祖第四子，母叱奴太后。幼而孝敬，聪敏有器质。十二岁时被封为西魏辅城郡公。北周孝闵时时拜大将军，出镇同州(今陕西大荔)。武成二年(560)四月，在宇文护的拥立下，即帝位。建德元年(572)，诛杀权相宇文护，独掌朝政。建德五年十月，复领兵攻齐。建德六年正月，率军围邺灭北齐。后行灭佛事。宣政元年(578)五月，率诸军伐突厥，因病诏停进军。六月，疾基，还辛长安，病逝，年三十六。位传长子宇文赟，谥号"武皇帝"，庙号"高祖"。事见《周书·帝纪第五、第六》《北史·帝纪第六》。	64,3890 上—3897 下；《颁六官诏》《青子学诏》《伐齐诏》《致梁人诏》《叙重书》《沈子诏》《二废立义》《二教钟铭》等。		6,2—5；《赠叱罗协诏》等。		北周

（续表）

序号	姓名	个人简介	文章			诗歌	备注
			《严辑上古文》篇数，页码；代表篇目	《后魏文补》篇数，页码；代表篇目	《北齐周文补》篇数，页码；代表篇目	《逯辑校诗》篇目，页码	
96	宇文赟	559—580，字乾伯，北周第四位皇帝，周武帝宇文邕长子，母为李太后。建德元年(572)立为皇太子，宣政元年(578)即位。沉湎酒色，暴虐荒淫，大修宫殿，滥施刑罚，监视大臣。大成元年(579)，杀齐王宇文宪，导致宗室力量衰落，外威势力抬头。广充后宫，纵欲酒色，禅位于太子宇文衍，自称天元皇帝。大象二年(580)卒，年二十二。事见《周书·帝纪第七》。	22,3897 下—3899 下；《洛州迁户听还诏》《安置沙门敕》等。			《歌》，2344。	北周
97	宇文护	?—572，字萨保，文帝之侄。水池县伯。大统初，加通直散骑常侍，征房将军，晋爵为公，迁镇东将军大都督，进车骑大将军，开府，进封中山公，迁大将军。六官建，拜司空，寻为柱国。周孝帝即位，拜大司马，封晋国公，拜大冢宰。明帝即位，复行教立事。武帝即位，为都督内外诸军事，天和七年(572)伏诛。建德三年(574)，谥曰"荡"。事见《周书·列传第三》。	5,3900 上—3900 下；《举晋延与周弘正对论表》《与赵公招书》《报母阎姬书》等。				北周

(续表)

序号	姓名	个人简介	文章			诗歌	备注
			《严辑上古文》篇数,页码;代表篇目	《后魏文补》篇数,页码;代表篇目	《北齐周文补》篇数,页码;代表篇目	《逯辑校诗》篇目,页码	
98	宇文宪	545—578,字毗贺突,北周文帝宇文泰第五子,母为达步干氏。孝闵帝、明帝、武帝异母弟。少与高祖俱受《诗》《传》。孝闵帝即位,授任骠骑大将军、开府仪同三司。明帝即位,任益州总管兼益、宁、巴、泸等二十四州诸军事及益州刺史,晋封齐国公,食邑一万户。保定年间,征召回京,任雍州牧,统兵多次击败北齐军。后受宣帝总根,宣政元年(578)伏诛,时年三十五,谥号"齐炀王"。事见《周书·列传第四宇文宪传》。	2,3901上;《上武帝表助军费》《与高涽书》。				北周
99	宇文震	?—550,字弥俄突,北周文帝宇文泰次子。幼而敏达,年十岁,诵《孝经》《论语》《毛诗》。后与世宗俱受《礼记》《尚书》于卢诞。大统十六年(550),封武邑郡公,食邑二千户,娶西魏文帝元宝炬之女,同年去世。保定元年(561),追赠使持节,柱国大将军、少师,大司马、大都督,青徐等十州诸军事、青州刺史,晋封宋国公,食邑一万户,谥号为"献"。无子,以宇文毓第三子宇文实承袭。事见《周书·列传第五》。					北周
100	宇文达	?—581,字度斤突,北周文帝宇文泰第十一子。性果烈,善骑射。武成初,拜左宗卫。大象二年(580)冬,杨坚专权,诛杀宇文贤族,宇文达与其世子宇文执,执弟蕃国公宇文转、十三弟宇文遒等人皆杀害。事见《周书·列传第五》。	1,3901下;《造释迦像记》。				北周

（续表）

序号	姓名	个人简介	文章			诗歌	备注
			《严辑上古文》篇数，页码；代表篇目	《后魏文补》篇数，页码；代表篇目	《北齐周文补》篇数，页码；代表篇目	《逯辑校诗》篇目，页码	
101	宇文招	?—581，字豆卢突，北周文帝宇文泰第七子，孝闵帝宇文觉、明帝宇文毓、武帝宇文邕异母弟，封赵王，周静帝大象二年（580）冬被杨坚杀害。幼聪颖，博涉群书，好属文。学庾信体，词多轻艳。与王褒、庾信等北来文人过从甚密，互相唱和，友谊深厚，是为布衣之交。宇文招曾著文集十卷（《隋书·志》作八卷），全佚。事见《周书·列传第五》。				《从军行》，2344。	北周
102	宇文逌	?—581，字尔固突，北周文帝宇文泰第十三子，封滕王。少好经史，解属文。武成初，封成都公，邑万户。天和末，拜大将军。建德初，进位柱国。三年（574），晋爵为王。周静帝大象二年（580）冬，与宇文招一起被杨坚所杀。经史，少有才思，所著文章盛行于当世。自幼聪慧敏锐，好研读该庾信文章，他十分敬重人才，和庾信交情甚厚，曾在《庾信集序》里称杨庾信的文学成就，是为北周宇文氏文学理论研究的开端。事见《周书·列传第五》。	2，3901下—3903上；《道教实化序》《庾信集序》。			《至渭源诗》，2345。	北周
103	宇文繛	生卒年不详。北周时的人，生平仕履不详。	1，3903上；《奏谏度僧法藏》。				北周

（续表）

序号	姓名	个人简介	文章			诗歌	备注
			《严辑上古文》篇数，页码；代表篇目	《后魏文补》篇数，代页码；代表篇目	《北齐周文补》篇数，页码；代表篇目	《逯辑校诗》篇目，页码	
104	长孙绍远	生卒年不详。北魏末至北周时人，字师，少名仁。长孙稚之子。性宽容，有大度，望之俨然，朋侪莫敢亵狎。雅好坟籍，聪慧过人。容止堂堂，当今模楷。遂白稚曰："伏承世子聪慧之姿，发于天性，目所一见，诵之若口。此既历世罕有，窃愿验之。"于是命之诵数纸，才一遍，诵之若流。及齐神武称兵而帝西迁，绍远随稚奔赴。孝闵践祚，拜大司乐。魏孝武初，累迁殿中尚书、录尚书事。又累迁司徒右长史，录尚书事，六官若建，拜大司乐。封上党公。事见《魏书·列传第十三》《北史·列传第十》《周书·列传第十八》。	4,3909 下—3910 上；《遗定乐表》《启明帝定乐》等。				北魏末、北周
105	元伟	生卒年不详。字犹道，河南洛阳人，魏昭成帝后代。曾祖父元忠，任尚书左仆射，封城阳王。祖父元盛，任通直散骑常侍，封城阳公。父元顺，任左卫将军，开府仪同三司，封濮阳王。少好学，有文雅。世宗雍州刺史、开府仪同三司，封濮阳王。受诏于麟趾殿刊正经籍。所作《述行赋》初，拜南氏中大夫。受诏于麟趾殿刊正经籍。所作《述行赋》已佚。事见《周书·列传第三十》。					北周

(续表)

序号	姓名	个人简介	文章			诗歌	备注
			《严辑上古文》篇数,页码;代表篇目	《后魏文补》篇数,页码;代表篇目	《北齐周文补》篇数,页码;代表篇目	《逯辑校诗》篇目,页码	
106	于谨	493—568,字思敬,小名巨弥,河南洛阳人,镇南将军于栗磾六世孙。陇西镇将于提之子。性沉深,有识量,略窥经史,尤好孙子兵书。北魏、西魏初,破蠕主制律野谷寒;又先后设伏大破破六韩拔陵,大破万俟丑奴,讨伐河北鲜于修礼,邢杲等。大昌元年(532),从尔朱天光与高欢战于韩陵山,败奔宇文泰。拜大丞相府长史、兼大行台尚书。再正太子太保。晋爵常山郡公。领军伐南梁,克江陵,进封燕国公,因功封新野郡公。宇文觉即位后,进封燕国公,任职太傅,大宗伯,立为三老,参议朝政,官至雍州牧。天和三年(568)去世,年七十六,谥号"文"。事见《周书·列传第七》《北史·列传第十一》。	2,3904 上;《射江陵城内书》《传梁檄》。				北周
107	宇文神举	532—579,字文泰之族子,祖金殿,父显和。伟风仪,善辞令,博涉经史,性爱篇章,尤工骑射,任兼文武,声彰中外。世宗初,起家中侍上士。世宗爱其意翰林,而神举雅好篇什。褒爵长广县公。寻授帅都督,迁大都督,使持节、车骑大将军、仪同三司。保定元年(561),临政对寇,勇而有谋。莅职当官,每著声绩。兼好施爱士,以雄豪自居。事见《周书·列传第三十二》。					北周

（续表）

序号	姓名	个人简介	文章			诗歌	备注
			《严辑上古文》篇数，页码；代表篇目	《后魏文补》篇数，页码；代表篇目	《北齐周文补》篇数，页码；代表篇目	《逯辑校诗》篇目，页码	
108	李昶	约516—565，顿丘临黄人，小名那，赐姓宇文。祖彦，父游。昶性峻急，不杂文游。幼年已解属文，墨声洛下。时洛阳创置明堂，昶年十数岁，为《明堂赋》。虽优洽未足，而才制可观。见者咸曰："有家风矣。"后为绥德公陆通司马，公私之事，咸取决焉。又兼大祖每称叹之。初谒大祖时宇文泰，神情情悟，应对明辨，大祖每称叹之。后为绥德公陆通司马，公私之事，咸取决焉。又兼二千石郎中，典仪注。累兼都督郎中，相州大中正、丞相府东阁祭酒，中军将军、银青光禄大夫。事见《周书·列传第三十》《北史·列传第二十八》。	1，3913 上；《答徐陵书》。			《陪驾幸终南山 诗》《奉和重适阳关》，2324。	北周
109	唐瑾	生卒年不详。字附璘，赐姓宇文，后更赐万纽于。父永。性温恭方重，有器量风格。博涉经史，雅好属文，容貌甚伟。召拜尚书员外郎，相府记室参军事，军书羽檄，瑾多掌之。从破沙苑，战河桥，并有功，封始减县子。累迁尚书右丞，赐姓宇文氏。时户部尚书，进位骠骑大将军，开府仪同三司，赐姓宇文氏。燕国公于谨愿与之结为同姓，文帝叹异者久之，更赐瑾姓万纽于氏。于谨南伐江陵，以瑾为元帅府长史。军中谋略，多出瑾焉。及军还，诸将大获财物，唯瑾载书以归。撰《新仪》十篇，所著赋、颂、碑、诔，读二十余万言。事见《周书·列传第二十四》。	1，3912 上；《华岳颂》（并序）。				北周

（续表）

序号	姓名	个人简介	文章			诗歌	备注
			《严辑上古文》篇数，页码；代表篇目	《后魏文补》篇数，页码；代表篇目	《北齐周文补》篇数，页码；代表篇目	《逯辑校诗》篇目，页码	
110	申徽	？—571，字世仪，魏郡人。赐姓宇文。六世祖钟，为后赵司徒。冉闵末，中原丧乱，钟子遭避地江左。曾祖爽仕宋，位雍州刺史。祖隆道，宋北兖州刺史。父明仁，郡功曹，早卒。徽少与母居，尽心孝养。及长，好经史。性审慎，不妄交游。遭母忧，丧毕，乃归于魏。元颢入洛，以元邃为东徐州刺史，遂引徽为主簿。颢败，邃敬盥车送洛阳，故更宾客并委去，唯徽送之。及邃得免，乃广集宾友，叹徽有古人风。寻除太尉府行参军。周天和六年(571)卒。事见《周书·列传第二十四》。	6，3910 下—3911 上；《为周文帝上魏孝武帝四表》《为周文帝贵侯莫陈悦书》《为周文帝传檄方镇》。				北周
111	王悦	？—561，字众喜，京兆蓝田人。赐姓宇文。少有气干，为州里所称。魏永安中，尔朱天光西讨，引悦为其府统兵参军，除石安令。太祖初定关陇，悦率募乡里从军，屡有战功。孝闵践祚，除悦大都督，司水中大夫，晋爵蓝田县侯。迁司宪中大夫，赐姓宇文氏，又晋爵河北县公。悦性俭约，不营生业。保定元年(561)卒于位。事见《周书·列传第二十五》。	3，3905 上；《言于安定公》等。				北周
112	韦叔裕	509—580，字孝宽，京兆杜陵人。少以字行。赐姓宇文。祖直善，魏冯翊、扶风二郡守。父旭，武威郡守。孝宽沉敏和正，涉猎经史。为三辅著姓。事见《周书·列传第二十三》。	2，3908 上—3908 下；《上武帝疏陈齐平三策》《手题募格书背》。				北周

（续表）

序号	姓名	个人简介	文章			诗歌	备注
			《严辑上古文》篇数，页码；代表篇目	《后魏文补》篇数，页码；代表篇目	《北齐周文补》篇数，页码；代表篇目	《逯辑校诗》篇目，页码	
113	柳庆	517—566，字更兴，解（今山西永济）人。父僧习，齐奉朝请。庆博览群书，好饮酒，娴于占对。天性抗直，无所回避，为当时少有的直臣。大统十三年(547)，封为清河县男爵，兼计部尚书右丞。大统十六年，任大行台右丞，抚军将军。西魏废帝初年，又为民部尚书。北周孝闵帝时，赐姓宇文氏，晋爵为平齐县公。天和元年(566)十二月卒，时年五十。事见《周书·列传第十四》。	2,3909 下；《为父其答权贵书》《作匿名草》《作榜官门》。				北周
114	元善见	524—552，太祖孝文帝之曾孙，清河文宣王亶之世子，母胡妃。永熙三年(534)，拜通直散骑侍郎。八月，为骠骑大将军、开府仪同三司。出帝既入关，齐献武王高欢迎东北，推帝以奉斋宗之后。冬十月丙辰，即帝位于东国，别封为中山王。武定八年(550)夏四月丙辰，诏归帝位于齐国，即封位于中山王。三年二月，奉谥曰孝静皇帝。帝好文学，美容仪。力能挟石师子以逾墙，射无不中。嘉辰宴会，多命群臣赋诗，从容沉雅，有孝文风。事见《魏书·孝静纪》。	8,3579 下—3580 下；《迁邺诏》《普禁天文诏》《造寺诏》下诏等。	8,10—12；《青雨大赦诏》等。			东魏
115	元子思	生卒年均不详。孝静帝时中谒，字众念，子华弟。与元天穆善，正帝时为侍御史言谏中，通使关西，事发，与兄子华同谋杀。事见《魏书·列传第二》。	1,3586 上；《奏言尚书公事不应送御史》。				东魏

（续表）

序号	姓名	个人简介	文章			诗歌	备注
			《严辑上古文》篇数，页码；代表篇目	《后魏文（补）》篇数，页码；代表篇目	《北齐周文（补）》篇数，页码；代表篇目	《逯辑校诗》篇目，页码	
116	宇文忠之	？—544，河南洛阳人。其先南单于之远属，世据东部，后人居代都。祖阿生安南将军，巴西公父侃，卒于治书传侍御史。忠之猎涉文史，颇有笔札，释褐太学博士。天平初，除中书侍郎，裴伯茂与之同省，常俺忽之以忠之色黑，呼为黑字，后救修国史。元象初兼直散骑常侍。武定初，为安南将军，尚书右丞仍修史，未几以事除名。忠之好荣利，自为中书郎六七年矣，遇尚书省选右丞预选者皆获丞丞职，大为忻满，忠气嚣然，有骄物之色，识者笑之。既失官爵，怏怏发病卒于君山。事见《魏书·列传第六十》。					东魏
117	元孝友	？—551，河南洛阳人。东魏、北齐时大臣，北魏太武帝拓跋焘玄孙，临淮王元彧之弟。少有时誉，袭爵临淮王，迁沧州刺史。为政温和，方便百姓。迁河南尹，以法自守，善事权势，颇有政绩。北齐建立后，降为临淮县公，拜光禄大夫。天保二年(551)，随元晖业同为文宣帝高洋所杀。事见《北齐书·列传第六》《北齐书·列传第二十》。	1，3834下—3835上；《上孝静帝表》。				东魏、北齐

（续表）

序号	姓名	个人简介	文章《严辑上古文》篇数,页码;代表篇目	文章《后魏文补》篇数,页码,代表篇目	文章《北齐周文补》篇数,页码;代表篇目	诗歌《逯辑校诗》篇目,页码	备注
118	陆操	?—约555,字仲,陆丽从孙,陆希道弟希悦孙,代人。志高简有风格,早以学业知名,雅好文。操文兼散骑常侍、聘梁使还,迁廷尉卿,齐文襄为世子,甚好色,崔季舒尝为掌媒焉,时薛真妻元氏有色,迎人欲通之,元氏正辞且哭,世子使季舒送付廷尉,毕之。操曰:"廷尉守天子法,须知罪状。"世子怒,召操命刀环筑之,更令科罪,操终不挠,乃口责之。后徙御史中丞,天保中卒于殿中尚书。事见《魏书·列传第二十八》《北史·列传第十六》。					东魏、北齐
119	陆卬	约508—555,字云驹,代人。祖希道(或云祖昕之,昕之尚书魏献文帝女常山公主,无子,乃以从兄希道第四子子彰为后,今改回祖希道)父子彰。约生于魏宣武帝永平初,卒于北齐文宣帝天保中,年四十八岁。少机悟,美风神。好学不倦,博览群书,五经多通大义。善属文,甚为河间邢邵所赏。印著有文章十四卷,今佚。事见《魏书·列传第二十八》《北史·列传第十六》。					北魏、东魏、北齐
120	陆士佩	生卒年不详,大约生活在东魏武定年间。字季伟,北魏陆希道之子,陆士廉之弟。武定中,为定东将军,司州从事,世系为陆俟→陆馛→陆睿→陆希道→陆士佩。列传第二十八》。	1,3860上;《遗阳裴书》。				东魏、北齐